大英图书馆

·侦探小说黄金时代经典作品集

银色鱼鳞谜

MURDER OF A LADY

［英］安东尼·韦恩 著

朱琦 译

中国青年出版社

序　言

《银色鱼鳞谜案》①初版于1931年，出自一位早已淡出读者视野的侦探小说大师之手，堪称"不可能犯罪"解谜题材杰作之一。故事发生在作者的故乡——苏格兰，地方检察官在一个深夜突然拜访正在接待尤斯塔斯·黑利医生的约翰·马卡里昂上校。他带来噩耗，玛丽·格雷杰在杜克兰城堡被杀了："我从来没有见过如此可怕的伤口。"她蜷缩在床边，但是四周却找不到凶器，房门和窗户也全都上了锁……

紧接着，第二起凶案接踵而来，嫌犯范围也缩小到几人之中。这时一个最关键的问题出现了：为什么犯罪现场会有一片鲱鱼鱼鳞（这便是本书题目的由来）？好在黑利医生正好擅长解决这类谜案，但是他不喜欢与警方合作：

---

① 本作另一版本名为《谋杀一位女士》。

"我只是一个外行,不是专业的。我对罪案的研究仅仅是因为被其吸引……在调查的过程中我也经常不知道自己的目的到底是什么,我可受不了要论证和解释其中的每个步骤……我认为,侦破罪案与其说是科学,不如说是一种艺术,就像医学实践一样。"他还补充道:"侦探工作就像在解一道谜题,答案就在你的眼前,只是你看不到……因为有些细节颇为显眼,从而把你的注意力诱离了那些基本的重要细节。"

要知道,黑利医生可是"侦探小说黄金年代"大名鼎鼎的人物"大侦探"的原型。他的塑造者安东尼·韦恩在本书出版4年后,专门为黑利写了《遇见侦探》一书。黑利在书中自白道:"最精妙的罪案往往是由那些循规蹈矩的普通人所犯下的。绝不能一味拘泥于犯罪事实本身而疏于发现并感受罪犯身上的悲剧。"黑利始终秉持着罪犯心理关键论:"很多情况下,我都是通过理解罪犯在罪案即将发生前所承受的特殊压力而间接地破解了谜案。"

在当时,黑利和他的塑造者广受赞誉。多萝西·L.塞耶斯对其评价很高:"安东尼·韦恩先生是驾驭'不可能犯罪'谜题的高手。"黑利首次登场是20世纪20年代中期,其职业生涯一直延续到20世纪50年代,但彼时读者的口味发生了改变,错综复杂的谜案已经不再是潮流——当然,阿加莎·克里斯蒂的著作除外。权威著作《密室谋杀案》

作者罗伯特·艾迪曾列出韦恩所著的33部包含"不可能犯罪"元素的作品，他指出"韦恩很快就引领了'不可能犯罪'中的一派：无形谋杀。他笔下的侦探面对死者时常常孤立无援，因为尽管有目击证人存在，他们却无法解释死者受到的近距离打击是如何发生的。"

精巧绝伦的诡计设计和深入的犯罪心理分析在描写上必然存在矛盾。韦恩则更加注重于前者。他的作品不像以"各类密室谜案"作品见长的美国作家约翰·迪克森·卡尔那样既有扣人心弦的恐怖场景描写，又有诙谐的幽默。也许正是这个原因使他的作品慢慢淡出了人们的视野。但是他的出色作品依然吸引着那些喜爱精巧诡计的读者。

安东尼·韦恩是罗伯特·麦克尼尔·威尔逊（1882～1963）的化名，威尔逊出生于格拉斯哥，是一名医生。他在传记中写道，自己曾经是詹姆斯·麦肯齐爵士的助理医生，后来转行做心脏病医生。麦克尼尔·威尔逊发表过一系列科学和医学成果，对历史——尤其是与法国大革命相关的课题也有所涉及，曾对政治（在20世纪20年代初期，他两次作为自由党的议会候选人竞选失败）和经济表现出兴趣。在《泰晤士报》刊登的威尔逊讣告上这样写道："他曾对货币问题产生浓厚的兴趣，有段时间甚至三句不离货币。曾写下一些质疑被金钱利益所支配的不合理权力方面的著作。"其中包括《承诺付款：高级金融骗局论》(1934年)。

麦克尼尔·威尔逊威尔逊担任《泰晤士报》医学记者长达近30年，其间深得《泰晤士报》创办者北岩勋爵的青睐。《星期日画报》曾撰文评论威尔逊："他求知欲极强，无论一个多么有趣、多么精彩的话题，他都不会局限太久。"威尔逊讣文中写道："写作和采访是他最大的快乐。"威尔逊在生命的最后二十多年里没有创作太多作品。但倘若他知道在21世纪，人们对黄金年代侦探小说的兴趣让黑利医生沉寂多年后重新登场，《银色鱼鳞谜案》这部构思精妙的小说也将被重新出版，他也会感到无比欣慰吧。

马丁·爱德华兹

英国警衔说明

由于"侦探小说黄金时代"系列小说的故事发生地主要在英国,书中机警睿智的侦探也以英国警察为主,所以在读者阅读本书之前我们先对英国的旧时警衔和称呼做一些简略介绍,以便读者更好地理解小说背景。

英国的旧时警衔主要分为5等(从高到低):

警察总监(Chief Constable);

警司(Superintendent)/总警司(Chief Superintendent);

督察(Inspector)/总督察(Chief Inspector);

警长(Sergeant);

警员(Constable)。

伦敦以外地区的警署还有以下几种职级(从高到低):警察局长(Chief Constable)、警察局副局长(Deputy Chief Constable)、助理警察局长(Assistant Chief Constable)。

另外,对于担任刑事调查部门或其他某些特别部门职务的警务人员,一般会在他们的职级之前加有"侦探(Detectives)"前缀,本书中译为"警探"。此类警务人员由于职责性质特殊,所以一般不穿制服,而着便衣执行任务。

在警务人员的升迁或训练等临时过程中,他们的职级还会加有"实习(Trainee)""临时(Temporary)""代理(Acting)"的前缀。

目　录

1	第一章	杜克兰凶案
4	第二章	一片鱼鳞
12	第三章	哥哥和妹妹
25	第四章	邓达斯督察
32	第五章	飞溅的水花声
42	第六章	奥纳格·格雷杰
51	第七章	见鬼的女人
58	第八章	丈夫与妻子
62	第九章	热　浪
78	第十章	"杜克兰不胜荣幸"
91	第十一章	家族魔法
102	第十二章	第二起谋杀案

121	第十三章	"城堡的诅咒"
125	第十四章	一件奇怪的事
133	第十五章	真正的敌人
142	第十六章	巴利督察
152	第十七章	"真是个好演员"
164	第十八章	秘密会面
172	第十九章	指　控
180	第二十章	奥恩的解释
186	第二十一章	避免绞刑
198	第二十二章	折　磨
209	第二十三章	鞋　印
220	第二十四章	窗　边
231	第二十五章	排除法
241	第二十六章	一朝被蛇咬
249	第二十七章	男人之间的对话
260	第二十八章	"准备好了吗？"
263	第二十九章	痛苦的理解
272	第三十章	刀　光
276	第三十一章	杀人于无形
284	第三十二章	母与子
300	第三十三章	游泳者
309	第三十四章	"古怪"

313　第三十五章　死亡的战栗

323　第三十六章　面　具

332　第三十七章　游泳者回来了

335　第三十八章　水里的脸

339　第三十九章　黑利医生的解释

348　第四十章　尾　声

第一章

杜克兰凶案

阿盖尔郡中部的人喜欢将地方检察官莱奥德·麦克莱奥德先生称作"峡谷君王"。他脑袋的形状以及独特的身材都让人不由觉得这个绰号真是太贴切了。他生得魁梧,一张高原人种特有的脸庞透出一种大山般不怒自威的气质。他的脾气则如同山间的暴雨,像古希腊的戏剧般捉摸不定。晚上10:00的时候,他突然出现在了达罗克摩尔庄园。他没有理会管家对他的问候,径直冲进了吸烟室。尤斯塔斯·黑利医生被他吓了一跳,那滑稽样子倒是把庄园主人约翰·马卡里昂上校给逗乐了。

"先生们,我很抱歉在这种时候打扰到大家。"

麦克莱奥德先生一边说一边像在风暴中摇曳的幼苗般鞠了一躬。

"你不如先坐下来吧?"

"好的,谢谢您。我的天啊,现在已经是10:00了吗?"

约翰·马卡里昂向管家示意,让他把放着苏打水瓶和玻璃酒杯的桌子往新来的客人面前挪了挪。他让莱奥德不用客气,自便即可。

"太感谢您了……"

麦克莱奥德先生往玻璃杯里灌了大半杯威士忌。黑利医生还在想他倒的酒是不是有些太多了,就见他也不掺水,端起杯子喝了一大口。莱奥德放下杯子后,才从嘴里冒出一声叹息。

"相信我,先生们。"他的语气非常严肃,"我也不想来麻烦你们,我听说黑利医生今晚会住在这里。这案子事关重大,这里又这么偏僻,我不得不来请求他的帮助。"

他不安地换了一个坐姿。黑利医生发现他的额头上布满了汗水。

"发生了一起谋杀案。"他的声音非常低沉,"在杜克兰城堡。玛丽·格雷杰小姐被杀了。"

"什么?"

"没错,马卡里昂上校,千真万确。那个可怜的女人昨晚在睡梦中被杀了。"地方检察官举起手,做了一个愤怒又可怕的手势。

"但是这怎么可能呢?这世上怎么会有人想杀玛丽·格雷杰呢?"约翰·马卡里昂转向黑利医生,"连流浪汉和补锅匠都会在这个姑娘经过他们身边时为她祈祷。她心地那么善良,总是会帮助他们。"

"马卡里昂上校,我知道。"麦克莱奥德说道,"阿盖尔郡谁不知道呢?但事实就是如此,她就那么躺在那里,被人杀害了。"他的声音又低了下去,"我从来没见过如此可怕的伤口。"

第二章

一片鱼鳞

麦克莱奥德先生擦了擦他的额头,他总是很容易出汗。他的鼻翼微张,继续用沙哑的声音说道:

"那绝对不是一般的刀造成的,伤口附近的血肉都被撕开了。"他转向黑利医生,"人们发现格雷杰小姐时,她靠在她的床边。"他顿了一下,脸上的血色逐渐消失了,"房间的门从里面上了锁,所有窗户的插销也都锁得好好的。"

"那是一个密室吗?"约翰·马卡里昂问道。

"没错,马卡里昂上校。没人能进那个房间,也没有人从那个房间出来过。我已经亲自检查过那些窗户了,门也检查过了,再怎么尝试也是无法从外面把窗户关上的,从外面也的确打不开那扇门。"

他摇了摇头,闭上了眼睛,仿佛陷入了冥想,在接受

上帝对他的指引。沉默了一会儿,他对黑利医生说:

"伤口在左肩,靠近脖子,目前我只能判断出深约10厘米,像是用斧头劈出来的。但奇怪的是,出血量似乎很少。阿德莫尔的麦克唐纳德医生检查了尸体。他认为死因更像是遭到惊吓身亡,和伤口无关。格雷杰小姐似乎已经受心脏病困扰好几年了。我想这样就能解释为什么出血量这么少了吧?"

"也许是的。"

"她的睡衣上也有一些血,但是不多。"麦克莱奥德先生又喝了一大口威士忌,"我联系了格拉斯哥的警局总部,但由于今天是安息日,邓达斯督察明天早上才会回来上班。当我听说今晚黑利医生会留在这里,我想要是黑利先生愿意帮忙马上去现场检查一下房间和尸体,到明早就能有一些进展了。"说着,他站起身来,"我已经安排车子在门口等着了。"

约翰·马卡里昂一路陪同他的客人来到了杜克兰。

死者的哥哥哈米什·格雷杰上校早已在城堡的大厅中等候。麦克莱奥德先生称他为"杜克兰"。杜克兰看上去像一只老鹰。他一言不发,用力握了握黑利医生的手。然后,他带着约翰·马卡里昂去往与大厅毗连的一个房间里休息,让麦克莱奥德先生带医生上楼。

"唉,这次对他来说可能是一次致命的打击,"地方检察官和医生一起走上橡木楼梯时低声说道,"杜克兰和他的妹妹相依为命。"

楼梯的尽头是一条走廊,往前分出几个拐弯口。他们径直往前走过第一个岔口,来到一扇门锁已经被拆卸下来的门前。麦克莱奥德先生停下了脚步,对医生说:

"就是这个房间。只有门锁被破坏了。我当时进去的时候吓了一跳,我建议你也先做好心理准备。"

黑利医生看着神情严肃的检察官,点了点头,准备开门。门被无声地推开了。他看到一个穿着白色睡裙的女人跪在床边。梳妆台上有一盏闪着微光的煤油灯,窗帘拉得紧紧的。在灯光下,白发女子跪在地上,似乎只是在进行祈祷。

他看了看四周,墙上挂着一些装裱好的刺绣样品和作品,还有很多画。家具都是些又大又沉的物件:一张挂着篷帐的四帷红木柱大床,一个仿佛是为巨人而设计的洗手台,一个像封建古堡般矗立的衣橱。几张椅子和桌子就像是无措的小鹿,被围困在褪色暗淡的巨兽中央。

黑利走进房间,低头看向死去的女人。麦克莱奥德先生并没有夸大其词:她的锁骨都被割裂了。他弯下腰,把睡衣稍稍后拉,露出整个伤口。他脸上的表情突然从怜悯转变成了惊讶。他转过身,示意麦克莱奥德先生过来,并指向尸体胸口的一道从伤口末端偏上一直延伸到心脏上方的伤痕。

"你看。"

麦克奥莱德先生愣愣地看了一会儿,摇了摇头。

"这说明什么?"他小声问道。

"这是一道已经愈合的伤疤。目前我只能推测出她很久以前受过和今晚一样严重的伤。"

"会不会是动过什么手术?"

"没有缝合的痕迹。缝线留下的疤痕是不会消失的。"

麦克奥莱德先生又摇了摇头,他确定地说道:"我从来没听说格雷杰小姐受过什么伤。"

他看到医生通过他的单片眼镜仔细地观察伤口,并不停地拿下镜片。他的额头上又开始出汗了。窗外突然传来了一声猫头鹰的尖啸,让他吓了一大跳。

"这道旧伤,"黑利医生说道,"是被利器划伤的。你也看到了,这道伤已经愈合了,就像缝合过似的,留下的疤很浅。你看这道伤疤形状狭窄,边缘齐整。如果用的是钝器,那肯定会扯开旁边的肌肉,造成伤口边缘开裂。"

他指向新伤:"这就是典型的例子。这个伤口就是用钝器造成的。我现在可以进行初步的猜测:格雷杰小姐很久以前曾经被想要杀她的人捅伤了。没经验的人经常会认为心脏在胸腔上方,其实心脏的位置较低。"

他原本一直弯着腰,现在站直了身体,他比麦克莱奥德先生高出不少，硕大的脑袋和他高大的身躯反而刚好相称。麦克莱奥德先生抬头看着他，想到了一幅给他的童年留下阴影的画：《迦特巨人歌利亚》。

"我从来没听说过有人想要杀害格雷杰小姐。"

"据约翰·马卡里昂的描述，我想她绝对不会是那种想要自杀的人。"

"绝对不是。"

医生又弯下腰仔细地观察那道伤疤。

"捅自己时，往往捅进凶器后就会拔出来，所以会留下一道短伤疤；而用刀捅别人往往会往下用力，留下的伤疤会更长。你也能看到这道伤疤显然很长，而且越往下越宽，完美符合用刀造成的伤口特征。"

他将他的单片眼镜移到新伤上："而这次致命的伤口则恰恰相反，这是有人用某种——我认为应该是某种长柄把手的钝武器——用力击打所造成的。凶手当时面朝着被害者。她是死于惊吓过度。因为如果她的心脏一直在跳动，伤口肯定会喷涌出大量的血。"

窗外不时飞过的猫头鹰发出的尖啸让麦克莱奥德先生越发心神不安。

"只有疯子才会下这么重的手。"他激动地说道。

"也许是的。"

黑利医生从口袋里拿出一根医用探针，仔细查看伤口。然后他打开了一盏医用灯，照亮了死者的脸。他听到麦克莱奥德先生倒抽了一口冷气。从那张脸上的血痕可以看出，格雷杰小姐在死去之前，手上沾满了自己的鲜血。他蹲下来，拿起她握紧的右手，并用力掰开。她的手指上沾满了血。黑利医生的脸上露出了疑惑的神情。

"她抓住了凶器，"他说，"那就说明她被砍中的时候并没有死。"

他看了一眼她左手的手指：上面并没有血。他站起身来，对麦克莱奥德先生说：

"她并没有用她的左手。她用右手抓住了武器，然后再按住了自己额头。鉴于出血量不多，造成伤口的凶器很可能直到她死后仍插在她的伤口中。也许在她倒地后，她试图拔出伤口中的凶器。凶手后来拿走了他的凶器，所以他目睹了她痛苦挣扎的过程。"

麦克莱奥德先生把床脚的栏杆攥得咔嗒作响。

"没错，没错。但是凶手怎么从这个房间里逃离的呢？你看那扇门。"他指向之前破坏门锁而锯下的一大块红木门板，"他根本不可能从门逃离，也不可能翻窗逃走的。"

黑利医生点了点头，走向离床最近的窗户，拉开厚厚的窗帘，并打开了窗户。月光携八月夜晚的暖风一起涌进了房间。他打开了医用灯，仔细地查看窗框后，再关上了窗户,开始检查窗户的紧固件。

"你说这扇窗户的插销当时是插好的吗?"

"是的,另一扇窗户也是。"麦克莱奥德先生又擦了擦他的额头,并补充道,"这间卧室就在杜克兰书房的正上方。"

黑利医生前后拨动着插销。固定的弹簧力度不是很足,看起来磨损很严重。

"格雷杰小姐睡觉的时候是开着窗户的吗?"

"我想她在这种天气是开窗睡觉的。我已经确认过昨晚这里的窗户本来是开着的。"

医生将灯光移到窗户下的地板上,突然发现了什么,俯身查看。地板上有几滴血迹。

"你看。"

"你觉得她是在这里受伤的吗?"麦克莱奥德先生低声问道。

"很有可能,不然就是她受伤后跑到了这个位置。你看这里的血量很少,只有一两滴。当时凶器肯定还插在她的伤口中。"黑利医生弯下腰,仔细地盯着血迹研究了几分钟,"她很有可能就是在这里受伤的。如果刀刃还插在伤口上,血液会过一两秒后才会流出来。她肯定是回到床边,在拔出凶器的时候不支倒地。"

"凶手不是从窗口逃走的。"麦克莱奥德先生肯定地说道,"下面的花坛上并没有鞋印。那里的泥土非常松软,连麻雀在上面跑过的脚印都能看得一清二楚。如果你明天再来看看,还会发现外墙面和你的手背一样光滑,根本不可能沿着墙面爬上爬下,得搭个脚手架才能够到窗户。"

麦克莱奥德先生说完又擦了擦额头。他显然已经考虑了所有的可能性,又逐一推翻。黑利医生走到燃着火的壁炉边,像检查窗户一样仔细检查。

"至少我们能肯定没人从烟囱里进来过。"

"这点几乎可以肯定,我已经考虑过了。烟囱里容纳不了一个人,我亲自确认过了。"

现在只剩下尸体跪坐的区域还没有仔细查看了。地板上已经有不少血了,要不是人死后伤口便会快速凝结,出血量肯定会更大。

黑利医生拿着医用灯,上下查看着那个蜷缩的身体。看到值得注意的地方就会停下来仔细端详一番。在快要结束对尸体的检查时,他突然发现伤口上的睡衣领口边有一道银光,如同草叶上的露珠般吸引了他的注意力。黑利医生弯下腰,发现皮肤上黏着一片圆形的物体。他伸出手摸了摸,圆片马上掉了下来——那是一片鱼鳞。

第三章

哥哥和妹妹

黑利医生让麦克莱奥德来确认一下这到底是不是鱼鳞，检察官看了一眼就肯定了他的猜测。

"没错，这是鱼鳞，鲱鱼鳞。这种鱼鳞非常独特，在法恩湾边生活的人都能一眼看出来。"

"如果是这样的话，我们要找的凶器可能是捕鲱鱼的工具。"

黑利医生的声音中透露出一点激动。麦克莱奥德先生也同意他的看法：

"看上去没错，一定是这样的。虽然我和渔民们没打过什么交道，但是我知道他们偶尔也是会用斧子的。奇怪的是这里竟然只有一片鱼鳞。如果你处理了一条鲱鱼，手上肯定会沾上几百片鳞片。"

"有可能是凶手清洗过刀刃。"

"这种鳞片很难洗干净。因为这种鳞片不管碰到什么东西都会黏在上面,所以总会漏掉不少。"

麦克莱奥德先生感到越来越不安了。这片鲱鱼鳞的发现给他带来的震惊程度不亚于这场谋杀案。这很可能是因为阿盖尔郡有太多人都是直接或者间接靠在法恩湾捕捞鲱鱼为生。黑利医生打开一把小折刀,非常小心地轻轻用刀尖挑起了那片鱼鳞。他将鱼鳞放在了梳妆台上的煤油灯下。

"如果你不反对的话,这片鱼鳞能交给我来保管吗?好在你之前也看到了这片鱼鳞就贴在那里,可以证明它的存在。"

他边说边放下刀,并从西装马甲口袋里掏出了怀表。他打开怀表,准备把鱼鳞放进怀表盖中。但是麦克莱奥德先生还是表示反对,这么重要的证据应该让邓达斯督察看。

"医生,我觉得你最好还是把这片鱼鳞留在这个房间里,让邓达斯督察看到。他是一个很挑剔的人,可不会感谢你给他提什么建议。如果我们动了任何证据,他可能不会太好说话。"

"好吧。"

黑利医生把鱼鳞放在梳妆台的一个抽屉中,然后关上了抽屉。

"我想在下楼之前再开窗看看。我刚刚看到有一艘船停在城堡附近。"

"那是一艘汽艇,是杜克兰儿子奥恩的。"

拉开窗帘,煤油灯发出的光在月光之下显得可怜又刺眼。黑利医生推开窗户,映入眼帘的是法恩湾平静的水面。一条泛着银光的溪流从城堡窗户下方流过,汇入了一条小溪中。他可以听到流水的潺潺声。楼下书房的窗户中透出的灯光照亮了楼下的花坛,花坛外是从正门口一直延伸到窗户左侧下方的车道,车道再往左是陡峭的河岸。

那艘小船就停靠在溪流的河口。白色的船体在月光下闪着光芒,和小河口内的黑色码头形成了鲜明的对比。

黑利医生对麦克莱奥德说:"能否帮我把煤油灯拿出去。"

麦克奥莱德先生照做了。他拿起了煤油灯,走到走廊上并关上了门。黑利医生转过头,将视线从外面空旷的景象上转回到血腥的凶案现场。月光洒在格雷杰小姐的白发上,让她的白色睡裙都显得有些黯淡无光。在黑暗的卧室中,她看上去非常遥远,就像一个可怜的幽灵。

麦克莱奥德在走廊上重新点亮了煤油灯。当黑利医生出来的时候,麦克莱奥德双手端着那盏灯,灯罩微微地抖动,发出轻微的咔嗒声。

"我受不了在那里看着那个可怜的女人。"麦克莱奥德坦陈道,"你看到月光照到她头发上的样子了吗?她在最后的弥留之际肯定是在做祈祷。"

黑利医生看了看麦克莱奥德,担心煤油灯会从他颤抖的手中滑落。

"这座房子总让我感到很瘆人,听说这里曾经还闹过鬼。"

黑利医生看上去一点都不想离开犯罪现场。恐惧似乎给他带来了一种别样的享受。这也许和他对宗教与迷信的看法有关。毕竟,在黑利医生看来,人类连搞清楚圣人与魔鬼都用了好几个世纪。

"恐怕格雷杰小姐受到重创后,没有撑太久。"

"主啊,'我们生活在通往死亡的路上。'"

麦克莱奥德虔诚地点了点头,说出这句熟悉的话。他也像那种老一辈的人,喜欢从俗语中寻找力量和安全感。但是他心中的恐惧让他不想再多逗留下去了。

"想到凶手现在可能还在这城堡里,真是可怕。"

他说话有些含混不清,像一只窥探着阴影的小狗般看着黑利医生。犯罪现场在他丰富想象力的润色下,让他越发不安。

他重复道:"没错,玛丽·格雷杰弥留之际是跪在地上进行祈祷。她将全部的力气都用在了祈祷上。"

他的声音慢慢低了下去。他意识到那女人死前的祈祷没有得到回应，于是他的语气里又带上了深深的恐惧：

"主赐予的，由主夺去。"

他像是知道了自己根本不想知道的东西，摇了摇头。煤油灯又开始晃动。黑利医生从他手中接了过来。

他们下楼来到了杜克兰的吸烟室。黑利医生一开始还以为自己走进了一间古董陈列室。房间里摆放着橡木的家具，随处可见填充动物标本，墙上还挂着很多鹿角。老上校见他们进来就站了起来，做了一个仪式性的手势，请他们坐到扶手椅上。他还能做出这种反应，不是已经被这场突如其来的悲剧打击得神志不清，就是礼法的教育已经在他脑中根深蒂固，就算这种时候也不会置之脑后。

"怎么样，医生？"他的语气略带尖锐。

"恐怕目前我也无法给出什么有用的看法。"

黑利医生摇了摇头。他打量着这个房间，和这个地方的主人，而眼睛里没有流露出任何情绪。他认为楼上的卧室和他们所在的这个房间应该有某种值得注意的关联。这两个房间的布局透露出一种错乱的感觉，似乎房间的主人都想要将自己拥有的一切全部摆出来。杜克兰收藏着他捕猎到的鸟兽的犄角和毛皮；他的妹妹则收藏着她的刺绣样品和作品。兄妹二人的品位都与大众审美大相径庭，甚至还会让人感到隐隐的不舒服。黑利医生坐的扶手椅硌得他的背部有些疼痛；他在格雷杰小姐房间里见到的那几张椅子也一样丑陋和笨重。但这些椅子是格雷杰家族世代传下来的。杜克兰城堡似乎容纳了几代人传承下来的过时物件。

杜克兰说:"我亲爱的妹妹在这世界上没有任何敌人。我根本不相信有人会对她怀恨在心。"他轻柔地抚平他的苏格兰裙,"相信我,她是无比虔诚的。"

他的语气像主持神父般坚定,脸上面无表情,像是戴着一个面具,但是却微微泛红。他补充道:

"她受到主的庇佑,一路安好。"

所有人都陷入了沉默。黑利医生觉得很不自在。老上校的话肯定句句属实,但是他毫不掩饰的家族自豪感让人觉得他在称赞妹妹同时,也是在称赞他自己。

"你能把你知道的信息都告诉医生吗,杜克兰?"麦克莱奥德先生问道。

"恐怕我没多少可说的。我们的生活很平淡。"杜克兰转向他的客人,双手抓紧了椅子上雕花的扶手。他的手指干枯苍白,像蜘蛛腿一样上下摩挲着扶手,"我和我亲爱的妹妹昨晚像往常一样一起吃了晚饭。我觉得她看上去有点累,她昨天忙了一整天。"

他停了下来,调整着腰上的银饰。黑利医生注意到那上面有一个盾形纹章。他的动作还是那么轻柔,似乎在享受作为一家之主的满足感。他继续说道:"我的妹妹告诉我她头疼。我在晚饭前建议，能取消一次晚餐风笛的演奏。但是她拒绝了。她说'亲爱的哈米什，你肯定还记得我们的父亲就算在过世的那一晚也吩咐风笛手进行了演奏。'她很重视我们高地人的传统，不仅因为这种传统本身，还因为这种传统所代表的意义。我知道她很难受，但是她还是得体地接待了我的风笛手安古斯，在他演奏结束后，还站起来给他递赞颂杯。他肯定也明白她的苦心。黑利医生，这就是我亲爱的妹妹昨晚所做的事，还是这么关心照顾他人，忠于我们家族的习俗和传统。"

杜克兰的眼中闪着泪光，他伸手擦了擦。

"席间只有我和她，因为我的儿媳身体不舒服，而我的儿子还没有回来。我总是会回想起我的父亲，已故的老杜克兰还住在我城堡中的时候，他的子孙都觉得他是一个至善之人。玛丽的想法和我一样，她曾告诉我，她觉得我们的父亲是这世上最高尚的人。她说'他的房子里都充满了他的善良。'然后她提到了我的小孙子，她多么希望那孩子也不会辜负他所继承的家族传统。'他要是能知道除了服兵役以外不该有任何特权就好了。'一年前，这孩子的父亲被派驻到马耳他后，他们家就住了过来。她十分高兴，因为有机会能够亲自教导这孩子了。"

"她在对那孩子的教育上可谓是不遗余力。她深信良好的品格基础肯定是宗教。她总是不停地重复'对上帝的敬畏是智慧的启蒙。'她努力给那孩子灌输这种敬畏。她有一种独特的天赋，总是能够渗透孩童的心。我觉得也许是因为她本身就是一个非常单纯的人。她能用一个手势表达出无数的想法。她的内心充满了爱与美，但是她的想法永远不会逃脱良心的束缚。她认为就算是应该原谅的事，也要分清楚其中曲直。她曾经认为对于一个孩子来说，主的神圣是跟空气和阳光一样的必需品。他必须要学会人内心蕴含的爱意，但同时也要学会爱也是以正义为条件的。她经常会说一些关于人生来就是圣洁的，以及就算是最美好的情感也需要限制和净化的话。"

杜克兰的脸色黯淡了下来。他举起手，做了一个像是赞同，又像是抗议的手势。

"我不瞒你们，一些照顾教育孩子的人并不赞同我妹妹的想法。现在这个时代到处都透露着一种松散感。一些看起来很感性，而本质上非常腐坏的想法，往往取代了正义和责任。当今的孩子听说了太多关于宽恕、慈悲、爱和善良的故事，对于违背道德法律的后果却了解甚少。我们逐渐背离了我们的父辈所流传下来的朴素美德。玛丽认为她神圣的职责就是在她力所能及的范围内纠正这种错误的观念。"

他的语调低沉平缓，似乎是在背诵早就想好的说辞。这种压抑的氛围让黑利医生不由得小心提出现代的一些观点不一定全是错的，毕竟与其说忽视了人性的黑暗，倒不如说这是基于人性的美好。然而他的话却引发了老人激烈的反驳。

"我亲爱的妹妹深信人性本善。但是这种信念是基于她虔诚地认为人生来有罪。她痛恨人性中的'恶'，绝对不会妥协，甚至不会装作那只是小小的错误。她经常和我说：'我对那些以爱的名义原谅所有错误的多愁善感之人没有任何耐心。'接着她还会引用《圣经》中的那句话：'主所爱的他必管教。'"

杜克兰的语气很激动。黑利医生对他提出的小小质疑似乎触及了他灵魂中原本应该不惜一切代价进行压制的疑虑。他上下挥动着瘦削的手掌：

"相信我，玛丽的信仰非常坚定。当我自己有所动摇时，她总是能为我提供帮助和寄托的灯塔。她是一个非常坚韧的人。她的意志坚定，不可动摇。我不是一个像她那样能够坚定抵抗邪恶的人，但是她给了我力量。"

老人又擦了擦他的眼睛，充满歉意地说道：

"我很抱歉多说了一些无关的事。您是个善良的人，在发生这种惨剧后愿意来帮助我。我觉得就算是为了缅怀她，为了帮助你，我也该让你知道我亲爱的玛丽到底是怎样的人，有过怎样的一生。"他低下了头，"她在晚餐后不久就回房间去了。她的女佣克里斯蒂娜在10点左右给她送了一杯牛奶。她总是会在入睡之前喝一杯牛奶。克里斯蒂娜在10:15离开她的房间。她喝完牛奶就上床了，看上去已经入睡了。克里斯蒂娜离开时吹熄了房间里照明的那根蜡烛。"

"她的女佣是格雷杰小姐死前最后一个见到她的人吗？"黑利医生问。

"是的。"老上校直起了身子，"这让我感到算是些许安慰，她们是很好的朋友。我亲爱的父亲，老杜克兰去世时，是克里斯蒂娜合上了他的双眼。三十年来，她陪伴着我们度过了很多快乐和痛苦的时光。"

杜克兰每次提到他的父亲时，声音便会低下去。他对他的缅怀不言而喻，但是黑利医生脑中总是会想到约翰·马卡里昂先生对老杜克兰的描述。他是一个不折不扣的暴君，脾气暴躁，顽固不化，不接受任何与他对立的立场，到了晚年时期还重度酗酒。他的纵情狂饮给他的家族带来了恐惧和耻辱。这不由让人好奇，他的儿子和女儿是否是因为那些难堪的往事才变得如此互相依赖。显然孩童时期的他们只能互相关爱。

"你妹妹在房间里不用煤油灯吗？"

老人的嘴角扯出一丝假笑："不，先生。你肯定认为我们的生活落后于这个时代，玛丽的确对煤油灯抱有一种旧思想与新事物碰撞时所产生的焦虑。我们生于蜡烛的年代,成长于蜡烛的年代。对于我们俩来说,摇曳的烛火有着其独特的吸引力。我们的休息室也是一直用蜡烛进行照明。烛光照映下,就算是已经习惯电灯照明的人也会不禁发出赞叹。我的儿子最近提过要在城堡里安装电灯,但玛丽恳求他等到她去世以后再着手落实这种革新之举。"

玛丽的请求必然包含着她对于传统的深情,但是上校言辞激烈,则让这番话的效果听起来大打折扣。医生再一次产生了老人其实只是一个传声筒的想法。他的妹妹虽然已经不在这世上,却仿佛依然在他身后为他灌输思想,教他字斟句酌。让人不禁想要好好问问他自己对于抚养孩童、煤油灯和电力的看法。

"你的妹妹今年离开杜克兰的次数多吗?"

"从来没有离开过。她的生命就是在这幢房子里。很久以前,她还会偶尔去爱丁堡游玩。在很少数的情况下,她会在这种季节时去伦敦住上一周。但是近来她没有出过远门。"杜克兰向后靠向椅背,闭上了眼睛,"她全权负责打理这座城堡和周围院子,所有的细节她都烂熟于心。不会出错,不会出现烤煳的食物或者疏漏的细节。她是一名优秀的管家,优秀的主管,优秀的负责人。她做所有事也都是不慌不忙,恰到好处。我敢说,要是没有她的高瞻远瞩和卓越的管理能力,单凭我一个人是绝对没办法在这座城堡里待到今天的。我也许每年都会出去打猎,也许就会搬进庄园内的某个较小的屋子里住下了。玛丽一直都很担心我有一天真的会这么做。"

医生从背心口袋里掏出了一个银质的盒子。他沉默了一会儿，打开盒子，吸了一下。他的动作非常优雅，然而脸上依然没有表情。他问道：

"你们是怎么发现她死亡的？"

"是女佣芙洛拉在送我妹妹的早茶时发现的。她发现我的妹妹锁了卧室门，这很不寻常。于是她就去找来了克里斯蒂娜和安古斯，但是他们敲门也都没有听到里面有反应。于是安古斯就来找我了。"

老人停顿了一会，垂下了头。他继续说道："我的儿子一直随军队派驻在埃尔郡，前一天晚上刚回来。我叫醒了他。我们一起找了一名木匠，让他把门锯开。我们还去找了阿德莫尔的麦克唐纳德医生，门被锯开之前他就到这里了。"

杜克兰再次靠到椅背上。他的脸像一张皱巴巴的羊皮纸，如死尸般惨白。他似乎有点喘不上气。

黑利医生继续问道："你确定格雷杰小姐没有锁上卧室门的习惯吗？"

"非常确定。"

杜克兰的黑色瞳仁闪烁了一下。

医生摇了摇头："那也就是说，她昨晚颠覆了她保持了一辈子的习惯。"

老人没有答话。他在椅子中不安地换了一个坐姿,手指不经意地敲着把手。突然,他身子前倾,做出凝神细听的动作。大家都听到有一辆车开到了前门的声音。

第四章

邓达斯督察

罗伯特·邓达斯督察第一眼看上去就是一个精明的年轻人。他迈大步走入杜克兰城堡吸烟室的架势都透露着十足的侵略性。他亲切地向城堡主人问好,但语气和姿态中透露出的几分冷漠则表现出他不会允许任何人干扰他履行职责。

虽然他的身材不很高,但身段精悍足以让人忽略身高。黑利医生的脑子里浮现出了一个能够形容他刚柔并济的词:健美。邓达斯的眉眼如同女孩子般清秀,但是他的嘴巴似乎随时都能把对手咬下一块肉。他的嘴唇特别薄,嘴角下弯。麦克莱奥德先生一眼就认出了他,并将约翰·马卡里昂和医生介绍给他认识。邓达斯督察表示很高兴认识他们,然而从他的脸上却看不出什么高兴的神色。

"如你所见,我没有多少时间,检察官。"他对麦克莱奥德先生说道。

他安静地听着，脸上带着像殡仪馆人员般职业化的悲痛神情。他那双蓝色的眼睛则四处打量着整个房间。当他听到黑利医生做的事后，眼中露出了一丝寒意。

"在我亲自上楼之前，我要知道现在有谁住在这座城堡中。"邓达斯督察从口袋中掏出了一本薄薄的笔记本，转向杜克兰，"如果可以的话，请给我列一张详细的清单。"

他最后一句话的语气像是医生在评估病人的症状，只有他自己清楚病症的严重与否。

杜克兰颤巍巍地鞠了个躬：

"首先是我自己，然后是我的儿子奥恩和他的妻子。我还有四名室内仆佣……"

邓达斯举起他明显精心打理过的手。

"请稍等一下。你是哈米什·格雷杰上校，阿盖尔郡人和萨瑟兰高地人的后裔，阿盖尔郡杜克兰城堡的主人。"他记录的速度和语速一样快，"您的年龄，先生？"

"74岁。"

"死者是您的姐姐还是您的妹妹？"

"妹妹。"

"您的儿子呢？他是军队中的军官，对吗？"

"奥恩是皇家炮兵团的上尉。"

"休假中吗?"

"不,我的儿子一个月前刚从马耳他回来。他在那里待了不到一年。目前他在艾尔郡执行特殊任务。"

"我知道了。那他是只在这里待一两天吗?"

"他昨晚到的。我不知道他要什么时候走。"

"年龄呢?"

"32岁。"

"他是您的独子吗?"

"是的。"

"您是一名鳏夫吧?"

"是的。"

"您的妻子过世多久了?"

杜克兰的眉头皱了皱,但不久又舒展开来。

"在我儿子4岁那年。"

"那就是28年了。"

"没错。"

"这段时间里,您的妹妹一直和您住在一起吗?"

"是的。"

"那您的儿子是她养大的吗?"

"是的。"

忙碌的笔头跟不上问话的速度。邓达斯停止了问话,埋头写了几分钟,然后猛地抬起头来问道:

"您的儿子结婚多久了?"

"三年零几个月。"

"有孩子吗?"

"有个两岁大的儿子。"

"他的妻子叫什么?出嫁前的全名叫什么?"

"奥纳格·格林诺。"

"是爱尔兰人吗?"

杜克兰的唇角挤出一丝笑:

"我想是的。"他认真地说。

"格雷杰夫人陪同丈夫一起去马耳他了吗?"

"没有。她因为要照顾她的儿子而留在这里。"

"那她跟他一起去艾尔郡了吗?"

"没有。"

"她多大?"

"24岁。"

"那她……"邓达斯再一次猛地抬起头来,前额在烛光下微微反光。这种习惯性的动作让接受询问的人略有些不安,"她和您已故的妹妹关系好吗?"

黑利医生有些不耐,但依然留心观察老人听到问题后的反应。杜克兰眯了眯眼。

"由于你并不认识我的妹妹,我就原谅你会提出这种问题。"

"无意冒犯,先生。"

"我想也是。"杜克兰把手放在长长的下巴上,"我的儿媳妇和我们其他人一样尊重与敬爱她。"

邓达斯低头边写边用一种让黑利医生觉得非常别扭的语气说道:"关系和睦,也不能一概而论。"他满意地抬起头,"很好,接下来该说仆人们了。领我进来的应该是您的管家吧。"

"他是我的风笛手,安古斯·麦克唐纳德。"

"他的举止就像一名管家。"

"很抱歉,邓达斯先生,但你好像不熟悉高地的风俗。安古斯是我和我们家族的老朋友。他曾是我父亲——也就是前任杜克兰的风笛手。我父亲很珍惜与他的友谊。如果我早于他过世,我祈祷他能继续为我的儿子吹奏。我们的风笛手和普通的仆从地位根本无法相提并论,但是在困难时期,我们不得不请求他们身兼数职。"

邓达斯淡淡地说:"这不是半斤八两吗,先生?不管那个老人是不是风笛手,他实际上就是一名管家。"

"不。"

督察耸了耸肩膀。他像是一个走进哥特式教堂的低劣建筑开发商,他无法领略其中的美丽,只会关注其久远的年代和恢宏的气概,好让他出去后能更加夸张地对旁人进行形容。黑利医生敢说邓达斯回去后肯定会吹嘘他的杜克兰之行，甚至还会夸大其词。杜克兰的脸上已经不自觉地浮现出一种只有人和食肉的鸟类会露出的怒意。

"先生，那就请你行行好，不要去管那些你无法理解的事。你做你该做的事就好。"

"好吧。您的风笛手多大年纪？"

"68岁。"

"已婚还是单身？"

"单身。"

"其他的仆人呢？"

杜克兰想了一会儿。他的眼睛里依然闪着愤怒的光，但是他压制住了心中的情绪。

"我有一名厨娘和一名女佣，她们是坎贝尔姐妹。除此以外还有我儿子的老保姆，克里斯蒂娜。她的地位也高于普通的用人。"

他停顿了一下，似乎在等待邓达斯发表高谈阔论。然而督察只是盯着地毯。

"克里斯蒂娜60岁了。她是一名寡妇，姓格雷姆。她之前是我妹妹的女佣，也是我孙子的保姆。"

"坎贝尔姐妹是本地人吗？"

"是的。"

"她们的教名是什么？"

"玛丽和芙洛拉。玛丽是我的厨娘，今年28岁，她的妹妹芙洛拉今年25岁。"

老人叙述的语气中带有一丝轻蔑。他像狗一样露出牙齿，表达对督察和他的笔记本的不屑。但是在医生看来，他的嘲弄下隐藏着一种解脱：只要回答这寥寥几个问题就能解决这起谋杀案了。

第五章

飞溅的水花声

屋里陷入一片尴尬的死寂。

终于邓达斯开口打破了沉默:"我在上楼前想问一个问题,您之前知道您儿子昨晚会回来吗?"

"我们只知道他很快会回来。"

"请回答我的问题。"

"我们事先不知道他昨晚会回来。"

"他怎么来的?"

"开摩托艇。"

"什么?"

杜克兰的眼神又闪烁了一下。

"他是开摩托艇来的。"

"这是最快的交通方式吗?"

"这你得去问他了。"

黑利医生和邓达斯一起来到了格雷杰小姐的房间。在他们进入房间之前,督察告诉医生,他希望自己单独进行调查。

"我知道你作为一个业余侦探非常有名,医生。当然了,我很感激你之前所做的工作。如果你同意能陪同我进行对证人的询问,我也不胜感激。但本次调查将由我全权掌控并负责,我不希望出现私下调查的情况。"

他看到医生的脸上微微有些泛红。

"好的。"

"请不要生气。请你设身处地为我想想,这是千载难逢的机会。如果失败了,可能再也不会遇上这种事了。我是一个习惯单干的人,我不喜欢和别人合作。如果有人和我提出别的想法,我就无法集中注意力。你可以说我有我独特的思维方式。所以如果我说'你跟我来,但是不要扰乱我的想法。',以及'不要跑到我前头',这并不是冒犯你,而是实话实说。"

督察的表情很诚恳,甚至让人不自觉地体谅他话中的直率。

医生笑了笑,友善地说:"你的意思是,我只要好好坐着就可以了吗?"

"没错。就当一个与此事无关的人。"

"那如果我拒绝你的好意呢？"

"那我会很遗憾。但你也只能独自对本案进行调查。"

黑利医生点了点头，表示同意。

"我还会留在达罗克摩尔庄园一周，在此期间你需要我的服务可以随时来找我。"

"你不会再来这里了吗？"

"不会。"

黑利医生的幽默感让督察增添了几分安心。他的脸上没有敌意，也没有表示出轻蔑。虽然他的脸上没有过多表情，但是总会让人觉得非常温和。他什么都不用做就能表现出一股自信的气质。他淡淡地说：

"我希望你能够大获成功。没人比我更加明白成功破获这种案子所带来的机会是多么可遇不可求。这就像打桥牌，再好的水平拿到一手烂牌也无法发挥。"

"没错，你明白就好了。"

邓达斯说话的语气似乎放下了心，但是手上的动作却没有停。他打开了一个金属烟盒，笑着拿出一支烟递给医生，似乎为了表示自己的友好。

他向医生道歉："我觉得你可能会认为我表现得非常粗鲁自大。其实不是的。破案是你的业余爱好，但却是我的本职工作。如果你失败了，没有人会怪你；而如果我失败了，以后就会换人来处理这种案子。"他停顿了一下，"还有一点。如果我们合作抓到了凶手，不管你做出了多少贡献，功劳都会是你的。大众就喜欢业余侦探。而声誉就是我这行的标杆，这是我唯一在意的东西。"

"我非常理解。相信我，我不是主动参与调查的。"

邓达斯点了点头。

然后他突然问道："你怎么看这起案子？"

医生笑着反驳他：

"亲爱的先生，如果我告诉你了，不就是在扰乱你的判断吗？"

他笑着看到督察的脸微微发红。

"这没有什么区别，我只是想知道你的想法。前提是如果你已经有成型的想法。"

黑利医生摇了摇头。

"我还没有什么想法。你到的时候我正在听杜克兰说他的妹妹。从他的独白中，唯一清楚的是整个城堡完全由格雷杰小姐一人掌管。她的哥哥允许她做任何她自己想做的事。我觉得他没有任何主见，除非是她的主见。现在她死了，他就像一个失去领导者的信徒，紧紧地抓住她的主张和想法不放。他不能允许任何人对此发表一点点的反对意见。"

邓达斯抬了抬眉毛。他显然觉得这些私人关系的细节对他没有任何帮助。

"恐怕我会更加关注那些希望除掉格雷杰小姐的人,而不是觉得没有她就活不下去的人。"

医生下楼的时候想到,这是他第一次被要求不要插手案子。但是他还是决定遵守他的承诺。到了休息室后,他将发生的事一五一十地告诉了杜克兰和其他人。

"邓达斯就是这样的人。"麦克莱奥德的语气有些懊悔,"他总是想什么事都自己干。但是不得不说,到目前为止他的运气一直都不错。"

"那就希望幸运会一直眷顾他吧。"

约翰·马卡里昂站起身准备离开。他向杜克兰伸出了手。

"我知道你现在肯定非常痛苦,恐怕这个警察只会让你雪上加霜。"

"谢谢你,约翰。"杜克兰握了握他的手,转向黑利医生,"我真的很感激你。很遗憾不能让你继续调查下去了。"他边说边摇头。虽然他做出了难过的表情,但是医生觉得他说的话就像他刚刚离开邓达斯督察时听他说的话一样。杜克兰和格拉斯哥的警察都希望他赶紧离开。杜克兰站起身来，看了一眼墙上的钟。然后他从口袋里掏出一块金怀表，又仔细看了看。

他问约翰·马卡里昂："需要我派车送你们吗？"

"不用了，谢谢。"

"那我能送你们到门房那里吗？我正需要透透气。"

"亲爱的杜克兰，已经很晚了。你确定你还是要出去吗？"

"让我一个人坐在这里才让我受不了。"

他们从城堡中出来时看到月亮已经升到了西边的天空。朦胧的月色下，这座伪半中世纪风的城堡看上去也没有那么别扭了。杜克兰城堡先前的主人就像高地那些在十九世纪暴富的地主一样。他们都试图将自己原本光秃秃的老房子改成英格兰式的封建城堡。加筑的塔楼、栏杆，还有其他贵族派头的装饰，让原本虽然简陋却不失气度的庄园变成一道不伦不类的风景线，也成了当地建筑商捞油水的宝地。

老人走得很慢，一行人花了很久才走到了门房边。约翰·马卡里昂好几次试图劝他回屋内休息，但老人似乎不想理会他。黑利医生发现杜克兰经常会停下来，每次停下来时，他都会回头看向海湾对面。他似乎在细细聆听些什么。当一只海鸟偶尔尖叫一声时，他甚至不小心把拐杖摔到了地上。医生仔细观察了他一会儿，就得出了一个结论：他早就想好了要出来走走。但是他到底在听什么？夜晚的杜克兰城堡静悄悄的，没有一点声音。

老人边走边和他们说："我的妹妹很喜欢这条小道。她去过很多地方，但坚持认为门房北边的风景是最优美的。也许她现在正看着我们呢。"

他又转向黑利医生，用低沉的声音说："我们高地人懂得山川和大海中蕴藏的精神。所以那些永远不会理解我们的低地人，会觉得我们高傲。没错，我们的确高傲，但这高傲来自我们的血脉、我们的家族、我们珍爱的土地。高地人有着为他们的高傲而献身的觉悟。"

虽然他的声音不大，但话语中却充满了感情。杜克兰显然深信那一切就是他生命的根基。在医生看来，他是一个坚定的信徒。然而狂热信徒的内心深处往往是一个怀疑论者。

他们走到了门房边。老人划亮了一根火柴，看了看他的怀表。

"已经是凌晨2点了，至少我看来是的。你觉得呢，医生？"

"恐怕我的手表停了。"

约翰·马卡里昂扬起手腕对着月亮看了看，说道：

"没错,刚好2点整。"

"希望你们睡个好觉,先生们。"

杜克兰庄重地向他们鞠了个躬,转身离开了。他们一直看着他的背影,直到他消失在夜色中。

约翰·马卡里昂正准备走出大门,但是医生伸手拉住了他。

"我应该送杜克兰回到屋子里。"

"这里可是他自己的地盘。"

"听着,伙计。你先回达罗克摩尔庄园,给我留着前门。等我这边忙完了,一切都没事了,我就马上回去了。"

"我和你一起去。"

医生摇了摇头。

"很抱歉,我想自己一个人去。请允许我稍后再向你细细解释。"

"亲爱的黑利啊。"

"我自有我这么做的原因。"

约翰·马卡里昂属于少数会让别人用自己的方式去处理自己事务的人。他点了点头,掏出自己的烟斗,塞了些烟草。

"好的。"

黑利医生转身快步顺着杜克兰离开的路追了上去。如他所料，那个老人在必要的时候能走得飞快，他没有追上他。当他回到城堡时，他觉得杜克兰还没有回来。书房的烛光依然亮着，但里面却空无一人。他小心翼翼地跨过车道和窗户中间的花坛，凑近冒出光的窗户前看了看。

那个老人去哪里了？他绕着城堡前部走了一圈，从车道走到了在格雷杰小姐窗口看到的河岸。他沿着河岸往下走，四处仔细地张望，但是走到河边也没有看到任何人。

码头的浪很大、水很深。他能够清楚地看到那艘摩托艇。他举起镜片，想看看有没有人在岸上，却一无所获。他考虑过去码头看看，然后觉得要是河对岸的树林里有人看到他的话，肯定会觉得他很可疑。他开始回想起促使他跑回来的种种推理中的疑点，但是当他开始细想时，还是选择先把这些放在一边。杜克兰在离开城堡和抵达门房的时候都摆弄了一下他的怀表。他希望给他的访客们留下他在2点整后才离开他们的印象。这似乎说明他想要撇清某件2点整发生的事与他的关系。

河对岸的树林中传来树枝断裂的声音。黑利医生转过身，凝神细听。听到有一扇窗户打开的声音，他赶紧蹲下了身。一阵脚步声传来，然后又慢慢远去。医生转头看去，一个女人正在往码头走去。

她走得很慢，每一步似乎都经过了深思熟虑。他隐约能看清那是一个年轻的女人。她走到码头尽头,停了下来,转过身。在月光下,他隐约能看到她的脸。她的头部一直保持着一个很紧张的姿势。她突然间举起手臂,指向城堡,维持这个动作几秒钟后,就放下手臂,转向码头下波光粼粼的水面。突然,河对岸似乎传来了一声咳嗽声。那声音仿佛近在咫尺,医生不由得转过头,盯着对岸的树影想看个究竟。还没等他看出什么,飞溅的水声把他的目光拉了回来,那个女人已经不见了。

第六章

奥纳格·格雷杰

黑利医生赶紧往码头跑去。那个女人就在离码头一两米外的水里挣扎。他脱掉了大衣,一头扎进了水中。

当他游到她身边时,她已经往下沉了。黑利潜入水中,过了一会儿,他便将她拖上了岸。月光下,他终于能好好地看清楚她的脸,他发现她已经晕过去了。他将她放到河岸上,开始准备做人工呼吸。

一开始并不是很顺利,黑利医生不得不停下来喘几口气。他打开了医用灯,好好看清了这个女人的脸。

她长得很美,有着一头乌黑的头发。当他把灯光往下移时,不由得发出了一声惊呼。她的脖子上有两道环形的瘀伤。他蹲下来仔细检查。深紫色的瘀伤触目惊心,已经造成至少12小时了。显然有人曾试图想掐死这个女孩。

这个发现让他非常震惊。但是医生明白当务之急是什么。他关掉灯,继续对女孩进行急救。终于,她能够进行正常的呼气了。当他停下来确认她能否进行自主呼吸时,身后似乎传来了脚步声,然而医用灯却没有照见任何人。她的呼吸断断续续的,似乎随时都有可能停止。他又努力了很久,才让她微弱痛苦的气息慢慢恢复成正常的呼吸,脉搏慢慢回复了。他拨开她的眼皮,用医用灯照射她的眼睛,希望强光的刺激能够让她的大脑恢复反应。她动了动,又紧紧闭上了眼,似乎在抗拒他。她的嘴里发出低低的呻吟,他好不容易才分辨出几个词:"为了你"和"失败"。

他用手拍打她的脸颊,让她醒来。过了一会,她睁开了眼睛,无神地看着黑暗的夜空。

"我好害怕。"

她抬起手,似乎在寻求帮助。他握住她的手,用另一只手轻轻地拍了拍。他感觉到她的手指僵直地蜷在一起。

"我好害怕……"

"别担心,你现在已经没事了。"

她严重的空洞现在变成了恐惧,猛地抽出了手。

"我在哪里?"她的声音中带着巨大的痛苦。

"你没事了。"

"不,不。"她喘着气,迅速地推开他的手,移走照在她脸上的光。

"我掉进水里了吗?"

"是的。"

"你不该救我的。"

她的两只手紧紧地抓着他:"我觉得好虚弱……太可怕了。"

他从口袋里掏出了酒壶,打开递给她:"喝点这个。"

"这是什么?"

"白兰地。"

她顺从地喝了几口。酒精似乎激发了她的焦虑。

"你为什么要救我?"她喃喃道,语气中突然充满了苦涩,"你是谁?"

他如实和她说了。在他说话的时候,她一言不发。过了一会儿,她开口了:

"我叫奥纳格·格雷杰。奥恩·格雷杰的妻子。"

"我猜到了。"

她不再过多解释。他听到她开始发抖,于是又让她喝了些酒。

"你现在有力气走回城堡里吗?"

"不,不。"

"你不能一直留在这里。"

她发出一声啜泣:"不要逼我回去。我……我不能回去。"

"为什么？"

她的牙齿颤动着，呼吸非常急促。他发现她在努力地控制住自己的情绪。

"求求你不要逼我，黑利医生。我不能回去。"

"好吧，那我就要马上把你送到达罗克摩尔庄园。"

"不必了。"

"不行。"

他边说边站了起来，这时候才意识到他因为蹲下抢救太久，已经有些筋疲力尽，腿也有些僵硬。湿透的衣服紧紧地黏在他的身上。他伸手想拉她起来，但是她没有懂。

"请不要管我了，请你自己回达罗克摩尔庄园吧。"她颓然地坐在地上，声音中带着哭腔，越说越轻。

医生温和地劝道："听着，不管你到底为什么要跳水，现在你也已经失败了。上帝救下你的命肯定是有他的原因。你不能再试图寻死。如果有必要的话，我会一直在这里陪你到明天早上。我比你更强壮。如果到了明天早上，我认为你还有一点再度寻死的可能，我就会把你交给警察。"

"你不明白。我这条命根本不值得拯救，我保证我的命根本就不值得。"

"你还有你的儿子。"

她哭喊道："不要和我提他！"

"我必须要提他。"

"他会忘记我的。他不会记得的,他不会知道……"她双手紧攥,声音慢慢小了下去。

"你愿意把他托付给陌生人照顾吗?"

"陌生人?我才是那个陌生人。"

黑利医生沉默了一会儿,又说道:"我看到了你脖子上的瘀伤。"

她连忙用手拉了拉裙子的领子,包住了自己的脖子。她没有回答。

"作为一个医生,我一眼就能看出你在24小时内遭到了攻击。"

她还是保持沉默。

医生等了一会儿,还是开口劝她说出实情:

"如果你愿意如实告诉我,我也许能够帮助你。相信我,在这种情况下,隐瞒实情才是最愚蠢的。"

"我不想说。"

她突然抬头看向他。

"你看出这些瘀伤应该算是职业秘密吧?"

"可能吧。"

"请保证你不会和任何人说起这件事。"

医生考虑了一会。

"好吧。"然后他伸出手,"我还是坚持你要起来走走。"

你不能一直坐在这里,你要好好活下去。"

她抬起头,犹豫了一会儿,终于握住了他的手。他觉得她的体力已经慢慢有所恢复了。但过了一会儿,她晃了几下,要不是有他扶着,她可能就要摔倒在地了。

"我觉得我还走不动路。"

"你必须努力试试。"

他又把酒壶递给她,让她喝了几口。他搀扶着她,沿着河岸,慢慢走向通往车道的小树林。当他们走到树林边时,他停了下来,让她能够休息一下。

"我觉得如果你能说出为什么想要轻生,也许你会轻松一些。"

"不。"

"杜克兰早就知道你准备跳水。"

她拖着脚步走到旁边,抓住了一棵树。两人之间陷入了沉默。医生能听到城堡边不停传来猫头鹰的尖啸声。

"你怎么知道的?"

"他不久之前来过这里。"

"这是他告诉你的吗?"

"不,他什么都没告诉我。"

她舒了一口气,又抓住了他的手臂。

"我的工作就是猜测出人们隐瞒我的事,这也慢慢变成了我的一种习惯。如果你的公公早就知道你要这么做,他没有来阻止，就说明他希望你去死。那只能说明他认为你跟他妹妹的死有关。"

他停顿了一下，发现她正在仔细听他说的话。

"你有什么想说的吗？"

"我什么都不能告诉你。"

"但是你并不否认我的推断。"

"我什么都不能告诉你。"

他想了想要不要继续刺探这个秘密。终于他还是开口道：

"也许我说的是错的，但是我认为杜克兰是一个愿意为了家族荣誉而牺牲任何人的人。我觉得他认为自己身为家族中最位高权重的人，不管怎样都要承担对于这个家族的责任。他准备放任你溺死。我认为他觉得你会给他的家族带来危险。"

"请你不要再继续说下去了，我……我受不了了。现在的我真的受不了。"

与其说她是在抗议，倒不如说她是在祈求。她靠着他的手臂才能勉强站立。

"请原谅。"

他们走到了车道上，往左边准备前往达罗克摩尔庄园。走了几段路后，她不得不停下来休息。

"你就不能不管我吗？"

"不能。"

"要是你能理解我的处境就好了。"

"也许我理解。"

她看上去仿佛鼓起了全身的勇气,缓慢又痛苦地独自走向杜克兰之前回头离开他们的那个门房。

"我去不了达罗克摩尔。"

他以为她是想逃离他,但是当他看到她支撑不住而跪地倒下时,才意识到他是高估了她的体力。他弯下腰,把她扶起来,用双臂支撑住摇摇欲坠的她。

"你还能走吗?"

"嗯,我想可以。"

她努力尝试了一下,但是失败了。他想再扶着她走,却发现自己也有些体力不支。

"我们在河边待了太久了。"

她没有接话。她似乎已经不在乎到底发生了什么,或者他要带她去哪里,只要他不要带她回杜克兰城堡就好。不知过了多久,他们终于到达了达罗克摩尔庄园的大门口。这时,她突然退缩了:"我不能进去。"

她抬脸看向他。医生看到她的脸上布满了惊恐,像是一只遭到捕猎的小动物。

"那你能去哪里?"

她不停地摇头:"你不明白。"

"我不会丢下你的。马卡里昂上校很快就会来找我了。"

她紧紧地抓住他的手臂:"你救我上来的时候是一个人吗?"

"是的。"

"但是杜克兰在看着吗?"

"也许是的。"

"他看到你把我救上来了吗?"

"我不知道。"

她抬头看向月亮。

"如果他在看,那他肯定知道我们来这里了。"

"也许吧。"

她开始发抖。

"他会让奥恩过来的。"

她突然一动不动,凝神细听。他们都听到从杜克兰城堡的方向有脚步声正在靠近。

黑利医生转过身。他看到一个身材高大的男子正在向他们走来。他用医用灯照亮了那个人的脸,身边的女孩发出了一声痛苦的哀鸣。

第七章

见鬼的女人

丈夫的出现让她瞬间仿佛变了一个人。

她似乎迅速恢复了理智和仪态。当奥恩焦急又愤怒地质问她为什么要离开杜克兰城堡时,她回答道:

"因为我有话要和黑利医生说。"

月光下看不清她的表情,但是她的语气非常坚定。医生觉得格雷杰肯定注意到他妻子的衣服都湿透了。但是怒火显然冲昏了他的头脑,让他无暇顾及任何其他的事。

他冲着她大喊:"你实在是太任性了,特别还是在现在这种情况下。父亲专门还派我来找你!他非常担心!"

"他知道我有话要和黑利医生说。"

"在这种时候吗?你指望我会信吗?"

"是你父亲告诉你到哪里找我的吗?"

"他说你可能会在这里。"

"他知道我在哪里?"

奥恩没有说话,盯着他的妻子。月光照在他的脸上,黑利医生看到他的表情非常难过。

"我希望你马上跟我回去。"

"不,奥恩。"

"什么?"

"我不能回杜克兰城堡。"

奥恩露出了奇怪的表情:"为什么?"

"我就是不能回去。"

"你必须要回去。"

她摇了摇头。

"黑利医生会让约翰·马卡里昂收留我住一晚上。"

"奥纳格……"

奥恩想抓住他妻子的手臂,但是她躲开了。

"别这样。"

"医生,你肯定不会允许她做出这种事吧?我们杜克兰城堡上下已经很痛苦了……"

他没有再说下去。黑利医生想了想,对他说道:

"我希望你们俩都跟我先进去,我有话和你们说。"他看了看奥纳格,她似乎想开口反对,"如果你们实在不想来,我不会强迫你们。我只是想告诉你和你的丈夫一些事实。"

"我不想听。"

他意识到她误解了他的意思,害怕她的丈夫会发现她试图自杀,想尽力避免这种情况。然而那并不是他的目的。他权衡了一下,还是做出了自己的决定,决定告诉奥恩。

"我刚刚从水里把你的妻子救上来。"

"什么!"

"没错,城堡边的河岸太过于陡峭了,一失足跌落就很可能掉到河里。再碰上涨潮的时候,河水很深。"

他的语气毋庸置疑:"不要再问我多余的问题,我不会回答。"

奥恩脸上的表情从难过变成了惊恐,这一切都被医生收进眼里。他攥紧了拳头,突然用力抓住了妻子的手臂。她这一次没有躲开。三人没有说话,一起走向庄园大宅。大门半开着,黑利医生带他们走进吸烟室,打开了灯。当奥恩终于看清了妻子的样子,他不由地发出了难过的声音。他用手环住她的肩膀,扶她到椅子边坐下,然后走到壁炉边往炉火里填了点木头。奥纳格环顾四周,但是她的脸上没有任何表情。

虽然她看上去还是很虚弱,但是她脸上的表情还是很复杂。虽然经历了痛苦的事,但还是掩不住她身上独特的活力。黑利医生看了一眼奥恩,他也是一个有活力的年轻人，然而却被悲伤的神情掩去了几分。医生心里觉得，奥纳格是需要依靠男人指引的那种女人。那么，眼前的这个男人真的能让她依靠，不会让她的活力变成危险吗？

"你们应该都知道我今晚查看了格雷杰小姐的尸体。我认为她是被一个非常强壮的人用渔船上的工具作凶器所杀。这是我希望告诉你们的第一件事。"

他坐了下来，戴上了单片眼镜。尽管湿透的衣服黏在身上让他很难受，但是他依然没有失了风度。

奥恩问道："你为什么觉得凶器是渔船上的工具？"

"因为我在伤口边发现了一片鲱鱼鳞。"

奥纳格猛地抬起了头。

"那说明那片鱼鳞是从凶器上掉落的吗？"

"我想是的。不然我想不出为什么在那种地方会出现一片鱼鳞。我只发现了一片鱼鳞，所以我认为凶手在使用凶器之前擦拭过。"

奥纳格将椅子往壁炉边挪动了一些。她伸手抓住扶手时，黑利医生发现她的指节都一片煞白。

奥恩说："那就很奇怪了。我昨晚从河对岸回到家时从一艘渔船上买了几条鲱鱼。我经过时他们正在收网，我实在忍不住就买了几条，船上全是鲱鱼鳞。"

他的语气很镇定，但他的妻子听完这番话后却陷入了不安。她向壁炉弯下身子，想掩饰她的表情。在炉火映照下,她脸上的神色非常紧张。

"不过你没有去看你的姑妈吧?"

"我去看过她。"

"据你父亲说,他是今天早上找你帮忙破入格雷杰小姐的房间。"

"是的,但是我昨晚上床之前也去过她的房间。但是她的房门上了锁。"

黑利医生挥了挥手,表示他现在并不想关心这些事。

"我要告诉你们的第二件事是格雷杰小姐受到袭击和死亡之间还有一段时间。那段时间里,凶手一直在房间里。这是肯定的。因为如果凶器当场就被拔了出来,现场肯定会喷溅更多血迹。"

奥恩问道:"你现在知道他是怎么进到房间里的吗?"

"可能是从门进去的。第二天早上门是上着锁的,但是……"

"我昨晚11点想去看她的时候,门已经锁了。"

"就算如此,你也不知道到底是什么时候上的锁,对吗?"

奥纳格突然淡淡地说道:"我知道。"

"什么?"

她看向黑利医生。他发现她的眼中似乎又有了光芒。

"我昨晚10点后去了玛丽姑妈的房间,敲门后打开了房门。克里斯蒂娜当时刚要离开房间，我便接过了她的蜡烛，走到玛丽姑妈的床边。玛丽姑妈看到我后突然坐了起来，开始喘气。我很害怕，就离开了她的房间并关上了房门。我听到她下床，跑到了门边，锁上了门。克里斯蒂娜也不见人影。"

奥纳格抬高了声音，但依然很柔和。她语气中的肯定让人不由得相信她的说法。

黑利医生问："你怎么知道是格雷杰小姐锁上了门？"

"因为我试了试扳动把手。我觉得她可能病了，我应该进去再确认一下。"

"你确定吗？"

"确定，我扳了好几次把手。"

"你在扳动把手的时候有呼唤格雷杰小姐吗？"

"我叫过了，但是她没有理我。"

黑利医生看向奥恩：

"你转把手的时候，有没有叫她？"

"我也叫了，但是她也没有理会我。我以为她当时睡着了。"

奥纳格继续说道："玛丽姑妈好像很害怕我，我从来没见过有人像她那么害怕。"

"她不是一个很容易受到惊吓的人吧？"

她轻笑了一声。

"当然不是,之前都是我害怕她。"

"你觉得她当时是在求救吗?"

"不,这就是奇怪的地方。我觉得她只是非常害怕、惊恐。就像一个看到鬼的女人。她没有叫克里斯蒂娜回去。"

黑利医生往前倾了倾身子,问道:

"你当时穿着什么衣服?"

"我穿着我的睡裙,一条蓝色丝绸晨衣。"

第八章

丈夫与妻子

吸烟室里陷入了短暂的沉默。奥纳格拨开额头上厚厚的刘海,露出一对粗眉毛。

黑利医生问她:"你为什么要去格雷杰小姐的房间?"

她在回答之前先看了一眼她的丈夫。

"玛丽姑妈和我在晚餐前吵了一架,我是想找她谈谈。"

"为了讲和吗?"

"是的。"

她的回答很简短。

黑利医生点了点头。

"杜克兰告诉我你在晚餐前就上床休息了,因为你的身体不舒服。"

"我的确很不舒服,但那是因为我和玛丽姑妈大吵了一架。"

医生站了起来,掏出鼻烟盒。

"我的处境有些微妙。我和邓达斯督察保证过我不会背着他对本案进行调查。如果我再问下去,我可能就要违背我的承诺了。我带你们进来不是为了问你们些什么,而是要告诉你们一些信息。希望你们知道这个案子非常错综复杂,警察肯定会投入大量的精力进行调查。"

他捏了一撮鼻烟。

奥恩问道:"你为什么希望我们知道这些事?"

"这样你妻子也许会愿意与你一起回杜克兰。"

"我没有听懂。"

黑利医生看了一眼奥纳格,她摇了摇头。他不想马上接话,于是又捏了一撮鼻烟后才说:

"我认为我还是说实话吧。你的妻子之前想跳河自杀,我救了她。"

奥恩震惊地跳了起来。

"什么!"他的脸涨得通红,质问奥纳格,"这是真的吗?"

"是的。"

"你真的想跳河自杀吗?"

"是的。"

他惊恐地看向黑利医生。

"我要知道到底是怎么回事。我的妻子在晚上这种时候怎么会和你在一起？我父亲怎么会知道她和你在一起？"

"最后一个问题我无法回答。前一个问题的答案是，我看到她从码头上跳了下去，于是跑过去救她。你的父亲当时很可能就在边上看着。"

奥恩冲向他的妻子，握住了她的手。

"你为什么要那么做？"

他的声音很痛苦。

奥纳格的身子倾向壁炉，她很虚弱，没有回答他。当他又重复了一遍自己的问题后，她低下了头，但还是没有回答。

医生坐了下来。

"我觉得我可以回答这个问题。你的妻子害怕你与你姑妈的死有关。"

"我不明白。"

"她的死肯定会被认为是畏罪自杀，这样就能保护你。"

奥恩呆呆地站着。

"奥纳格，真的吗？"

她好一会儿没有回答。医生对奥恩说：

"也许她的害怕不无理由。就像你现在真的害怕你妻子的自杀是因为她有罪。"医生的声音稍稍缓和了些,"现在还要互相隐瞒又有什么意义呢?两人爱得越深,就越容易为对方担惊受怕,害怕成为对方的负担,在言语相激之下,还很有可能失控。我之所以告诉你我检查了你姑妈的伤口,是为了告诉你一个女人是不可能造成那样的伤口的。你的妻子没有杀死你的姑妈。而你担心她是否真的犯下了这桩罪行,则恰恰证明你也是无罪的。"

奥纳格似乎终于松了一口气,脸上露出了几乎难以形容的轻松感。她向她的丈夫伸出手,奥恩紧紧地握住了她的双手。

黑利医生继续说道:"你们俩的担忧,都有各自的理由。我只能推测出,你们之前并没有睡在一个房间里。不管其中有什么缘由,都无法影响我的结论。"

他看向奥恩:"开约翰·马卡里昂的车带你妻子回家吧,车库的门没有上锁。"

第九章

热 浪

从杜克兰城堡回来后，黑利医生在接下来的几天都没有听到警方公布关于格雷杰小姐凶杀案的正式信息。但是他倒是听说邓达斯督察完全没有闲着。这个年轻人自称不会放过任何一个疑点，他已经在城堡周围安插了重重的警力。他禁止城堡中的人以任何理由离开，同时征用了所有的船和摩托艇。据说城堡上下的人都处于恐慌之中。他的调查不仅仅局限于杜克兰城堡，阿德莫尔的2000多个村民都成了他的怀疑对象。

"但是，"阿德莫尔的麦克唐纳德医生对黑利医生说，"他一点进展都没有。他还没有搞清楚凶案的动机，没有锁定任何嫌疑人，而且对于凶手怎么进入或者离开格雷杰小姐卧室的问题也是毫无头绪。"

麦克唐纳德医生的话里透出一丝苦涩和无奈，他近来也被邓达斯使唤得够呛。

"这家伙太挑剔了。他每个细节都不放过,结果什么都找不到。他总是想用一只手抓住所有的麻雀还不够,还想用另一只手来拔毛。"

麦克唐纳德医生自己都被自己的类比逗笑了。

"邓达斯这样的低地人总是抱着我们高地人是傻子或无赖的想法先入为主。他们总是试图哄骗我们、吓唬我们。但这些招式都没有用,因为我们高地人内心充满了勇气。杜克兰的女佣芙洛拉·坎贝尔问邓达斯他是不是要捞出河里的所有鲱鱼,数清楚它们的鳞片。现在所有的渔民们都管鲱鱼鳞叫'邓达斯'了。"

黑利医生淡淡地说:"有时这种方法会成功的。"

"如果调查的人不是他,那这种方法可能真的会有用。我的意思不是说他是个坏人。先前有一个渔民忍无可忍,甚至当面骂他是一只'小松鼠',他也欣然接受了。但是你总会觉得这个人一直在盯着你,等待合适的时机咬断你的脖子。"

麦克唐纳德医生打开他的烟斗,用一小片纸开始清理,他的动作非常粗暴。

"我经常抽烟,这能让我的神经平静下来。精神紧张的时候,邓达斯的声音简直难以忍受。"

他取出纸捻儿,尝试着吹通烟管。虽然他看上去有些紧张，但是这样做似乎能让他平静下来。

"这种感觉很奇怪吧？虽然你可能是无辜的，但是当你知道有人在怀疑你，你总会觉得很不安。"

"是的。"

"邓达斯根本不懂怎么让一个被怀疑的人放下警惕，松松口。只要有他在，就算是最健谈的人也会变成一只闭上口的蚌，因为你说的每句话都会被他扭曲，用来对付你。奥纳格拒绝回答问题应该就是因为他暗示她知道她丈夫是有罪的。当他对老杜克兰也来这一套后，老杜克兰赌咒发誓绝对不会再见他，还写信给格拉斯哥的警局，让他们把他召回去。"

"他不会因为这种事就被召回去的。"黑利医生冷冷地说。

"也许不会，但是在一个小郡里激起众怒对一个督察来说可没有好处。苏格兰本应该比英格兰更加民主，但那只是幻想。我没有见过其他地方像这里一样让土地主人坐拥这么大的影响力。如果邓达斯失败了，他的前途肯定就完了。他自己也很清楚，他现在也处于高度紧张的状态，每过去一天，他所面临的麻烦就更大。"

黑利医生取了一小撮鼻烟。

"说实话，我还挺喜欢他的。就算他说话有些冒犯，但他的内心并不坏。"

"你是个英国老好人。"

"什么意思?"

"高地人是全世界最难打交道的种族,因为他们是全世界最敏感的人。他们最受不了被人取笑,而邓达斯往往开口就带着取笑的意味,也许更应该说是嘲讽。他们绝对不会原谅他的,我敢打包票。"

麦克唐纳德医生边说边重重地点了点头。他身材高大、脸色红润、骨节突出。一条木头腿让他的行动有些不便。他既具有梦想家的特质,也拥有着过硬的专业知识和过人的风度,他蓝色的双眼中闪着光芒。

黑利医生说:"我保证过不会干预他查案。"

"他和我说过,他并不认为一个外行人能抓到罪犯。"

"我看出来了。"

麦克唐纳德医生眯了眯眼,从椅子中起身把他的木头腿放到一个更舒适的位置,然后问道:"你有没有看到格雷杰小姐胸口上的那道旧伤?"

"我看到了。"

"你怎么看。"

黑利医生摇了摇头:"你不能问我这个问题。"

"好吧,但是邓达斯现在紧紧抓住了这条线索。是谁10年前伤了格雷杰小姐?他觉得如果他能搞清楚这个问题,那一切都能迎刃而解了。奇怪的是,没有人能,也没有人会告诉他。他查出那个可怜的女人就是在家中受伤的。但是杜克兰、安古斯和克里斯蒂娜都对这道伤口一无所知。"

麦克唐纳德医生停顿了一下。他显然希望激起这位同僚的兴趣,但黑利医生只是摇了摇头。

"你不该问我的意见。"

"还有一件奇怪的事,我之前说到邓达斯非常关注你找到的那片鲱鱼鳞。他在伤口里又找到了一片鱼鳞。他认为造成伤口的凶器肯定是从厨房拿的,于是,我之前也说了,厨房里的仆人可就倒霉了。他在厨房里发现了一柄黏着几片鱼鳞的斧子,但是这个线索也没有下文了。"

"然后他又冒出一个主意:杜克兰也许就是凶手。他试图编出一套理论,说杜克兰和其他土地主一样捉襟见肘,也许他想要他妹妹的钱。还好那个老人可不喜欢这套说辞。杜克兰是个好人,但是近来他的脾气也不大好。"

麦克唐纳德用了第二张纸捻儿才终于清理干净了烟斗。他盖好盖子,叼在了嘴上。烟斗发出了咕噜咕噜的声音,让他暂时无暇继续讲下去。他开始往里面塞烟草,然后继续说道:

"他的盘问自然会激起很多久远的记忆。作为一个医生,我会听到各种小道消息。村里有个女人被村民们称作是巫女,据说她的母亲也曾是村里的巫女。虽然大家都叫她'安妮奶奶',但是我记得她叫马卡里昂,天知道大家为什么这么称呼她。她还记得杜克兰的妻子,也就是奥恩的妈妈。她昨天告诉我那个可怜的女人曾经寻求过她的帮助。她说:'她盯着我看了很久,没有说话。然后她问我是否真的能预言会发生的事。我当时也还年轻,看到一个土地主的年轻妻子走进我的小屋,原本就有些害怕,于是我告诉她其实那不是真的。'不过后来她还是在她的央求下为格雷杰太太做了预言。她说她预言到邪恶的事。"

黑利医生耸了耸肩膀。

"已婚妇女遇到不顺心的事就会去找算命的,也许邓达斯会有不一样的解读。"

"格雷杰夫人过了不久就死了。奇怪的是没有人知道她是怎么死的。她的死很突然,我记得当时村民们都很惊讶,因为没人知道她有什么病。杜克兰不愿意说,也没有人敢问。"

"她被埋葬在哪里?"

"在他们庄园的家族墓地。我记得葬礼没有邀请任何人。虽然这可能并不代表什么,因为格雷杰家族的传统就是趁夜下葬死去的成员。我记得杜克兰父亲的葬礼就是在晚上打着灯进行的。"

"我想知道格雷杰小姐当初有没有参加她嫂子的葬礼。如果我是邓达斯,这个信息会很有用。"

麦克唐纳德摇了摇头。

"恐怕这个问题很难得到解答。你只要提到杜克兰的妻子，大家就会纷纷缄默不言。"

"她和阿德莫尔的女巫提到过她的小姑子吗？"

"没有。她什么都没有提，没有怪任何人。她只说她是爱尔兰人，相信预言未来。她还很害怕会让她丈夫知道她去过那里，不过他不知道。"

麦克唐纳德点着了他的烟斗。

"安妮奶奶对她的印象很好。这可不是什么奉承之言，大家都说杜克兰的妻子是个好女人。她说'她对每个人都那么温柔、善良，却坐在我的小屋里哭泣，真让我心碎。'"

医生又捏了一撮鼻烟。

"父子二人都娶了爱尔兰女人可真是有点奇怪。"

"是的，而且她们二人还是如此相似。还记得奥恩母亲的人说，他的妻子和她简直一模一样。奥纳格在村子里的人缘其实比格雷杰小姐还要好。"

"那城堡里的仆人们呢？"

"他们都很爱戴她。邓达斯也从这个角度入手过。他猜测坎贝尔姐妹并不喜欢格雷杰小姐，他想查出她们是否有人在她被杀那晚进过她的卧室。但是没有任何证据显示有其他用人在格雷杰小姐的女佣克里斯蒂娜那晚离开后还去过房间。"

"邓达斯依然希望能自己解开这个谜案吗?"

"不。"麦克唐纳德医生又挪动了一下他的木头腿,"其实,我是来充当一名大使的:邓达斯需要你的帮助,但是他的自尊心不允许他向你开口——毕竟他都对你夸下了海口。他表示我作为你的职业同僚,可以帮他伸出橄榄枝。"

"我想还是算了。"

"希望你不要太纠结于礼节的问题……他已经低头了。"

"我不是这个意思。"黑利医生又捏了一撮鼻烟,"如果我现在去杜克兰,就必须要配合邓达斯督察的思路。我知道他的思路肯定是好的,但那不是我的思路。那只会打乱我和他的节奏。"

"我明白了,你坚持要由你来主导调查。"

"也不是。我想要的是自主思考,我不想要合作。你可以告诉邓达斯,我会独立调查这个问题。当然了,我的发现都将会是他的功劳。"

"他不会同意的。除非你做什么都带上他,他才会让你来主导调查。"

两人一时无话,然后黑利医生做出了决定:

"告诉他我无法接受这些条件。我只是一个外行,不是专业的。我对罪案的研究仅仅是因为我被其所吸引。我独自调查的时候，会任由我思路发散，寻找感兴趣的点。我在调查的过程中经常也不知道我自己的目的到底是什么，我可受不了要我论证和解释我的每个步骤。但邓达斯肯定会坚持要我全都解释清楚。我认为对罪案的侦破与其说是科学，不如说是一种艺术，就像医学一样。"

麦克唐纳德医生没有反驳他，倒是有些同意他的看法。他起身离开了，并称如果邓达斯同意他的条件，他还会回来找他。

黑利医生走出门。约翰·马卡里昂正坐在屋前的松林下，边上还有一张显然是为他准备的折叠椅。他走过去坐下。天气很热，很闷，甚至连法恩湾都似乎没有一丝波澜。

"怎么样？"

"是邓达斯派他来的。但是我无法和邓达斯共事。"

约翰·马卡里昂点了点头。

"你当然没办法了。你们在屋内的时候我和邮差聊了聊。他说邓达斯在这里布满了耳目，大家都处于恐慌中。"

"麦克唐纳德医生也是这么说的。"

"邓达斯查出奥恩·格雷杰负了不少债。奥恩是他姑妈的遗产继承人，可想而知这会让他得出什么结论，但是凶案发生的地点又是一个密室，于是那家伙就调查了阿盖尔郡的每一架梯子。"

"窗户上了插销,没有人能从窗户进到那个房间里。"

"没错,我也是这么想的。但是你知道邓达斯这种人,满眼只有细节,细节和细节,直到他的眼里只能看到一棵树而看不到整座森林。"

奥特湖上笼罩的水雾和延绵的考瓦尔山似乎都挟着火焰和热浪。就算躲在树荫下,你也能感受到地面冒出的热气。医生脱下外衣,卷起了袖子。

"没想到高地会这么热。"

他往后靠去,看着头顶那片绿色的松针。

他突然开口问他的朋友:"你了解格雷杰小姐吗?"

"不是很了解。我从印度回来后就没有怎么见过她。我对她的印象都来自我的少年时期。我的父亲经常说她是一个现代的圣人。我想这个想法已经在我脑海里根深蒂固了吧。"

他若有所思地想了几分钟,而医生在边上一直笑着看他的脸。他觉得约翰·马卡里昂是那种不会轻易改变自己看法的人,他也尤其不会反对他父母的教导。

"我的父亲是一个典型的十九世纪年代的人。他自有一套为人处世的标准,不会退让。格雷杰小姐不仅符合他的标准,甚至有过之无不及。全阿盖尔郡都知道她最害怕的就是'不得体',但这种范围的界定标准非常模糊。比如说,我记得她的嘴里没有'男人'和'女人',只有

'先生'和'女士'。先生们和女士们就应该过着灭绝欲望的生活，有着绝对得体的礼仪，才能算是有价值的人。"

"我知道。"

约翰·马卡里昂叹了一口气。

"我想这种观点自有其可取之处，不过总体来说只会给人带来残忍和伤害。他们认为只要能让那些恶行不改的人感到羞耻或痛苦的事都是对的。这些老好人生活在一圈谎言之中。他们其实并不是他们伪装成的那种高高在上的人，根本就不是。他们的情感和欲望都是通过某些隐藏的、不会被人发现的方式来宣泄。"他停顿了一下，"残忍就是其中一种方式，这是最简单的，也是最容易招致怨恨的。"

黑利医生问："格雷杰小姐残忍吗？"

"你应该知道这个问题很难回答。我应该不假思索地回答'当然不了'，但是这其实得看你对残忍的定义是什么。在她眼里肯定有很多无法饶恕的罪孽，让人无比震惊的罪孽；但从另一方面来说，她也能非常和善、慷慨。我说过连流浪汉和补锅匠都会为她祈祷。她总是会去帮助那样的人。我记得有一次，南门房河岸边，有个补锅匠的孩子得了肺炎。她亲自去照顾他，还支付了医药费。当教区的人想送那孩子去洛赫基尔菲德的济贫院时，她坚决拒绝了他。因为她认为这些人无法在体面的住所里生存。他们警告她如果那孩子死了，那就是她的责任。但是这种威胁根本吓不倒她。这件事当时在阿德莫尔引起了不小的轰动。后来那孩子慢慢恢复以后，大家都觉得是她救了他的命。"

黑利医生点了点头。

"我明白了，你的意思是说当时她愿意拿自己的声誉冒险。"

"是的，她根本不会去在意其中的罪孽。"约翰·马卡里昂叹了口气，继续说道，"只要遇到肉体上受苦的罪人，她就会无比仁慈。我想她可能甚至会找理由为一个盗贼开脱——那些补锅匠可都是小偷。"

"证实他没有罪孽吗？"

"是的。不仅只有她有这种想法，我父亲也是一样。"

"你父亲会将自己的想法传递给教区的人，对吗？"

"是的，所有人。"

马卡里昂站了起来，难过地摇了摇头："我和我哥哥小时候经常会遇到格雷杰小姐的马车。当时我们的保姆告诉我们应该脱帽行礼，但那时的我们认为那样太麻烦了。有一天，马车经过的时候，我们没有摘掉帽子，而是吐出舌头。我现在还能回想起那位小姐脸上的惊恐神情。她叫停了马车，走了下来，给我们好好上了一堂得体礼仪的课。我们当时并不在意，但是她还写信给我们父亲。我记得当我们俩在接受惩罚时,我想,她并不算是我心目中的圣人。"

他微微笑了笑,转头看到黑利医生听得入迷,不由得吃了一惊。

"当时的格雷杰小姐几岁?"

"那时她肯定很年轻,我想应该也就二三十岁。"

"你后来再遇见她时呢?"

"我们当然脱帽行礼了。"

"那她呢?"

"我记得她像往常一样向我们鞠躬。有意思的是,我后来对她就没有什么深刻的印象了。"

"你知道杜克兰的妻子吗?"

"当然了。"马卡里昂的声音突然提高了一个度,"她是一个很好的人,我们都很喜欢她。我记得我哥哥有一次说格雷杰太太要是看到我们对她吐舌头也绝对不会向我们父亲告状。可惜她结婚不久后就死去了,可怜的女人。"

黑利医生接着问道:"奥恩·格雷杰的妻子似乎和她很像,是吗?"

"是的。我也想过这个问题,不过儿时的记忆总是很模糊的。当我第一次见到奥纳格的时候,我就觉得我在哪里见过她,而我肯定之前与她从未见过。爱尔兰女人身上肯定有着吸引杜克兰和他儿子的某种特质。"他停顿了一下又补充道,"也许不是某种非常健康的特质。"

"为什么这么说?"

"他们的婚姻似乎都充满了波折。恐怕格雷杰小姐会迫使家族所有人都像她一样。但杜克兰的妻子和奥纳格是更喜欢说'男人'和'女人',而不是'先生'和'女士'。"

黑利医生皱着眉头说:"她的小姑子时时刻刻都盯着她的一举一动,她肯定也很不好受吧?"

约翰表示无比赞同他的看法:"她肯定会觉得非常枯燥。任何人家的妻子都会受不了在那种情况下生活。事实上,我觉得收拾和管理城堡都是由格雷杰小姐负责的。杜克兰的妻子从头到尾都一直像个客人。天知道她是怎么忍受下来的。"

"有人对此有什么意见吗?"

"当然有,但是没有人会去多此一举。我听年纪大的人说过,他们就看着那个可怜的姑娘慢慢凋谢。我记得曾经有一个土地主的妻子,贸然向他们提出应该做些改变,结果人人都要她不要多管闲事。大家都说格雷杰太太忠于她的丈夫,不会在意外界的批判或者褒扬。但是我依然认为,疲于应付那些条条框框让她的健康每况愈下。"

黑利医生抬手摸了摸额头。

"她是怎么死的?"

"应该是白喉。她死得很突然。"

那个下午，黑利医生躺在躺椅上，整理着脑中的思绪。他并没有掩饰因为不被允许参与调查的失望，但是他的想法也没有什么实质性的依据。晚饭后，他又和约翰讨论了一会儿案子，但是也没有什么进展。

约翰·马卡里昂说："我相信邓达斯肯定已经排除了存在暗门或者密道的可能性。我觉得他甚至已经做好了为了寻找线索而拆掉整个城堡的心理准备。我的邮差朋友听杜克兰的风笛手安古斯说，他一无所获。根本没有什么密室、密道或者暗门。"

"凶手没有其他进出卧室的办法了吗？"

约翰·马卡里昂抬起头：

"反正我们知道他的确进入了那间卧室，作案后逃离了。"

医生又取了一小撮鼻烟："这是我第四次遇上在看似密室和封闭空间的条件下发生的凶案。我觉得这次的真相会比之前几个案件的更难……"

他的唇角浮起一丝笑意，然后补充道：

"过去50年来最扑朔迷离的谋杀案往往是发生在封闭的空间，或者无法找到冲突的不在场证明。其实这两种情况是一样的，因为你需要在现有利用证据的情况下，证明你要寻找的凶手在某个时间点出现在了某个位置。相信我，这比要证明是否是某个人下毒，或者某个意外其实是人为造成的更难。"

他突然停了下来。他们都听到门口传来汽车的声音。过了一会，麦克唐纳德医生一瘸一拐地走了进来。

"他同意了，黑利。"他握了握医生的手，"邓达斯承认了自己的失败。"他也和约翰·马卡里昂握了握手，然后又转向黑利医生问道："你今晚能来杜克兰一趟吗？"

第十章

"杜克兰不胜荣幸"

邓达斯在他的临时卧室里接待了两位医生。他的房间在格雷杰小姐原本房间的隔壁，从窗户望出去也能看到外面的海湾。他们进来的时候他正坐在床上。他只穿了一条长裤和一件衬衫，正在安静地记些什么，似乎丝毫感受不到炎热。

"你愿意来真是太好了，黑利医生。"他的语气中充满了感激，"我们第一次见面时，我非常失礼，看来骄兵还是必败。"

"恰恰相反，我觉得你当时那样的态度无可厚非。"

医生坐到了敞开的窗户边，擦了擦额头上的汗。他发现邓达斯似乎已经心力交瘁，他已经没有惯常那种精干的感觉。如此大的转变说明他已经失去了自信。他原本将全部希望都寄于自己的才智和手段，而当这一切全都失败后，他就没有退路了。

邓达斯说："我先和你说一下我目前所做的一些工作吧，我已经查出了一些事。"

他的语气干巴巴的，似乎都没有起伏。黑利医生摇了摇头。

"还是由我来问你问题吧。"

"好吧。"

医生站了起来，脱下外套。再次坐下来之前，他看了看窗外的海面和明月。随着夜幕的降临，北方的天空又变得晴朗无云。考瓦尔山脉像一头巨大的怪兽，安静地趴在闪着银光的河边。他听着脚下溪流的溅水声和流水声交织在一起，在暗夜中流淌着。干旱让这条原本奔涌的小溪仿佛只是在发出轻轻的浅笑。他的目光顺着溪流，汇入城堡外闪着波光的海湾。湖面上有几艘扬着风帆的渔船，还有几艘小船停靠在河谷和岸边，偶尔还能听到渔民们说话的声音。他对站在身边的医生说：

"他们好像撒了网。"

麦克唐纳德医生往外看了一眼，不置可否。

"是的。"

"我从来不知道他们是在这么近岸的地方捕鱼的。"

"是的。鲱鱼群往往到了晚上会到浅水域觅食。阿德莫尔的渔民到了晚上总是能满载而归，这是百年来的传统。收成好的时候，一箱鱼能卖上2～3镑，一网能捕上两百多箱鱼。但现在不行了，曾经全国各地都爱的法恩湾鲱鱼，如今已经没有了。那种鲱鱼是蓝色的，身形扁平，而如今的鲱鱼颜色更淡，形状也更圆。"

"所以阿德莫尔现在已经没落了吗？"

"是的。阿德莫尔还有杜克兰家族这样的土地主。没有工作的话就交不起地租。"

"人们对这种落差有什么反应吗？"

"反应？"

"艰难的时期会让本性不佳的人更加堕落。"

邓达斯笑了笑。

"你在考虑会不会有渔民爬到上面吗？我也有过这个想法，但是我敢肯定那是不可能的。没有人能从墙面爬上来。"

黑利医生坐了下来，擦了擦他的镜片并架在了鼻子上。

"我考虑的不仅是这个。我一直很喜欢船，特别是渔船。我小时候就梦想能在捕鱼船上过一晚。"黑利医生的身子微微往前倾，"麦克唐纳德医生告诉我，你发现了格雷杰小姐胸口上的旧伤。"

"是的，我试图顺着这条线索查下去，但是一无所获。这里没有人知道是怎么回事。"

"你不觉得奇怪吗？"

"非常奇怪。但是说实话，医生，这里的人简直令人难以置信。他们什么都不知道。我和杜克兰说，那种伤是无法掩饰的。但是他只是耸了耸肩膀，你说我能怎么办？那道伤口有些年头了，可能是二十多年前受的伤。"

"是的，但那说明她曾经受过很重的伤。很久以前，有人想杀格雷杰小姐。我有这个想法后，就一直想了解一下这位女士。到目前为止，我有一些发现。"

"什么发现？"督察的声音突然尖锐起来。

"大家似乎都认为她是一个圣人，但是没有人很了解她。"

"先生，"麦克唐纳德医生突然打断了他们，"我了解她，这附近的人都了解她。"

"你了解她的形象，但是不了解她这个女人。"

"这话是什么意思？"

"她有什么密友吗？"

麦克唐纳德医生双手扶着腿，脸上的表情有些茫然。

"那些土地主和他们的家人吧。"

"约翰·马卡里昂说他曾经会偶尔见到她乘车出游。大人们教导他要对她恭敬有礼，除此之外，他对她一无所知。"

"他还是个单身汉。"

"是的，但是他四处游历。昨天，他的一个朋友告诉我，格雷杰小姐和其他女人都不一样。她经常做好事，但是她从来不相信任何人。她没有女性的朋友，也没有男性的朋友。在这种地方，闲话在父子母女之间代代相传。这位小姐显然一直都是一个离群索居的人。"

麦克唐纳德医生皱了皱眉头，固执地说："我从来没有觉得她是这样的人。恰恰相反，我觉得她是一个很有热情的人。相信我，她对于本地大小事务的干涉甚至到了令人头疼的地步。她最关心的是当地的医生工作，尤其是我。她总是乐此不疲地监督着我们。她自称是'抱有轻微的兴趣'，但其实就是干扰工作。"

他的语气有些激动。黑利医生点了点头：

"你没有理解我的意思，这对她来说只是一些日常该做的事。这个国家的土地主阶层与民众的界限非常明确，就算熟识也不会带来任何麻烦。我认为格雷杰小姐帮助贫苦的人在她看来就像帮助她的宠物一般。他们不会出现在她的生活里。这位女善人一向都是善待那些依附于她的人，对和她地位相当的人则保持距离。"

麦克唐纳德医生不由得同意他说的话："的确是这样。我经常发现格雷杰小姐对越是需要依靠她帮衬的人就越是上心。她扶助的那些人总是对她充满溢美之词。"

"没错。"

"抚养她的侄子则是她这一生的头等大事。我还能回想起她说'麦克唐纳德医生,一想到我即将要照顾一个年轻的生命,我就不由得紧张。在我接下来的生命中,我要把奥恩的健康和幸福放在第一位,好好照顾和教育他。'"

"你这是确认了我的看法吗?格雷杰小姐的一生就存在于这里,禁锢在这座城堡中,这几面高墙内。"黑利医生的单片眼镜掉了下来,但是他没有扶正,"我一直在思考奥恩出生之前,她的兴趣在哪里。相信我,聪明活跃的女人总是需要找些事或者找些人来吸引自己的关注。"

没有人回答他的问题,邓达斯显然对这个话题没有什么兴趣。突然,门外传来了一阵敲门声。风笛手安古斯端着一个满当当的托盘走了进来。托盘上摆满了玻璃杯和一个冰桶。一瓶香槟酒像是从笼中探出头的小鸟般,在冰桶里冒出了一个镶金边的瓶口。

安古斯说:"各位先生,请接受我们为你们提供的一些酒水,杜克兰不胜荣幸。"

他站在门口,等候他们做出决定。邓达斯向他挥手示意将托盘放在梳妆台上。

"需要我帮你们开酒瓶吗?"

"好的,请吧。"

安古斯的动作很有风度。他将香槟斟入托盘上的三个杯子中,然后递给了三位先生。黑利医生无意中瞥了一眼他的脸,却发现他的表情非常难以琢磨。这个风笛手显然是一个藏得住话的人。

安古斯离开房间后,邓达斯说他之前一个人住在这里的时候可从来没有受过这种礼遇:"我开始有些懂杜克兰这个人了。他这是在向我暗示他对我的看法,香槟可不会用来招待普通的警察。"

他边说边笑得脸上有些发红。虽然他看上去有些粗鲁,但他也是一个非常敏感的人。

"今晚是这一年里最热的时候。"黑利医生温和地打了个圆场。

"我到这里后每天都是这么热。"

邓达斯一饮而尽。如此好的香槟被他一口喝下,似乎有些糟蹋。他讲了一个关于一个农夫在晚宴上喝一杯香槟的笑话,但是似乎没有人觉得好笑。黑利医生小口地喝着酒,看着从杯底浮上来的小气泡就像融在黄金中的珍珠。香槟冰镇得恰到好处,入口便能感受到醇香和清凉。

终于,医生开口打破了长久的沉默:"你觉得杜克兰是个怎样的人?"

"他是高地的土地主,他们都一样。"

"怎么说?"

"高傲又贫穷。"

"格雷杰小姐好像很富裕。"

督察的神情舒展了开来。

"啊,你已经知道了。"

"约翰·马卡里昂和我说的。"

"是的。她的一个叔叔做生意赚了不少钱,10年前去世给她留了一大笔钱,我也不知道为什么,遗嘱里没有给杜克兰留任何东西。"

黑利医生点了点头:

"杜克兰帮过你吗?"

"没有。"

"那奥恩·格雷杰呢?"

邓达斯耸了耸肩膀。

"他也一样。但是我发现那家伙把自己的钱都输在赌桌上了以后,我也没指望他会帮上什么忙。"他的身体突然往前倾,"奥恩·格雷杰在他的姑姑死去那一天就丢了魂。但他的姑姑把所有的钱都留给了他。"

他似乎在紧张地等待大家对他说的话做出什么反应,但是黑利医生似乎无动于衷。

"毕竟是他姑姑将他一手抚养成人。"

"没错。他早就知道她会把钱全部都留给他。"

"如果他开口的话,她难道不会把钱借给他吗?"

"我觉得不会,她绝对不会借钱给他偿还赌债。格雷杰小姐对于任何形式的赌博都是深恶痛绝。"

邓达斯看了一眼麦克唐纳德医生,希望他能证实他的说法。

麦克唐纳德医生点了点头表示肯定:"她认为所有靠概率取胜的游戏都是恶魔的发明。我曾听她称纸牌为'恶魔的工具'。我相信如果她怀疑自己的侄子沉迷于赌博,她绝对会坚守原则,剥夺他的继承权。"

黑利医生点了点头。

"我明白了。"

邓达斯继续说道:"每起谋杀案都有三个需要解答的问题:是谁干的?为什么要这么干?怎么干的?我也许已经找到了两个问题的答案:'是谁干的'以及'为什么要这么干'。"他举起了右手,像一个指挥家般,"但是第三个问题还是找不到答案。这扇门显然就是从房间内锁上的。你也知道,他们找了一个木匠来才切开了门锁。那个木匠告诉我,他还检查过窗户,确认窗户全部上了锁。麦克唐纳德医生在木匠到达这里之前就已经来到了这里,可以确认他的口供。这也就是说那个房间被一扇厚重的木门和四面薄薄的墙壁封得死死的。要用很大的力气才能进去。但是那个房间里却没有强行入室的痕迹。"

督察不安地擦了擦他的眉毛。

麦克唐纳德医生问道:"你有没有考虑过凶手可能是在另外的房间犯案的?"

"什么？但如果是那样，尸体怎么会在那间卧室里？我敢保证从外面用钥匙根本打不开门。我对各种万能钥匙都很有研究，但是没有一种万能钥匙能够打开这种门。这种锁的钥匙末端不会往外突出。这座城堡中的门锁设计都非常精巧。听说都是杜克兰的祖父设计的，他对门锁设计非常感兴趣。"

"就像路易十六世。"

邓达斯看起来很茫然："我不知道路易十六世对门锁感兴趣。"他显然对这个帝王一无所知。

"他很感兴趣，还带动了一阵潮流。我不禁怀疑当年的老杜克兰对于机械的喜好是因为他可能去过伦敦或巴黎。我在几年前专门研究过十八世纪的锁，有些的设计极为巧妙。"

"不管怎么说，这是那个房间的锁。"邓达斯边说边拿出从格雷杰小姐的门上割下来的锁，交给医生查看。他指了指钥匙孔，说道，"你可以看到内外侧的钥匙孔在不同的高度上。这种设计能保证外面的人不可能用万能钥匙或者镊子撬开大门。看上去这像是两个锁，但其实只有一个，这两个锁是相连的。"

黑利医生用镜片仔细看了看这一小块机械结构，然后还给了督察。

"我同意，从外面不能锁上这扇门，也不能打开这扇门。"

"格雷杰小姐锁上了门，别忘了。"

"我想是的。"

督察摇了摇头。

"既然如此，你和我还能有什么别的想法？窗户都是从里面锁上的。"他又揉了揉眉毛，绝望地高声道，"我的大脑似乎在徒劳地转圈。我只能说致命伤是格雷杰小姐自己造成的，因为没有人能进她的房间，也没有人能从她的房间里出来。然而这道伤又绝对不可能是她自己造成的。"

"的确不是。"

邓达斯的表情非常严肃。正是这个问题，让他所有的努力化为泡影，耗尽了他的精力。他低落地摇了摇头，他遇到的问题又一一浮现在他的脑海中。

黑利医生开口说道："我不明白的是，为什么所有窗户都紧紧地关着。那是一个炎热的夜晚，甚至和今晚相比只会有过之而无不及。没有人在这种天气里会关着窗户睡觉。"他看向麦克唐纳德医生，"你知不知道格雷杰小姐是否对于开窗睡觉有莫名的恐惧？"

"我想没有，我想她在夏天喜欢开着窗睡觉。"

"既然如此，她在遇害的那一晚应该也是开着窗户的。"

邓达斯点了点头。

"我也是这么想的,你说得没错。但这样你就需要解答另一个问题:为什么那晚的窗户却是关上的?为什么她在一年中最闷热的夜晚关上了窗户?我认为如果你找出了这个问题的答案,那就相当于离真相近了一大步。"

黑利医生问道:"我记得奥恩·格雷杰的太太在她的姑妈上床休息之后去过她的房间吧?"

"是的,我知道。她自己和我说的,她说格雷杰小姐当着她的面锁上了门。"

"格雷杰小姐会不会就是在那时候锁上了窗户?"

"为什么呢?"

"也许和她锁上门的理由一样。"

"你能说说这个理由吗?"邓达斯边说边猛地抬起了头。

"奥恩·格雷杰的太太认为她的姑妈很害怕她。"

"怎么?难道是害怕她会从窗户里爬进来吗?"

"恐慌没有理由,往往是来源于直觉,在有正当的理由之前就产生的一种情绪。直觉只会为你竖起一道面对恐慌原因的屏障。"

邓达斯看起来有些苦恼。

"你觉得格雷杰小姐这一辈子一直害怕有人会袭击她吗?"

黑利医生捏了一小撮鼻烟:"是的。"他说道,"恐慌分两种。一种是瞬间的恐惧，还有一种是微小的不安。很难分辨出哪一种会让我们更加害怕。有时这种恐惧可能来自记忆深处。多年的不安出现在眼前也许会让人丧失理智。"

"但是这个女人怎么会多年来一直害怕会被人杀害呢？"

"别忘了，她好几年前就受过伤。"

督察摇了摇头：

"这种记忆会随着时间而消散。"

"你错了，时间的流逝反而会加深这种记忆的影响。曾经有一位参与法国大革命的领袖一直生活在对罗伯斯庇尔的恐惧中。他活了90岁，临终之时已经距离法国大革命有60年之久。而他躺在病榻上，却让自己的曾孙女不要放罗伯斯庇尔进他的卧室。"

门外突然传来了一阵敲门声，邓达斯起身去应门。只见奥恩·格雷杰走了进来。

第十一章

家族魔法

奥恩脸色苍白,一脸着急。他对麦克唐纳德医生说道:"你能去看看哈米什吗?他应该又痉挛了。"

他站在门口,显然没有注意到其他人。麦克唐纳德医生赶紧起身跟着他离开了。

"真是太不幸了,"邓达斯显然不喜欢别人打断他的说话,"痉挛本质上来说就是抽搐吧?"

"本质上来说是的。"

"那孩子就是个可怜的受害者。麦克唐纳德告诉我在格雷杰小姐死前几天,他也犯过一次病,但是他觉得他们没有把这当一回事。"

"是的,父母们往往不会太在意。"

"很多孩子都会得这种病吧?"

"是的。"

黑利医生突然意识到，虽然他对于侦破此案抱有极大的兴趣，但是他更想去行使他作为医者行医救治的职责。他真希望奥恩·格雷杰也能邀请他和麦克唐纳德先生一起上楼去看看他的孩子，这让他突然产生一种对于继续查案的抗拒感。当邓达斯还在继续追问痉挛是否是神经衰弱的征兆时，医生觉得有些不耐烦了。

"我认为杜克兰和他的儿子都非常易怒。"督察压低了嗓门，像个在和医生讨论大病的外行人似的，"我承认我也在顺着这条思路进行调查。你也许也听说了，第一代的杜克兰尽管脾气有些古怪，但也是个不错的土地主。他的妹妹，格雷杰小姐，似乎抱有一些非常糟糕的观念——这些观念也被大家称作高地的另一面。而第二代的奥恩·格雷杰是个赌徒，也有着赌徒的脾气。最小的孙子则是第三代。"

他又停了下来，期待得到些什么回应，但医生显然无动于衷，正在撮他的鼻烟。

"婴幼儿痉挛往往是因为消化不良而造成的。"他冷冷地说。

"是吗？"邓达斯有些窘迫。

"是的，也许那孩子吃了些树莓或青苹果。"

"麦克唐纳德医生说他担心可能是脑膜炎。"

黑利医生没有回答。他凝神细听，仿佛听到了孩子的哭声，但是他不敢确定那是不是他自己的想象。虽然这桩案子非常错综复杂，但是他还是有种放弃的冲动。他的脑内总是浮现出奥纳格·格雷杰焦急地俯身照看孩子的景象。她肯定不希望他的调查再为她带来更多的痛苦，对犯罪的调查肯定让她愈加焦虑。格雷杰小姐已经死了，查出是谁杀了她又能怎么样呢？然后他突然意识到，是邓达斯让他有这种感觉。猎犬和猎物相比总是更加冷酷，更加无聊。

黑利医生说："今晚就到此为止吧，我想回去休息了。"

他边说边站了起来，然而邓达斯的眼神却让他又有了几分犹豫。他突然发现督察显然非常失落。

"医生，事实上，如果我在接下来的一两天内还无法得出一些具体的结论，我就要被召回去了。我经手过不少案子了，如果我失败了，但后来的人成功侦破了，那我就再也没有机会了。这的确是很自私的想法，但是我已经没有多少时间可以浪费了。我知道的，因为我今天收到了一封总部的信。"

他一边说一边从口袋里掏出一张折叠的纸。他打开这封信，念了起来：

"格雷杰小姐并不是自杀，肯定有人进过她的房间。

第十一章 家族魔法

而你的报告显示你忽视了这重要的一点，转而去追查一些细枝末节。想要成功破获案件就必须集中注意力。你好好思考一下：凶手是怎么进入卧室的？当你解答了这个问题，也许你就离找到下一个问题的答案不远了：是谁进入了卧室？"

"我一直觉得这种方法在疑难的案子中行不通。"黑利医生温和地安慰道。

"但是你也看到这封信写的了，他们越来越不耐烦了。小报们都在催促局里破案，但是他们给不出什么有用的进展。"

黑利医生又坐了下来，身体微微往前倾。

"我破案的方法往往是通过人来联系罪案，而不是通过罪案来联系到人身上。我往往最感兴趣的人，是被杀害的那个人，这起罪案也不例外。当你摸透了被害者身上需要了解的一切时，凶手是谁也昭然若揭了。"

邓达斯摇了摇头："我认为我知道凶手会是谁，但是这样也没有用。"

医生疲惫地擦了擦自己的眉毛，似乎想要驱赶自己的睡意。

"你有没有发现格雷杰小姐的房间就像一个古玩店？"

"那个房间的确摆了很多东西。墙上的那些样品……"

"没错，那个房间的摆饰算不上讨人喜欢。但是每一件摆饰都与格雷杰小姐息息相关。你对民间传说有兴趣吗？"

邓达斯摇了摇头："恐怕没有。"

"我有兴趣。我曾经研究过好几年。人类社会从原始时代起，就认为人的品德，或者说是人的本质，是可以从物质上体现出来的。比如说，士兵持有的剑能体现出他的个性。如今的我们诚然也在身体力行这一观念，但是大多数人只是停留在浅层，将物质用来纪念精神的存在。如今，一位母亲会好好保存在战场上牺牲的儿子所留下的剑，但是她并不会认为这柄剑保留了或者代表了她儿子的个性。不过总还是有人抱有古老的观点。他们认为他们做的东西，或者在感情中保留下来的东西是非常神圣的，根本没有办法扔在一边。那些物件仿佛被施了魔法，赋予了更深的意义。格雷杰小姐显然就是认为她的手工作品和她的先辈留下来的物件是无比重要的，她绝对不会允许这些东西离开她的视线范围。如果我没有错的话，这是她最主要的性格特点。"

黑利医生顿了顿。邓达斯的表情有些迷惑，但是他显然在努力跟上医生的思路。

"然后呢？"他出言问道。

"她的性格源自过去的时代，从过去的时代诞生，在过去的时代中孕育，在过去的时代中成长。但是她的性格也会接触到未来，因为未来才有传承。她的哥哥杜克兰的思维方式就和她一样。但是她敢确定下一代也会延续传统吗？在她死后，她的这些神圣又珍贵的收藏又会何去何从？被家族的魔法驱使的人，往往也会被这种想法所困扰。杜克兰的儿子，奥恩，就是他们的下一代。格雷杰小姐和她的侄子关系怎么样？"

"情同母子。"

"是的。那么就引出了另一个问题：她和他的母亲关系怎么样？别忘了，杜克兰的妻子是爱尔兰人，也就是说她并不遵从高地人的传统。如果她现在还活着，亲自将自己的孩子抚养成人，那么他还会传承这个家族的信条吗？换句话说，杜克兰的妻子是怎样的女人？她在这个地方生活得怎么样？她和她的小姑相处得怎么样？我想查清的是这些问题的答案。"

"你查不清楚的。那个老家伙对自己家族的事闭口不谈。我和你说了，他称对他妹妹胸口上的旧伤一无所知。他的仆人们也和他一样一问三不知。"

"大警官，土地主就是土地主，总有人会知道大城堡里到底发生了什么。"

邓达斯耸了耸肩膀。

"我已经把阿德莫尔翻了个遍，也没找到什么线索。"

黑利医生从口袋里掏出一本笔记本，拧开了他的钢笔盖。他埋头写了几分钟，然后解释道他在边思考边记录案件时，能在脑内激发出关于案件新的看法。

"书写似乎能在某种奇怪的程度上刺激我的大脑。我记录的时候，仿佛就会产生新的不同看法。"

他把钢笔放在香槟杯边，微微往后靠。

"侦探工作就像在看着一个谜题。答案就在你的眼前，只是你看不到。因为有些细节更为明显，导致你的眼睛看不到一些重要的细节。我一直认为一个高明的画家如果想的话，可以在自己的画作中隐藏某个人物的脸，或者某件特殊的东西。只有具备一定专注度和鉴赏能力的人才能看得出来。举个例子，格雷杰小姐的房间在我们看来就像一个没有人能够进出的封闭盒子。这种想法就导致我们无从得知这个可怜的女人是怎么被杀害的。但是，相信我，作案手法其实就藏在你我都能看到的细节中。我在用笔记录的时候能产生出与我所说的话无关的新视角。比如说……"他又微微前倾，打开了笔记本，"我写道你发现杜克兰和他的仆人对过去的事讳莫如深。你和我说的时候，我几乎没有怎么想过为什么。现在我明白了，他们肯定认为如今这起案子与过去的事有关系。这也顺理成章地说明，死者胸口上的疤隐藏的秘密会导致家族的动乱，甚至有可能导致谋杀。"

"的确有这个可能。"

"我是想说必然是这样的。"

邓达斯不安地拉了拉自己的衬衫，他还是不甚信服。

"我还是难以相信有人为了谋杀这个可怜的女人而蛰伏了20年，或者说杜克兰在明知自己的妹妹面临这种危险时选择了袖手旁观。"

"我不是这个意思。谋杀的苗头像其他人类活动的苗头一样，存在于不同人的思维深处——不一定只有真正的凶手有……"

"什么？"

"我们目前对格雷杰小姐的性格知之甚少，但是毋庸置疑，她是一个掌控欲强、以自我为中心的女人。这种人，特别是女人，总会引起不少冲突，引发的反应也是多种多样的。弱者倾向于顺从与讨好她；个性略强的人则会表示愤怒；而再强一些的人则会表示明确的抗拒。但是虽然这些人的反应不同，但都是来源于对她的讨厌。那些表面顺从的人其实内心也是抗拒格雷杰小姐的，他们也能理解激烈反抗者的情绪。也就是说，这座城堡里的所有人都恨格雷杰小姐。"

"我的天啊！"

"我知道你现在想到了杜克兰和奥恩。我认为他们俩都痛恨她。"

"为什么？"

"因为她令人生恨。"

邓达斯摇了摇头。

"阿德莫尔的人可不会这么认为。"

"也许吧。我想说的是这起凶案可以说是压抑好几年后的结果。人们常说'没有人想要杀害他，这简直是个奇迹。'，这句话其实就暗示了'我想要杀死他。'这个暗示就是新伤和旧疤之间联系的关键，也是没有人愿意开口的原因。没有人愿意谈论这个话题。"

督察又耸了耸肩膀。他抬起手捂着嘴打了个哈欠。他显然觉得这种推测只是浪费时间，于是他再次强调他反复调查了仆人们和过去的联系。

"我原本觉得从安古斯和克里斯蒂娜身上最有可能问出些什么，但是他们似乎觉得连提及有人不喜欢杜克兰的妹妹都是一种罪。我根本没法从他们嘴里问出任何东西。"

"你觉得他们为什么会这样？"

邓达斯耸了耸肩膀。

"我觉得他们自认为不该用普通的标准来衡量自己。我是苏格兰低地人,我们觉得那些高地人都一样。他们都是一群傲慢又无聊的人,脑中又是空空如也。安古斯提到杜克兰的语气俨然把他当上帝一般。而克里斯蒂娜的思维似乎只停留在他们的辉煌时期。"

他用手挠了挠浅黄色的头发,眼里流露出作为一个凯尔特人碰上撒克逊人时的愤怒和无奈。在黑利医生看来,他应该是最不乐意处理这个案子的人了。

"他们表示并不知道旧伤的事吗?"

"是的。"

"那只能说明,也许他们没有直接的了解。"

"天知道你这话是什么意思。"

"我觉得还是有可能让他们想起些什么。"

黑利医生说到一半突然转过头来。麦克唐纳德医生走了进来,站在他的后面。黑利医生便站了起来。

麦克唐纳德医生说:"我想请你上来看看这个男孩。他的病有些不好判断。"他犹豫了一下,"可能只是消化不良,但也有可能是脑部的疾病。我目前只能猜测是脑部的疾病。"

黑利医生便向邓达斯道别,并保证第二天一早再来找他讨论案情。他拿上自己的帽子,跟着麦克唐纳德医生走出了房间，关上了门。当他们走到通往婴儿房的楼梯口时，黑利医生突然记起自己的钢笔落在了房间中，于是他告诉了麦克唐纳德医生。

"我去帮你拿。"医生说道。

麦克唐纳德医生顺着走廊往督察的房间走去。突然，他听到有人惊恐地呼喊他的名字。他连忙冲向邓达斯的房间。

那位督察蜷缩在床边的地板上，玉米色的头发间透出触目惊心的血色。

第十二章

第二起谋杀案

麦克唐纳德医生跪在督察身边,试图摸到他的脉搏。他的同僚冲进房门后只见他的双眼里充满了惊恐。

"他死了!"

"什么?"

"他死了!"

黑利医生环顾了一圈房间,他什么都没有发现。他又扫视了一圈,似乎想察觉到有人的存在。然后他摸了摸发间的伤口,惊讶地说道:

"他的头骨被击碎了,就像一个蛋壳似的。刚刚门是关着的吗?"

"是的。"

"我们在走廊上没有碰到任何人,这段走廊上也没有其他房间，不可能有能躲人的地方。"

黑利医生终于确认邓达斯已经死了。他走向大开的窗户。外面的夜晚还是很平静。他仔细聆听，却只能听到窗户下小溪和浪花微微拍打岸边传来的声音。捕鲱鱼的渔船依然静静地停靠在岸边。他探出头向下看去，这扇窗户下的墙壁比格雷杰小姐房间外的石墙还要光滑，往下便是溪流，不可能有人能从这一侧上来。

麦克唐纳德医生直起了身，但还是盯着督察的尸体。他的脸色苍白，双目无神，不时地伸出舌头舔一舔干裂的嘴唇。

"没有挣扎的痕迹。"他的声音很嘶哑。

黑利医生点了点头。香槟的杯子依然放在原处，只有香槟酒瓶往冰桶里更下陷了些，显然没有其他人动过。

"你没听到什么喊声吗？"

"我什么都没有听到。"

"你觉得我们离开那个房间有多久？"

"不到半分钟。"

"这些煤油灯会投下长长的黑影，我们要找的凶手肯定是藏不住的……"

黑利医生边说边走到了走廊上。他打开他的医用灯，左右照了照。走廊尽头有一扇窗户，朝向和杜克兰卧室的窗户一致。这扇窗户到卧室之间有一米的距离——足够一个人在这里进行躲藏。他灭掉他的医用灯，楼道上的煤油灯虽然很微弱，但还是照亮了窗户下的走廊空间。他示意麦克唐纳德医生出来。

"这里如果有人，你肯定会看到的。"

"当然了，这里根本躲不了人。"

"那他肯定是躲在了其他的地方。"

黑利医生的语气非常肯定，就像一个在检查调皮学生的老校长。

"当然了，我们没有看到任何人。"

"任何人。"

他们俩目光相接，交换了一下恐惧的眼神，又看了看走廊四周。

"我们必须要进行详细的搜查，我们肯定是漏了什么。我们的神经……"

麦克唐纳德医生突然不说话了。他盯着他，张大了嘴巴，却没有说出一句话。他突然冲向窗户，往外张望，然后跑了回来。

"我能把门关上吗？"他问道。

"这里根本没有其他人。"

"肯定有。如果我们把门开着，他很可能会逃走。"

麦克唐纳关上了门。他像一头困兽一般在房间里来回地走动。黑利医生从他的眼睛中能看到笼中兽的那种疯狂。他在等待、期盼，同时也处于绝望之中。他在衣柜里翻找，趴到床下查看，然后又开始翻找衣柜。然后他锁上了衣柜的门。

"我觉得这里还有别人。"

他的语气很激动，手也一直在调整他的领结。但是黑利医生摇了摇头：

"恐怕你这样做也没有用。"

"你不觉得我们身边还有其他人吗？"

"不觉得。"

麦克唐纳伸手扶了扶额头。

"看来是我神经过敏了。但是我没有看到任何人……这儿这么高，我也没有听到什么其他声音。"

他继续语无伦次地说着他的看法。他的脸上已经没有了往常的活跃，只有深深的惊惧。突然，他大喊道："我觉得我们应该下去确认凶手没有用什么梯子或者绳子。"

"好的。"

黑利医生回到死者身边，检查了他的伤口。然后他陪同着他的同行，走到楼梯口。杜克兰和他的儿子正在那里等着他们。

"你愿意来真是太好了,黑利医生。"奥恩·格雷杰先开了口,但他马上便发现麦克唐纳德医生脸色苍白、表情僵硬,"出什么事了?"

"邓达斯刚刚被杀了!"

这对父子显然大为震惊。

"什么?"

"他的头骨被击碎了……"麦克唐纳德对于细节部分含混了过去,"我和黑利要去楼下,调查一下窗户下的地面。"

杜克兰似乎还想问些什么,但是及时克制住了自己。他让到一边,让两位医生过去,然后跟着他们下了楼,奥恩也跟在他的后面。黑利医生问他们有没有电灯,得到了否定的回答。

奥恩带着他们来到了邓达斯的房间窗户下方。黑利医生打开了他的灯,在强光照射下仔细查看着河岸两边,然而却一无所获。他将灯光照向城堡一侧,发现邓达斯的卧室下方有一扇落地窗。

"这是哪个房间?"他问杜克兰。

"写作室。"

"你什么都没有听到吗?"

"是的。"

杜克兰伸手放在了医生的手臂上。

"我刚刚好像看到那些船的边上有东西闪了一下。"

"真的吗?"

老人面向海湾看了几分钟,然后又转了回来。

"月光总是很有迷惑性,在水面上的倒影也一样。"

"是的。"

"没有人能进到那个可怜的年轻人的卧室里。我和奥恩刚刚没有看到有人从楼梯上下来。"

医生也点了点头:"没有人离开过房间,"他的语气很肯定,"也没有人进去过。"

"是的。"

杜克兰深吸了一口气。继续他的话题:

"据说在法恩湾里有些地方没有河床,深不可测,还有很多可怕的传说。"

他的声音变得很轻,"我听我的父亲,也就是前一任杜克兰说过关于水鬼的故事,半人半鱼,他们只会……"

他突然不说话了。他语气中的敬畏之情已经充分表示出他的恐惧。他又看向海湾,希望还能捕捉到他之前所看到的闪光。

"低地人觉得高地人的迷信都是无稽之谈。"过了一会儿,他补充道,"他们会嘲笑我们。但是这就像盲人嘲笑视力健全的人一样。要是我们的科学家都是瞎子,他们也肯定会得出视觉只是一种幻觉的铁证。"

"你刚刚看到发光的东西是什么？"黑利医生有点不耐烦了。

"像是一条鱼。像是在月光下闪光的鲑鱼；但是比普通的鲑鱼更大，而且就在水里。"

"你只看到过一次吗？"

老人点了点头。

"是的，就一次。我一直盯着海面，想再看到一次，但是一直没有看到。"

他似乎很肯定他所看到的东西绝对不是月亮在水中的倒影。医生看着他激动的样子，明白这个老人已经确信这起凶案是鬼怪为之了。他转向奥恩和麦克唐纳德，问他们有没有看到什么。

"没有。"奥恩说道。

"你呢，医生？"

"我也什么都没看到。"

麦克唐纳德显然不是很肯定。他一直盯着城堡的大门，似乎想得到什么启发。突然，他转过身，将一只手放在眼睛上，另一只手指向那些渔船。

"如果那边有人没有睡着的话，可能会听到些什么。"

但黑利医生正忙着摆弄他的灯，他照亮了墙壁。

墙壁上没有攀爬的痕迹。他左右走了几步，继续检查，草地上也没有搭放梯子爬上窗户后会留下的痕迹。他看向身边的杜克兰。

"地方检察官和我说他那时候也查看了你妹妹窗户下的地面。"

"是的，我当时和他一起去查看的。那时候还是在白天，但是窗户下也只是一片花坛，我们什么都没有找到。没有鞋印，也没有梯子的痕迹。"

"这里好像也什么都没有。"

"是的。"

他们面面相觑了一会儿，远处偶尔传来渔船上的人说话的声音。黑利医生转过身，往岸边走去。他走到最近的一艘船边，船上有一位口音不重的高地人。

"你有看到那扇亮着的窗户里有什么人吗？"

"没有，我们一直在睡觉。我们是被你们的声音吵醒的。"

"你们有听到其他什么声音吗？"

"没有，先生。"

这个人平静的口吻让黑利医生有些不悦，于是他便一五一十地告诉了他发生的凶案。渔民听了以后露出了惊讶和感慨的神情。

"我以为你们负责守夜的人可能会看到那个窗口发生的事。"

"我们停靠在岸边时不会安排人守夜,但是我们睡眠都很浅。我也说了,我们都是被你们的声音吵醒的。那间卧室里没有传出什么喊声,一点声音都没有。"

一行人回到了城堡中,先走进了杜克兰的书房。黑利医生向奥恩·格雷杰表示希望在调查邓达斯的案子之前,先去看看他的孩子。他和麦克唐纳德医生一起离开了这对父子,前往顶楼。

奥纳格正站在楼梯口。"他又发作了。"她的哭腔中带着焦急。

她在说"发作"之前停顿了一下。黑利医生意识到她并不想说出"痉挛"二字,这两个字所带来的恐惧让她难以承受。她带他们走进了一个大房间里。房间的墙壁上贴满了从《圣经》上撕下来的纸页。一个小男孩躺在那里,一个戴着软帽、穿着围裙的老妇人正弯腰在照顾他。看到医生走进来,老妇便直起身来让到了一边,连脸上的皱纹里都满是泪水。黑利医生抬起孩子额头上的冰袋,看了看他瞪圆的双眼。突然,他抬起手里的医用灯,照向那张小脸。孩子在强光下不由眯起了眼,他点了点头。

"症状检查呢?"医生问麦克唐纳德。

"都是阴性。"

"克尼格氏征^①吗？"

"是的。"

孩子的手虚握着，摊在身侧的床单上。黑利医生拍了拍他的手，让孩子告诉他自己的名字。孩子清楚地回答道："杜克兰家的哈米什·格雷杰"。连杜克兰城堡的孩子们都被教育要清楚地声明对领地的占有权。

黑利医生问道："谁教你这么说自己的名字的？"

"玛丽姑婆。"

他弯下腰，用指甲轻轻地划过孩子的前臂。保姆的眼睛一直紧紧盯着他。过了一会，他刚刚触碰过的前臂皮肤突然迅速红肿了起来，肿块中央呈现出一丝白色。他的手臂仿佛被人用鞭子抽打了一番。奥纳格和老保姆露出了惊诧的神情。

"这是什么意思？"奥纳格问道。

"没什么。"

"什么？"

"这是一种神经质的表现。他的痉挛也是这个原因，很快会过去，但也会复发。"黑利医生对他的病人笑了笑。小男孩原本惊讶地看着自己的'鞭痕'，看到他的笑容后

---

① 克尼格氏征（Kerning），用于检查脑膜炎症的一种方法。

也咧了咧嘴。黑利医生又补充道:"没有什么好担心的,以后也没事。"

奥纳格真诚地对他表示了感谢。医生发现她的状态已经和被救上来那晚大不一样,不过现在的她非常焦虑。他不知道那孩子的病是不是遗传自她,但是他觉得邓达斯的观点很可能是对的。尽管她的精神一直处于高度的紧张状态,但是她的身体非常健康。她控制着自己的情绪,仔细听他对她的孩子的医嘱,并一边向老保姆强调应该注意的地方。

黑利医生又对老保姆说道:"你应该也注意到了这孩子很容易出现瘀伤,有的时候甚至碰一下就会出现。"

"是的,医生。"老妇人灰白的脸愈加阴沉,"我以前还会说他是'伤害自己的哈米什',因为他身上似乎总是有瘀伤。有的伤还是凭空出现的,他都没有磕碰到自己。我当时并不知道是神经的问题。"

她的声音很温和,语速却很急促,就像一条奔涌的小溪。言语中还透露出一丝半信半疑的味道。看来杜克兰所谓的他们的仆人就像朋友一样的说法并不假。

"他长大后就会好了。"

老保姆犹豫了一下,脸上微微有了些血色。

"我应该告诉你的,医生。哈米什最近一直有些神志不清。他看上去似乎没有了生气，总是很难过。我觉得他似乎在害怕什么东西，或者什么人。孩子们对这种东西总是比大人更敏感。"

她看了一眼奥纳格，仿佛怕她会阻止她说下去。但是她点了点头：

"我也注意到了，在我们爱尔兰都管他这样的叫'中邪'。"

克里斯蒂娜再次说道："孩子们对这种东西总是比大人更敏感。他们能察觉到会伤害他们的东西；他们会难过，会感到害怕。你不能当作什么都没有发生。我们怎么能知道孩子们的想法呢？"

她的语气平和，丝毫没有不敬的意思。她显然已经陷入了深深的焦虑之中。

黑利医生表示同意："恐怕的确很难知晓。"

"是啊，的确很难。你是专业的医生，知道这是神经的问题，但是这神经到底是怎么回事？我很想知道。"

医生摇了摇头，坦白道：

"这个其实也很难说，风湿有时会引起这样的神经过敏。但是肯定也是有其他原因的。我曾经见过一个因为极度恐惧而导致这种症状的人。我还见过因为焦虑而导致筋疲力尽的病人，那可怜的孩子无比害怕自己的醉鬼父亲。"

老保姆的脸突然红了。

"高地人认为有些病通过专业的诊治也查不出原因。"

她吐字有些不清楚,但是却十分真挚。黑利医生看到麦克唐纳德医生似乎轻轻地笑了。这是在影射奥恩和他妻子之间的关系吗?从奥纳格的眼神中,黑利医生肯定了自己的猜测。

他问克里斯蒂娜:"你认为孩童能够明白和理解成人的感受吗?"

"没错,医生。我还认为人的思想和身体一样,都会受到毒害。"

两位医生离开婴儿房后,麦克唐纳德医生用手拍了拍他的胳膊:

"你也看到了,高地人就是这样,我们一点都没有变。"

"不仅仅只有高地人对精神疾病抱有迷信的看法,所有人类都害怕这类事。在中世纪,人们会崇拜身上容易出现瘀伤的人。历史上有上千关于会在手上、脚上和额头上产生十字圣痕的男男女女的记录。人们认为这些人肯定能够与圣灵进行接触。还有些人的疤痕则被污蔑为被魔鬼所碰触或者受到了邪眼的影响。据说亨利十三世想要赶紧除掉安妮·博林皇后就是因为他在她身上看到了一块据称只有女巫的后代才会有的疤痕。他可是比这些高地人还要迷信。"

他们回到了吸烟室,杜克兰和他的儿子正在等着他们。随后,风笛手安古斯走了进来。他说有一位年轻的渔民想找土地主。

"带他进来,安古斯。"

一个穿着蓝色针织衫的高个年轻小伙子走了进来,手里还拿着他的黑色头巾帽。走到一半时,他突然停了下来,像个在拆刺绣线的女人般整理起手中的帽子。杜克兰走出去,热情地接待了他。

"杜加德,你今晚怎么来了?"还没等那年轻人回答,杜克兰就向大家介绍,这是他的两位朋友和得力助手——玛丽·坎贝尔和芙洛拉·坎贝尔的兄弟。

杜加德慢慢回过神来。他说他听朋友们说,土地主想找适才几个小时内没有睡着的渔民,于是他就来看看城堡里发生了什么事。

"我在最远的船上,我也没有睡着。我一直能看到这幢城堡。"他补充道。

安古斯搬了一张椅子过来,那个年轻人坐了下来。黑利医生问道:

"你刚刚一直看着城堡吗?"

"是的。"

"你看到了什么?"

"有一扇窗户一直亮着灯。先是一个大个子站在窗前,过了很久,窗前的人换成了一个小个子。"

"你没有看清他们的脸吗?"

"没有,先生。因为他们都是背着光。虽然月光照着窗户,但是房间里的光太亮了。"

医生点了点头,表示他的说法合乎常理。

"有道理。那你记得哪个人在窗前的时间更久呢?大个子还是小个子?"

"大个子,先生。"

黑利医生和他们说:

"我到了他的房间后先站在窗户边往外看了一会儿。因为天气很热,所以我在床边站了好一会儿。目前看来,他的说法都没有问题。"他又转向那个渔民,"你能描述一下你看到那个小个子做了什么吗?"

"我先是看到他在窗前,过了一会儿就走了。"

医生身体微微往前倾。

"他出现和离开的时候,你有没有注意到什么奇怪的地方?"

"没有,先生。"

"请你仔细地回想一下。"

"没有，先生，我没有注意到任何奇怪的事。他站了一会儿就走了，就像之前的那个大个子一样。"

"没有喊声吗？"

"我没有听到任何喊声。"

"那层楼只有那一扇窗户是亮着的吗？"

"是的，先生。"

"你确定吗？"

"是的，先生。"

"你怎么看，杜克兰？"

老人微微点了点头：

"他说得没错。我当时在这里和奥恩一起；婴儿房不是面向海湾的。"

黑利医生戴上了他的镜片：

"你说你看到月光照在这座城堡上吗？你有没有发现城堡的墙壁和屋顶有什么不自然的？"

"没有，先生，完全没有。"

"你觉得如果有人用梯子爬到那扇窗户边，你会注意到他吗？"

"当然了。"

"尽管窗户里很亮吗？"

"是的。就算是一只猫爬进了那扇窗户，我也能看到。"

根本没有什么梯子。"

"你敢保证吗?"

"我保证。"

杜克兰突然开口问道:"告诉我,杜加德。那个小个子在窗口时,你有没有看到你船边的水里有什么东西?"

年轻人的眼里掠过一丝恐惧。他扬起了眉毛,然后紧紧皱起了眉。

"没有,大人。"

"发光的东西。"

"没有,大人。"

杜加德捏紧了他的头巾帽,眼中的恐惧更深了。他显然听说过像鱼一样的水鬼的传说。他狐疑地看着杜克兰。

老人缓缓地说道:"我觉得我看到那些船边上有东西在发光,但是也不敢确定是不是只是月光。"

杜加德越发不安起来。

"我什么都没看到,大人,什么都没有。但是桑迪·德雷西说今晚肯定很倒霉,因为我们去船上的时候连着经过了四个女人。今晚果然什么鱼都没捞着,桑迪在河口边明明看到了鱼群,我们撒网下去却什么都没捞着。"

小伙子的语气很认真,杜克兰听得也很认真。渔民和土地主仿佛都认为那的确是导致今晚收成惨淡的原因。

黑利医生不由问道:"上船的时候见到女人是坏兆头吗?"

"是的,先生。很多人甚至会直接回家,不出海了。"

医生对杜克兰说:

"诺森伯兰海岸边圣岛的渔民只要听到有人说'猪',就不会出海。他们自己也不会说这个词。猪在圣岛上都是圣洁的,他们称它们为圣物。"

老人庄严地点了点头。他没有发表什么看法,显然他觉得现在不是讨论这种问题的时候。

安古斯为渔民端来了一杯酒,然后离开了。杜克兰突然一改之前昏昏欲睡的样子,问道:

"黑利医生,你能确定你们离开房间后没有人再进去过吗?"

"我能确定。"

"那也就是说门和窗户都是锁上的,无法进出的吗?"

"看上去是的。"

"就像我可怜的妹妹的房间一样无法进出吗?"

"是的。"

老人坐直了身子。

"你对这两起惨案能给出什么解释吗?"

"还不能。"

"这两起案子一模一样吗？"

"是的。"

"手法和模式都一模一样吗？"

"是的。"

"那肯定是同一个人杀死他们的吗？"

"看起来是的。"

所有人陷入了一片沉默之中，不安地面面相觑。

最后还是杜克兰打破了沉默："现在看起来，这两起案子似乎都不可能是人为的。"

他的声音越来越轻，开始在椅子中不安地变换坐姿。他只要碰到迷信的事，都会有这种反应。他现在的恐惧显然也是因为他想到了一些关于这方面的猜测。

黑利医生说："我们应该马上联系马卡里昂先生。如果我想得没错，我们现在没有多少时间了。已经发生了两起命案，很可能会发生第三起。"

另外几位显然也想到了这一点。麦克唐纳德医生不安地看了他一眼，杜克兰擦了擦额头，奥恩则一口答应，准备马上动身去阿德莫尔的警察局。

第十三章

"城堡的诅咒"

第二天早上,黑利医生细细检查了邓达斯的房间窗下的地面。土地被炙热的阳光烤得坚硬,应该可以保存下一些线索,然而他什么都没有发现。如果有人用梯子爬上窗户,就算再坚硬的土地也会留下痕迹。他看着平整的地面,没有发现什么异常。然后他的目光顺着草地,移到了溪流上,又顺着溪流看向了海湾。他摇了摇头,回到了城堡里。马卡里昂先生刚从坎贝尔镇赶回来,正在城堡里等他。他刚听说的这起惨案似乎让他尤为震惊。

"死因是什么,医生?到底是怎么出入上锁的门的?"他提出了一连串的问题,"杜克兰告诉我,你和麦克唐纳德和那个可怜人分开才一分钟,他就被杀了,是吗?"

"我觉得我们和他分开还不到一分钟。"

马卡里昂先生的大脸变得煞白,语气非常惊惧:"你是说邓达斯是当场猝死的,而不是被人杀死的?"

他们一起走进了书房。地方检察官坐了下来,垂下了头,没有说话。过了几分钟,他说他已经联系格拉斯哥请求增援了。

"基于目前的情况,他们会派最好的警员过来。"

"希望吧。"

"可怜的邓达斯!"检察官突然非常激动,"他原本想靠这个案子扬名的。黑利医生,谁知道命运会这样安排呢!"他停顿了一下,"我听说这座城堡里有诅咒。"

然后他似乎突然瘫软了下来,陷入了他的扶手椅中。他不停地点着头,喃喃自语着,似乎在不停地说服自己,让自己能接受这一切。黑利医生觉得他非常害怕自己可能随时会丢了性命。

"我进来的时候和杜克兰聊了聊。"马卡里昂说,"他说他在邓达斯死后几分钟好像看到水里有发光的东西。"

"是的。"

"他也和你说过了,对吗?"

"是的。"

黑利医生显然并不在意。

"如果这是真的话,那就太奇怪了。"马卡里昂先生又擦了擦自己的脸,"你要知道法恩湾有很多离奇的传说。渔民们有时候会讲一些非常奇怪的故事。"

"我想是的。"

马卡里昂先生站了起来。

"你可以说你并不相信那些老妇人嚼舌根讲的故事。"他解释道,"但是那些渔民有着敏锐的观察力,还有很强的直觉。说不定他们看到的和感觉到的真的会比我们这些普通人的要多呢?他们整日可是一直看着水面,也就是天空的倒影啊。"

医生表示同意。他觉得马卡里昂正在因为他生来的轻信和自我的想法而游移不定。他的想法都是源于那本希伯来《启示录》中关于小人物的故事和对于人类生命短暂的描写。难怪这家伙会认为威士忌是不可或缺的。

他独自上楼去了邓达斯的卧室。尸体还没有被运走。一缕阳光照在督察黄色的头发上。虽然他并不像马卡里昂和其他人那样恐慌,但是这幅场景还是会让他有所触动。他拿起了督察的笔记本,上面记满了他调查的细节,越往下看越让人觉得难过。每一页所记载的调查都是他注明了没用的观察结果。他排除了所有可能:门、窗户、墙壁、天花板、地板。他写的最后一句话无任何感情:必须要从头开始。

他把本子放了回去,擦了擦他的眼镜。透过眼镜,他仔细看了看死者的头骨被击碎的伤口,再次惊讶于这一击的力度大到出奇。这间卧室中显然没有能造成这种伤口的凶器。他已经检查过可能用来行凶的家具。凶器是凶手随身携带的一件东西，或者说是两件：格雷杰小姐可能是被斧头砍死的，而这个案子中的凶器可能是一根棍子或者指虎。如果说用来杀死邓达斯的凶器和第一起案子中的一样，这种力道肯定会把邓达斯的脑袋劈成两半。他再一次走向窗边，看了看屋子和海湾中间的溪流。秋天已经慢慢给一切染上了猩红和橙色；快要消逝的夏日气息有种神奇的感觉，似乎与天地间的景色融为了一体。河岸对面的栗树树叶半数已经染上了金色。白桦树上的小枝丫在风中颤动，像女孩的亮片裙一样轻盈。山毛榉和橡树染上了风中葡萄的香气，连果子都微微泛红。站在窗户前可以轻松地把一个长柄的凶器扔到树丛里，或者是扔进河里。但是，他已经找过了那些地方，没有发现里面藏有任何的凶器。他转过头，快步走到死者身边，弯下了腰。

  死者的金发中闪过一道细小的银光。他发现那是一片鲱鱼鳞。

第十四章

一件奇怪的事

黑利医生发现了鲱鱼鳞后便马上去阿德莫尔拜访麦克唐纳德医生。医生的家建在一块石脊上，面向着海湾。当他顺着蜿蜒的小路往上走时，往下俯瞰就能看到这片独特的盆地，还有那些岛屿和海湾的全貌。渔船大多都停在离镇外很远的海上，而那些小船则三三两两地分布在整个水域上。小船的线条和短小的桅杆互相映衬，就像是首次飞行的灰毛海鸥，充满活力，跃跃欲试。一艘小轮船正从海湾里驶出来。他停下脚步，看着这艘船驶入狭窄的河口，划开了水上的海草，在身后留下了小小的浪花。船只、海草和鱼的味道扑面而来。他能感受到热浪，听到些微的人声。他往上走了几步再转过头来，能够清晰地看到那艘船像是海底沉船的遗迹，干枯的桅杆上挂着像是干尸般的渔网。但是渔网的颜色却正和对岸格威尔角的松树林形成了有趣的反差。

医生的房子使用红砂岩建造，红色的屋顶在山脊上尤为突出。屋子边上有一大丛石楠花，紫色、绿色和灰色交织在一起，在阳光下显得尤为突兀。虽然屋子的窗户正对着海湾，但是树丛的遮挡和周围的石壁还是限制了部分视野。他拉响了门铃，出来迎接他的是一位脸色红润、皮肤略深、淡色的头发梳成了传统高地人发式的女子。她带他来到了一个大房间里，告诉他，她的主人晨间出诊还没有回来。

"但是我想他马上就会回来了，所以也许你能在这里等他回来。"

他还没来得及说些什么，她便已经离开了。他走到一边的书架前，扫了一眼。看来麦克唐纳德先生喜欢看天主教的读物。他的书架上大多数的书都是欧洲文学，特别是法国文学：巴尔扎克、福楼拜、莫泊桑、蒙大拿、伏尔泰和圣贝乌。他抽出了一两本翻了翻，这些书显然已经磨损得很严重了。书架上没有医学相关的书籍。看来这些书的主人虽然投身于医学事业，但本质上是一个浪漫主义者。黑利医生根本无法把这些书和麦克唐纳德先生对应起来。这个房间的装饰非常合乎男人的喜好：巨大的扶手椅，是用来阅读和抽烟的所在。在一个角落上还有一支老式的猎枪，枪把手用油擦得锃亮。壁炉架上有一个花瓶，花瓶边堆着猎枪的子弹。墙上挂满了船只的画，这些画作都非常平庸，显然出自同一位画家之手。黑利医生凑近其中一幅看了看，落款是麦克唐纳德。

他坐了下来，捏了一小撮鼻烟。他想起行医的很多人其实都后悔入错了行，但是很少有医生成功地转行。虽然那些人可能有一些艺术天分，但却缺乏必要的表现能力和艺术功底。单凭热情可抵不上有所成就需要花费的时间和汗水。既然麦克唐纳德会画画，那说明他也很有可能会写小说或诗。不过他在写作上的成就也不见得比画画好。他为什么至今未婚呢？

黑利医生一边思考着第二个问题，一边又捏了一小撮鼻烟。但是他还没来得及多加思考，麦克唐纳德先生就走了进来。

"安妮告诉我，有一个大高个在等我，我就想会是你。"麦克唐纳德和他握了握手，"有什么新进展吗？"

"没什么……邓达斯的头上有一片鱼鳞。"

"天啊！所以两个案子的凶器是一样的吗？"

黑利医生摇了摇头。

"我觉得可能性不大，虽然斧背也很有可能会造成那种伤口。"

麦克唐纳德的语气有点不大确定。他站在房间中央，皱着眉头，颔首思考了一会儿。最后他摇了摇头。

"鱼鳞的事已经够奇怪了,但我觉得最奇怪的事还不是凶器的问题。如果你不搞清楚凶手是怎么进出这两间卧室的,案件的调查就无法继续。"

黑利医生思考了一会儿。

"显然杜克兰已经认为这两起凶案是鬼神所为了。"

"他原本就是这么认为的。"

"没错。这对于凶手来说,则更应该在现场布置出似乎是鬼神为之的证据。那些证据就是为了用来麻痹追查的人。"

"我没有懂。他布置了什么鬼神的证据?"

"鱼鳞。"

麦克唐纳德很惊讶。

"什么?法恩湾的鱼鳞吗?这算什么鬼神的证据?"

"杜克兰认为在邓达斯被杀那一晚,他在月光下看到河流中有什么东西闪了一下。"

麦克唐纳德医生吹了一声口哨。

"就是那个吧?"

"哪个?"

"水鬼。每次法恩湾边发生什么无法解释的事,人们就会归咎于'水鬼'。它们会干扰鱼群,让渔民们一无所获,或者它们会在你稳稳地能网上一兜鱼时,让网里的鱼全部逃走。你可以说这其实都是他们自己不小心,但它们可不会待见你。没人会相信你。人怎么能够对抗这种神灵呢？"

黑利医生点了点头。

"阿德莫尔靠大海给予的机遇而生存。"

"大多数迷信的鬼怪都是用来解释偶尔的坏运气。农业地区总认为恶魔导致庄稼干枯，水井干涸……"

"没错。"

"我们应该意识到这些鱼鳞可能是故意放在伤口中，让人觉得这些凶案并不是人类所为。如果真的是这样的话，也许我们可以通过排除法找到我们的嫌犯。用迷信之说来掩饰犯罪说明罪犯具有极高的智商。"

"我明白你的意思。我们可以排除掉那些仆人。"

黑利医生点了点头，靠回到椅子上："你做杜克兰一家的医生多久了？"

"十多年了。"

"你从来没有发现格雷杰小姐曾经受过伤吗？"

"是的。我从来没有检查过格雷杰小姐的胸口。"麦克唐纳德走到了窗口，又慢慢走了回来，"她总是患上一些小风寒。两年前，她患上了严重的支气管炎，但是她坚决不让我用诊听器听她的呼吸。在我第一次见她之前，杜克兰就告诉我，她对于医疗检查抱有极大的恐惧，甚至可以说是一种偏执。他要求我要尽量在诊治的过程中不要引起她的不适。"

"那他知道那道伤疤吗？邓达斯明明表示他对此一无所知。"

"但是她有可能向她哥哥说了用来躲避医生的同样借口。杜克兰可能真的以为她抗拒医疗检查。"

黑利医生点了点头。

"没错。但是她住在那个城堡里，受了那种伤竟然没有被任何人发现，这也是非常奇怪的事。"他皱了皱眉头，"我还是认为，她锁上门时处于恐慌的状态。城堡中有没有杜克兰亡妻的画像？"

"我从来没有看到过。"

"我在公共房间和一些卧室里找过，都没有找到。杜克兰是一个喜欢保存所有东西的人，这是非常奇怪的事。杜克兰人生中其他大大小小的事都以某种形式挂在他的墙上。"

麦克唐纳德医生坐了下来，用双手扶正了木头腿。

"你怎么看？"

"我觉得杜克兰的妻子很可能与格雷杰小姐所受的伤有关。所以那座城堡里才不会有她的画像，而格雷杰小姐也要隐藏她的伤。这或许也能解释为什么格雷杰小姐看到奥恩的妻子后会非常惊慌。父亲与儿子都娶了爱尔兰女人。奥恩的太太突然出现在她的卧室门口也许唤起了她非常可怕的回忆。"

"相信我，格雷杰小姐是一个头脑非常清楚的女人。"

"没错。但是这种惊吓会留下巨大的心灵创伤，只要想起来就会造成严重的精神衰弱。"

"好吧。"麦克唐纳德先生又移了一下他的木头腿，身子微微往前倾，"她锁上了卧室门后发生了什么？"

"我觉得她还关上了她的窗户，如此热的天气，她原本肯定是开着窗户的。"

"然后呢？"

"然后她被杀了。"

医生叹了口气，不由得重复了一遍："然后她被杀了。"他无奈地问道，"怎么杀的？为什么要杀她？又是谁杀的？"

他抬起头，灰色的双眼紧紧地盯着他的同行。黑利医生做了一个不耐的手势。

"不用管那些。先回到奥恩的太太身上。她告诉我她穿着一件蓝色丝绸睡裙，去了姑妈的卧室。她们在晚餐前吵了一架，她希望去和姑妈讲和。当初杜克兰的妻子很可能也是这样。"

麦克唐纳德有些疑惑，也有些不耐烦了：

"你不会是想说那道可怕的伤口是一个女孩造成的吧？"

"不。"黑利医生摇了摇头,"你的想法跳得太快了,朋友。你先不要去想那间卧室,完全不要想。有一个更有意思的问题:奥纳格和格雷杰小姐争吵的内容是否和当初杜克兰的妻子与她吵架的内容一样?这个答案显然只有格雷杰小姐知道。有些女人,应该说有很多女人,无法忍受和与她们亲近的男性的妻子共处,她们认为他们的妻子是外来者,会将自己的丈夫从她们身边夺走,有时甚至还会夺走她们的孩子。格雷杰小姐是这种女人吗?"

两人陷入沉默之中。麦克唐纳德医生一时不知该如何回答这个问题。他觉得越来越不安,不停地调整着自己的坐姿,并摆弄着他的木头腿。他的脸上开始发红。

"她的确是这种女人。"终于,他回答了这个问题。

第十五章

真正的敌人

麦克唐纳德站了起来,走到空空的壁炉前。

"事实上,我认为奥恩的太太也因为格雷杰小姐的嫉妒而在杜克兰城堡举步维艰。自从奥恩去马耳他后,他的姑妈就开始折磨和压迫他的妻子。她主要是抱怨小哈米什,也就是杜克兰的继承人,没有受到该有的管教。"

医生停了下来,开始在身后的壁炉台上寻找他的烟斗。他叼起烟斗,打开了一罐烟草。

"这些话都是奥恩的太太亲口和我说的。我应该算是她在这里少数几个朋友之一吧。"

他从罐子里取出了一些烟草,开始往烟斗里填。他的动作很认真,似乎为了掩饰他的尴尬。黑利医生可以看到他的手微微有些发抖。

"杜克兰城堡里的气氛总是很压抑,你随时都可能会遭到惩罚。格雷杰小姐总是话里带刺，时间久了根本让人难以忍受。她永远不会命令你去做什么，她只会请求你。但是她的请求中带有太多其他的意义。她尤其擅长发现对手的弱点，并孜孜不倦地加以利用。一个月前，事情终于到达了白热化的地步。"

他的烟斗填满了，于是他小心翼翼地点燃了。

"一个月前，小哈米什痉挛了。他们叫我过去。我不像你那样有处理过神经方面的病症，我承认当时我的确吓坏了。我的恐惧肯定是影响到了孩子的母亲。她告诉我她认定孩子的病跟她自己的精神状态有关，她决定要离开杜克兰。'奥恩在艾尔郡的工作快要结束了。我已经和他说了，如果他结束后不赶紧来接我，我就离开他。'我可以看出她已经走投无路了。我试图安抚她，但是她完全听不进去。当我从婴儿房下来的时候，格雷杰小姐在楼梯口等着我。'那可怜的孩子，都是她母亲的错。'她向我控诉道，'亲爱的奥纳格肯定是好心的，但是她没有经验，太没有经验了。'"

他的烟斗突然掉在了地上，于是他弯下腰捡了起来。

"我现在还能回想起她当时的声音。她一边说一边慢慢地摇着头，眼里满是泪水：'我们已经尽我们努力做了一切，医生。但是恐怕还是让人家非常不满。奥恩的父亲非常难过。我无法形容我的心情。你也知道，我一直将奥恩当作自己的孩子一样疼爱。'然后她所说的话果然和我猜想的一样,'你能不能以专业医生的态度让亲爱的奥纳格好好休息。她的姐妹兄弟们肯定很想念她,她不需要担心亲爱的哈米什,我和克里斯蒂娜一定会好好地照顾他。'我当时又能怎么说?我只能告诉她得等孩子好点了再商量这种事。"

他停住了话头。黑利医生盯着他,问道:

"她对你的话做何反应。"

"她很不乐意,话中有话。'当然了,医生,我们都很感激你如此谨慎的态度。只有你有权做出这样的决定。但是我认为有时我可以教教你在行医时学不到的要考量的私人因素。'隐含的意思就是:'如果你站在了敌人那边,我绝对不会让你好过。'我在她眼中看出了这种意思。她也知道我看出来了。"

"但是你还是坚持你的立场吧?"

医生连忙表示肯定。

"是的。那个老女人挑起了我的对抗本能。她的声音嗡嗡的,让我有点毛骨悚然。她总是把'亲爱的'说成'其爱的',她总是把奥恩太太的名字读作'乌娜',虽然他们纠正了她好几百遍也无济于事。她的固执背后其实隐藏着她顽劣和邪恶的本质,她以伤害她不喜欢的人为乐。你看着那个众人眼中的圣人,众人眼中的殉道者,但是你却能从她的眼中看到恶魔的目光。"

麦克唐纳德的脸涨得通红。他摇了摇头。

"要是这镇上还有其他的医生,他们肯定就不会找我了,但镇上只有我一个医生。她只能忍受我。我能感受到我们每次见面时,她都比上一次更加厌恶我。只要你上了她的黑名单,她就会觉得你'不是好东西',她很擅长用这种描述来从道德上进行抹黑。我知道我不能再这么下去,等她抓到我的什么把柄,遂了她的心意……"

黑利医生举起了手,打断了他。

"等一下,你后来还继续去给哈米什看病了吗?"

"是的。"

"并拒绝让格雷杰小姐干扰吗?"

"我拒绝了让奥恩的太太离开孩子回爱尔兰的要求。有一天,我说我认为孩子的母亲永远是孩子最好的保姆。格雷杰小姐听到后露出了难过的表情,那一瞬间我还是对她有些同情的。"

"我明白了。"

麦克唐纳德医生显然越来越紧张了。他试图重新点燃烟斗,却失败了。他放弃了尝试。

"一个星期后,也就是三个星期前。有一天晚上,我正准备上床,听到门口有人敲门。我打开门,发现是奥恩的太太。"

麦克唐纳德先生停了下来,沉默了一会儿。房间里只能听到外面轮船起航时传来的滑轮和扬帆的声音。黑利医生点了点头,没有发表任何看法。

"那个女孩一直在啜泣,她处于一种歇斯底里的状态,似乎快陷入疯狂了。我一打开门,她就摔倒在门厅里。我赶紧把她扶了起来。她似乎是匆忙穿上衣服赶过来的。我把她扶进房间,在那张椅子上坐下。"他突然指了指黑利医生正坐着的这张椅子,"她告诉我她要永远离开杜克兰城堡。当她情绪慢慢有所稳定下来后,她告诉我她和格雷杰小姐大吵了一架。她说哈米什又痉挛了,'玛丽姑妈说我是在利用他……说我在害他。我气得失控了。'"

"你对她的失控感到惊讶吗?"

"不,我惊讶的是她竟然忍受了格雷杰小姐这么久。"

"我不是这个意思。你觉得她是容易歇斯底里的人吗?"

麦克唐纳德犹豫了一下。

"她并不歇斯底里,只是容易激动。她的反应很快,心地很善良。格雷杰小姐的伪善把她气昏了头。她并不在乎发生的事。她告诉我她并不在乎发生的那些小事。"他用手捂住了眼睛,"我生了些火,晚上还是有些冷的。我烧了一壶水,泡了些茶。过了一会儿,她冷静了下来,和我描述了发生的事。大家当时都上床了,但是保姆找她,因为哈米什似乎有些呼吸困难。她马上冲到楼上,却看到格雷杰小姐在给孩子用嗅盐。她的反应可想而知了,这种刺激真是一时之间令人难以承受。"

"格雷杰小姐提过要给孩子用嗅盐吗?"

"是的。那天早上提过,奥恩的太太把她从婴儿房赶了出去。她走了,却让她的哥哥上楼来替她说话。杜克兰就是她的傀儡。他就像大部分的傀儡一样,本身就是个无情的人。"

麦克唐纳德显得非常不安,他再次停下了话头。他放下手里的烟斗,盯着他对面墙上的画:"奥恩的太太当然向他们重复了我的医嘱。她要求他们找我来确认。杜克兰说:'我和你的姑妈都认为,最近你找麦克唐纳德医生的次数有些多了。'其中暗示之意已经很明显了。她不想辩驳什么,就直接离开城堡,来到了我家。"

"我明白了。"黑利医生在椅子里动了动。他抬起头,看到麦克唐纳德依然盯着那些画。他脖子上的肌肉紧绷到凸起,双手也紧紧地攥着拳头。

"这话是格雷杰小姐的意思吗?"

"当然了,她操纵着她哥哥的思维。奥恩的太太还发现她不仅只给杜克兰洗脑……"

"什么?"

"格雷杰小姐还经常给奥恩写信。"

"但奥恩的太太还是来到了这里。这不是正中她的下怀吗?"

黑利医生无意识地移开了目光,不再看他。两人一时之间都没有说话。麦克唐纳德先生突然说:

"我想奥恩应该给他的妻子写了一封语气很不善的信。"

"责怪她经常找你看病吗?"

"指控她也许爱上了我。"

黑利医生站了起来。

"她来到你家的时候是不是想要离开她的丈夫和孩子?"

"是的。"

他们又听到有一艘船要起航了。一阵凌乱的船桨声从码头传来,过了一会,又传来了悠长的汽笛声。

"她为什么要来找你?"黑利医生问道。

"为了寻求建议和庇护。"麦克唐纳德医生拿起了烟斗。他似乎不再感到不安了。他点燃了烟草,抽了一口。

"你肯定很想知道格雷杰小姐的暗示是否确有其事。在奥恩的太太看来,答案是完全没有。但是在我看来并不是这样,我想告诉你。"他边说边看向黑利医生,"我一见到奥恩的太太就爱上了她。当时她的丈夫在马耳他。她渴望得到友谊和帮助,我便给予了她。我不是小孩子,我清楚地知道自己的心情。我知道我的爱不会有结果，因为奥纳格深爱着她的丈夫。但是就算清楚这一点也无法消除我的痛苦，只有安抚她的伤痛才能让我能好过些……"

他摇了摇头。

"她以为我完全只是出于职业的关心。我对她的确有出于职业的关心：她的精神状态疲惫不堪。但是格雷杰小姐是个多疑的人。我当时胆敢质疑她，我便成了她的阻碍，她也许甚至认为我是一个威胁。我也和你说了，她恨我。"他深吸了一口气，"黑利，你知道吗，这个女人有一个非常强大的特点，连我都不禁感到钦佩。她开始扭曲我帮助他们的动机——先是她自己这么认定，然后再让杜克兰也这么认为。她多么坚持啊！很抱歉，我其实也很同情她。奥恩是她的孩子。她希望能永远占有他。我能从她那小小的棕色双眼中看出来。她不仅仅只是抱着高地人的自傲，用高地人的手段对付我。她的执着就像水牛皮般坚韧。我真正面对的敌人是母爱、渴求、不满和不甘的综合体。从内心深处，我了解她，她也看穿了我。但是她犯了一个女人经常会犯的错误：奥纳格没有爱上我，她也从来就没有想过，或者想到我会爱上她。这是无可奈何的事实。我是方圆20公里内唯一的医生，奥纳格经常因为她自己或者她儿子的身体健康而找我，而我也恰好能借机满足我的私欲。那个老女人的眼睛却看穿了一切。奥恩从马耳他回来后,所有的冲突似乎都马上要爆发了。但是他去艾尔郡又避免了一切的发生。他没有责怪奥纳格来找我,但这个想法还是被他的姑妈深埋于他的脑内。他责怪她不体恤他的仆人,以及在照顾哈米什上的懈怠。他离开时他们没有说一句话。他离开的那天,她找我过去,并告诉我她害怕自己会做出什么事来。"

第十六章

巴利督察

麦克唐纳德的坦白仿佛终于将他自己从桎梏中释放了出来,他一改之前寡言少语的样子:

"我和你说的是实话,黑利。因为你迟早会听其他被格雷杰小姐洗脑的人提到这些捕风捉影的事。我希望能告诉你真相。奥纳格爱着奥恩。她对他的忠贞从来没有动摇过。她来这里只是为了表明她的态度,为了抗议她在为小哈米什担惊受怕时,她的丈夫却站在她的对立面,逼得她濒临崩溃。"

他再一次坐了下来,边说边把木头腿放到身前。

"所幸这件事还是有个好的收尾。我正劝她让我带她回到城堡里,有一辆车停在了我家门前。他们家派那个老保姆克里斯蒂娜来讲和,因为杜克兰和他的妹妹有些害怕了。那个老保姆也非常难过。你昨晚也看到她了。她那双古怪的黑色眼睛紧紧盯着奥纳格,她说哈米什一直哭着要妈妈。她的声音里似乎有某种东西,某种特点,让你无法拒绝她的请求。你也看到了那孩子发病时的脸和声音。奥纳格的防线瞬间就崩溃了。然后那个老保姆便安慰她,向她保证她的痛苦很快就会结束了。她的话里有种让人信服的力量。但是她依然还是格雷杰的人。我能感觉到她内心深处也受到格雷杰小姐的影响,对我抱有怀疑。奇怪的是,和她的交流中,我反而产生了一种在格雷杰小姐面前没有过的罪恶感。"

他摇了摇头。

"我的猜想并没有错。她看穿了我的秘密。她将奥纳格送上车,回到房间里拿落下的披肩。我原本在车外等着,看她迟迟没有出来,我就进屋看看出了什么事。她站在那里,突然转过头,像盯着奥纳格那样紧紧盯着我,眼里带着强大的敌意。她冷冷地说:'上帝结合在一起的人是不可分开的。'然后她拿起披肩,快步离开了。"

"你知道奥恩的太太回家后发生了什么吗?"

"当然了,他们一开始看到她回来了便如释重负,但是这种感觉很快就淡去了。他们只记得她给他们的家族蒙了羞——这可是不可饶恕的罪孽。我第二天早上又被召请去给他们的孩子看诊。婴儿房里只有格雷杰小姐一个人,她告诉我奥恩的太太因为头疼而在卧床休息。"

"她屈服了吗？"

麦克唐纳德眯起了眼，摇了摇头。

"我觉得不是这样的。奥纳格毕竟是一个爱尔兰女人，她在等待着她的时机。我认为在她丈夫回来后，战争才算是真正开始。但是我也知道这段等待的时间对奥纳格来说尤为痛苦。她是一个无法独自做决断的人。她需要一个朋友来给予她建议与支持，帮助她撑下去。"他摊开右手，"我想我们其实都依附于那些能在紧要关头激发我们的情感。只有情绪高涨的我们才能算得上是英雄。"他又放下了手，"其实我们的内心深处则充满了软弱和犹豫，我觉得她当时来找我只是为了获得支撑自己的力量。她几天后告诉我，她只有在和我说话时才觉得自己是活着的。"他的身子微微前倾，"其实她需要的不是我的力量，而是她自己的。是我帮她唤起了她自己身上的力量。"

黑利医生点了点头："人性和化学一样，都需要催化剂。"

"没错。"

黑利医生站起身来："我可以把你这番话告诉从爱丁堡新派来的警探吗？"

"可以。"

他伸出手，突然又转过头去。

"你知道奥恩为什么急着从艾尔郡赶回来吗？"

麦克唐纳德的脸色微微一变，似乎有些发红。

"我以为他是回来借钱的，但其实是奥纳格找他回来的。"

"为了带她离开吗？"

"是的。"

"他拒绝了吗？"

黑利医生一副已经知道答案的样子。

"我不知道。"

"奥恩就像他的父亲，对吗？"

麦克唐纳德摇了摇头。

"某些方面像，并不是完全一样。比如他并不迷信。他并没有老一辈高地人那样看不起爱尔兰的行事作风。"

黑利医生说："我见到他的第一眼就觉得他是个难以捉摸的人。我到现在还不清楚他是个怎样的人，只知道他深爱着他的妻子。"

"我也不清楚他是个怎样的人。"

"那他的妻子呢？"

"她深深爱着他。"

黑利医生叹了一口气，他的语气有些难过：

"有时候，我真是不懂这句话的意思。相爱的人能真正了解彼此吗？他们眼中的对方是否也只是自己眼中一厢情愿的幻象？"

麦克唐纳德先生没有回答，他疲惫地用手抚了抚额头。

"也许爱人之间能看到对方的一切，也能原谅对方的一切。"

黑利离开了医生的家，来到了海边的一幢房边。那是一幢高大的房子，矗立在路边的草丛后，似乎经过了多年的风吹雨打。他拉响了门铃，一个女孩子打开了门。女孩告诉他，她的父亲在家。过了一会儿，一个穿着长袍的微胖中年男子走了出来。他走到门口，和蔼地让他的女儿回到房里。

黑利医生介绍了自己的身份，约翰·杜加德牧师赶紧表示欢迎。杜加德带他进了书房，关上了门。他推来一张大扶手椅，让这位来访的贵客赶紧坐下。医生看到书房四面的书架上都摆满了书。

"我有什么可以为您效劳的？"他说话带着高地人特有的口音，原本带着笑容的脸摆出了一副认真的表情，但是眼里还是闪着光。

"我想听你说说麦克唐纳德医生的事。"

"是吗？"约翰牧师似乎在极力掩饰他的好奇，"麦克唐纳德不隶属于我的教会，他没有参加任何教会。但我觉得他是一个很好的人，为人正直，医术高超。去年冬天，我的儿子得了支气管炎，是他救了我儿子的命。"

黑利医生低下了头。

"他的确是一个很好的医生。我想问的是他的个人品质,他是一个怎样的人?"

"这个问题很难回答,先生。"牧师思忖了几分钟,"如果你在六个月前问我这个问题,我会告诉你,麦克唐纳德医生是一个不巧入了医生这一行的诗人和艺术家。我会告诉你他只对他的书籍和写作感兴趣。"

他停了下来,露出了有些为难的神色。

"那现在呢?"

"现在有些难说。坊间有一些关于他的传闻。"

"比如说呢?"

约翰牧师有些不安。

"我就实话和你说吧,镇子上都在传医生和奥恩·格雷杰的太太走得很近,不仅是我们小镇在传。"

他伸出右手,从椅子边的木头煤箱上拿起了他的烟斗,随即叼在嘴里。

"格雷杰小姐曾经是我的教区的,她几天前曾经来找过我,痛苦地寻求我的建议。她抓到她的侄媳妇在夜深之后与麦克唐纳德医生在岸边散步。她很苦恼自己该不该将这件事情告诉她的侄子。"

"我明白了。你给出了什么建议呢?"

"我建议她去找麦克唐纳德医生谈谈。"

"然后呢?"

"她告诉我她不敢去找他理论。"

黑利医生皱起了眉头。

"她说麦克唐纳德深爱着奥恩的太太,听不进去任何人的请求吗?"

"是的。"

"然后你又给了她什么建议呢?"

"我当时觉得我无法承担为这种事情提供建议的责任。但是我提出我可以亲自去找医生谈谈。不过格雷杰小姐拒绝了这个提议,她离开的时候说她要遵从自己的直觉。"

"她只向你透露过这些事吗?"

牧师摇了摇头。

"我想不是。"

"也就是说她是在到处抹黑奥恩的太太吗?"

牧师没有回答他,黑利医生的身子再次往前倾。

"告诉我,你相信她说的这些暗示吗?"

"我不相信。"

"你相信麦克唐纳德医生?"

"是的,以及奥恩的太太。"

医生点了点头,又问道:

"那格雷杰小姐呢?"

两人一时陷入了沉默。过了一会儿,约翰牧师说:

"我和你说了,格雷杰小姐属于我的教区。她肯定认为自己所做的事,所说的话是合理的。至少我希望如此。但是我一直觉得她的个性中存在着与基督教义相冲突的方面。我总是想搞清楚那些方面到底是什么,但总是想不明白。她不是一个难以相处的人,她也不是一个小气的人,但她总是有些……"

他不说话了。黑利医生直起身子,伸出了手。

"嫉妒既算不上难以相处,也不能说是小气。只有到达一定程度,才会造成冲突。"

黑利医生回到城堡时,格拉斯哥派来继续邓达斯工作的警探已经到了,他正和杜克兰一起坐在书房里。医生一走进房门,他便马上站了起来,像拯救有危险的孩子般迅速地伸出了手。

"您一定是黑利医生了!我是巴利督察,汤普森·巴利。"

他抓住医生的手用力摇了摇,脸上咧出一个大大的笑容,露出了有些污渍的牙齿。

"很高兴见到你,医生,"他大声说道,"虽然发生了这么悲惨(他的发音像是'背菜')的意外。杜克兰刚刚在和我说你帮了很大的忙,多么不幸啊!多么不幸啊!"他做出一个谴责上天的手势,"多么不幸啊!"

黑利医生在桌子前坐下。这个一点都不像苏格兰人的苏格兰警察引起了他的兴趣。巴利穿着一件黑白相间、样式时髦的防尘外套。他看上去像一个逛街的小伙子，说话的样子像是住在斯特兰德的过气演员。但是医生从他的身上看到了一些有意思的特质。巴利督察有着一双灰色的眼睛，眉宇清秀，身材健美，还有一双大手。他把自己的头发染成了红棕色可真是一大败笔！

"我能冒昧地问你一句案件的梗概吗？毕竟我还是希望我们能一起合作。"他转向杜克兰，鞠了个躬，"先生，你肯定知道黑利医生不仅是一名知名的医生，在犯罪学界也是鼎鼎有名。但是我告诉你，只有少数行业顶尖的人士才能理解和明白他真正的价值。只有顶尖人士才懂。"

他一边重复着最后几个字，一边重重点了点头。他的嘴巴微微张开，虽然没有任何表情，但你却依然能从他的脸上看出很丰富的感情。杜克兰惊讶地看着他。

"没错。"

巴利督察转过身来，面向医生。他认真地听医生对他描述前两起凶案的事，全程没有发表任何评论，但是听到值得注意的地方时，他会皱起眉头。他脸上的表情难以捉摸。他的大方脸上留着一撮小胡子，显得有些滑稽怪诞。黑利医生说完后，他往后靠了靠，闭上了眼睛。

"非常奇怪，非常奇怪。"他说话很快，似乎其实根本没有那个意思，"显然是一种*新的*谋杀，*新的*谋杀。但也许不是。你们都知道,谋杀形式的改变并不重要。*事物越是变化,越是维持原样。*"

他的法语反而比他的英语口音更加纯正,也许这就是为什么他的肢体语言如此丰富。他站起来,走向壁炉,他的姿势仿佛像是从地毯上滑了过去。他背靠着壁炉台站定。

"黑利医生,你肯定也想到了。有一个人有机会杀死可怜的邓达斯。"

他停了下来,目光扫过他们两人的脸,但是他们都没有说话,黑利医生皱起了眉头。

"我说的是麦克唐纳德医生,他回到了邓达斯的房间里帮你拿笔。"

突然,他们听到了一声呻吟。

杜克兰的头突然垂到了胸口。他晃了晃身子,从椅子上滑了下来。

第十七章

"真是个好演员"

巴利督察说,他最崇拜的人就是拿破仑,他也和拿破仑一样很清楚时间的价值。他没花几分钟就从奥纳格口中问出麦克唐纳德医生在格雷杰小姐死的那晚曾来看过她的孩子。黑利医生也承认之前的调查中一直忽视了这一点。

"麦克唐纳德先生没有隐瞒他经常来访的事实,而且正如我所说的,格雷杰小姐的房门被强行打开时,他也在现场。"

"没错。这显然并不重要。"巴利微微向坐在扶手椅中的奥纳格鞠了个躬,并为自己打断她的说话而道歉,"请继续,格雷杰夫人。"

她看了一眼黑利医生,垂下了眼睛。她重复了一遍她之前说过无数次的关于她在她姑妈死去那晚所做的事,她的声音很小,让人几乎听不清楚。她看上去很不安,眼下有着深深的黑眼圈,她的手总是不自主地擦着额头。

"依我的拙见,当然了,如果我理解错了,你可以随时纠正我。"巴利听她说完后说道,"你因为觉得很不舒服,所以早早地上床了。保姆克里斯蒂娜在9点的时候因为你的小儿子又发病了,于是来找你。然后你找了麦克唐纳德医生过来。医生走后,你想去找你的姑妈格雷杰小姐,告知医生的诊断结果。格雷杰小姐当时已经上床了,你的保姆克里斯蒂娜还是和往常一样服侍她入睡了。你好心好意地敲响了格雷杰小姐的门,但不知道为什么,她的态度很糟糕,还当着你的面锁上了门。"

他身子往后一靠,将拇指缩进了背心袖口:"我说得对吗?"

"是的。"

"麦克唐纳德医生是在你去往格雷杰小姐房间之前就离开了吗?"

奥纳格的脸上微微发红:

"我去找姑妈的时候,他留在哈米什的房间里。"她的语气很肯定,"因为克里斯蒂娜去服侍我的姑妈了。"

"然后呢?"

"他一直在楼上等着我。然后我们一起下了楼。"

"前往书房吗?"

"是的。麦克唐纳德医生要给我一些医嘱。"

巴利的眼睛缓缓扫了一圈整个房间，最后盯在了天花板上。他问道：

"这个房间就在格雷杰小姐卧室的正下方，对吗？"

"是的。"

房间里陷入了沉默。然后，督察突然站了起来，指向她，大喊道：

"肯定是麦克唐纳德先生陪你去格雷杰小姐的房间吧？"

"没有。"

"说话小心点，格雷杰太太。"

"他没有陪我去格雷杰小姐的房间，克里斯蒂娜能向你证明这一点。"

她的眼神没有闪烁，脸上有种坚定的美感。巴利不禁发出了一声冒犯的赞叹：

"真是个好演员！"

他又坐了下来，无视因为他的无礼而对他怒目而视的格雷杰太太。他挥了挥手，示意奥纳格出去，但是又突然站了起来，帮她打开了门，还在她离开时候鞠了一躬。他拉了拉铃，坐回了椅子上。

"当晚麦克唐纳德医生的确陪她去了姑妈的房间，你听了就知道了。"

风笛手安古斯听到铃声后便走了进来。巴利和气地让他坐了下来,那个高地人显然觉得自己被冒犯了,他的脸上露出了厌恶之情。

"你在女主人被杀那晚看到麦克唐纳德医生了吗?"督察问道。

"是的,先生。我看到了。"

"在哪里?"

"在这座城堡里,先生。"

"城堡的哪里?"

安古斯转过身,半是慎重,半是轻蔑地指了指大门口。

"我帮他打开了大门。"

"你后来还见过他吗?"

"没有,先生。医生告诉我不用等他下来了,因为格雷杰夫人或克里斯蒂娜会送他出去的。"

"你有听到他离开城堡的声音吗?"

"没有。我的房间在城堡的另一侧。"

"有其他人听到他离开吗?"

安古斯犹豫了一下,用通红的双手抚平了他的苏格兰裙。

"克里斯蒂娜告诉我,她听到他从顶楼下来的声音,但是没有听到他走下第二段楼梯的声音。"

巴利仔细听着他说的话,显得有些惊讶。

"这话是什么意思？"

"麦克唐纳德先生有一条木头腿，先生。"

"你马上叫克里斯蒂娜过来。"

门关上后，督察再也不掩饰他的快乐了。他站起来，一边在房间里来回走着，一边用手拍着自己的背和脑袋，放松自己的肩膀。他每走几步就会停下来，像要停下来进食的火鸡一样说一两句话。

"木头腿！你都没有告诉我！不过，当然了，这个细节……亲爱的医生，我想这个案子的真相就在眼前了。真相也许会让人不快、难过。"他耸了耸肩膀，"*你能怎么办？*这太重要了：木头腿落在木楼梯上'咚咚'的声音。那个老仆人听得很仔细，听到了'咚咚'的声音走下一楼，然后是一阵沉默。这阵沉默比任何说辞都更有力。"他走向黑利医生，在他面前站定，"丈夫要回来了，丑事要被揭穿了。"他摇了摇头，"可别忘了，格雷杰小姐是奥恩的养母。*代人为父母。*依我拙见，女人是最受不了看到自己养大的孩子在离开家时遭到背叛。"

他停下了话头，因为房门突然打开了。克里斯蒂娜蹒跚着走了进来。她戴着软帽，穿着围裙，带着十足的敌意盯着巴利。巴利请她坐下，她只是挨着椅子坐住了。巴利上来便直奔主题："你在女主人被杀的那晚，听到麦克唐纳德先生从婴儿房走下去吧？"

"是的。"

"你听到他走到前厅了吗?"

"没有。"

"告诉我你到底听到了什么。"

老妇人将骨瘦如柴的双手放在膝盖上,紧紧地盯着它们。

"我听到他下了楼。"

巴利重重地点了点头。

"那说明他并没有走到楼下。如果说他走到了前厅,你肯定能听到他的木头腿在楼梯上的声音。"

"我没有刻意去听。"老妇人摇了摇头,"他很可能是走到前厅了的。我关上了婴儿房的门。"

巴利皱了皱眉头。

"木头腿在木质的地板上行走肯定会有很大的声音。"他斩钉截铁地说道。

"如果你就在边上的话,的确能听到。"

"你为什么告诉安古斯你只听到了医生从顶楼下去的声音?"

"因为我只听到了他下一层的声音。然后我就关上了婴儿房的门。"

克里斯蒂娜的脸上没有表情,但是黑利医生似乎看到她的唇角闪过一丝讥讽的笑容。于是他想起,这是高地人自己的幽默感。巴利显然感到非常恼火，但是即便如此，他依然不停地发问道：

"就算你只听到他下了一楼。你继续做你的事。*很好*。风笛手安古斯告诉我们，他当时已经上床了。问题是：医生走后，谁又锁上了城堡的门？"

"我不知道。"

"医生在你去服侍女主人上床时，在照顾孩子，对吗？"

"他和奥纳格·格雷杰太太在一起照顾哈米什。"

"接下来，请谨慎回答这个问题：奥纳格·格雷杰太太来到格雷杰小姐的卧室了吗？"

"是的，然后我就去了婴儿房，医生正在房间里等着。"

巴利往前探了探身子，像管弦乐指挥家一样举起手。

"奥纳格·格雷杰太太去格雷杰小姐的房间后，发生了什么？"

"我没有看到发生了什么。"

"但是你当时在现场？"

"一开始是的，但后来我离开了。奥纳格在门口接过了我的蜡烛。我是想回去找哈米什的。"

"你有听到奥纳格从格雷杰小姐的房间里出来吗？"

克里斯蒂娜摇了摇头。

"没有。"

"你回到婴儿房后发生了什么?"

"麦克唐纳德医生下楼走了。"

"奥纳格·格雷杰太太说格雷杰小姐把她从房间里赶了出去,还锁上了门?"

"是的。"

"这是她告诉你的吗?"

"是的。"

巴利又做了一个手势。

"虽然你声称没有,但是麦克唐纳德医生还是有可能去了格雷杰小姐的房间吗?"

"奥纳格没有那么说,她说……"

"我知道她说了什么。"督察打断了女仆想重复的话,他并不想再听一遍,"告诉我,你听到奥纳格在医生走后关上了前门吗?"

"我没有,我听到奥恩先生的摩托艇驶入码头的声音。"

"也就是说奥恩先生回来的时候,麦克唐纳德先生正要离开?"

"是的。"

"他们碰面了吗?"

克里斯蒂娜摇了摇头:"我不知道他们有没有碰面。"

巴利请她离开了房间,对黑利医生说道:

"我承认我并没有证明我想要证明的事。但是从我刚刚的问话中肯定能发现些什么!肯定能!"他仿佛是咬牙切齿说出来的。突然,他从口袋里掏出了一把梳子,迅速梳了梳自己的小胡子,又摆弄成了一个神气的形状。然后他又掏出了一个精致的黑色烟斗,在鼻侧轻轻地擦了擦。

"第一,"他用烟斗点了点黑利医生,"只有麦克唐纳德医生有可能杀死邓达斯。第二,麦克唐纳德医生还有可能进入了格雷杰小姐的房间。我们现在只从奥纳格口中得知他没有去过,依我拙见,她的话还是很可疑。第三,这两件事之间肯定有联系。格雷杰小姐知道些什么?一个被丈夫丢在家里的年轻小妻子,她显然并不乐意。她的孩子生病了,经常会找当地的医生来看病,日久生情。*陷入爱河的女人……*"他的烟斗嘴转了一个完美的圈,"凯尔特人天生就是那么热情,每天每时每刻都是热情满满的。对他们来说,什么都不重要。这就是爱的魅力。"

他激动地抬起了头,眼里充满了狂喜和惊讶。他马上引用了几句他自认为很能描述当下情况的抒情诗,虽然也许写诗的作者并没有这种意思。他的声音磕磕巴巴的,就像一个努力穿过人群的老妇人。

"但是格雷杰小姐却打破了这番美景。"他继续说道,"清教徒的天性恨不得将这对医生和病人的不伦感情一把火烧掉……"

黑利医生打断了他:"我相信奥纳格对麦克唐纳德的感觉就像是那些焦虑的母亲……"

"正视事实吧,俗话是怎么说的?"

"'事实胜于雄辩。'"

"奥纳格连夜逃到了麦克唐纳德的家里。这还不能佐证我说的话吗?'爱情像小船一样随潮水而涨。'你觉得格雷杰小姐那双精明的眼睛看不穿这么明显的事实吗?"

"不,但是……"

"亲爱的黑利医生,你对那位女士显然还不甚了解。至于我,我一直在努力进行调查。她绝对是最遵守教条的圣人。她这一生就从来没有碰过什么纸牌,进过什么娱乐场所。谁能想到呢?"

他顿了顿,鼻翼张得老大。

"我在格拉斯哥有个朋友,他曾经和格雷杰家族非常要好。他是一个退伍军人,家世很好,受过很好的教育。他告诉我,他曾经邀请格雷杰小姐——那时候她才二十多岁——一起去看亨利·欧文爵士的《哈姆雷特》。他们到了剧院后,她只注意到了一个标语:'前往坑洞'①,然后她便拒绝进任何一幢楼。这就是你们的格雷杰小姐。她怎么会容忍奥纳格和麦克唐纳德之间发生这种事。"

黑利医生没有说话。巴利马上就当他是默认了,脸上

---

① 原文"to the pit",指剧场正厅后座,另一意思为去往地狱。

迅速换了一副神情。

"永恒的三角恋！"他大声说道，"夹在中间的是一个敢于在上帝面前手刃阿甲王①的女人。这不就是现实中的悲剧吗？假设你是麦克唐纳德，或者假设你是奥纳格，奥恩先生要回来了，格雷杰小姐迫不及待要等他回来，告诉他这件事了，你难道不会害怕吗？相信我，我们要好好关注一下这种害怕的情绪。"

他又往空中做了一个手势，而黑利医生依然没说话。

"你作为一个心理学家，肯定知道恐惧对容易冲动的人造成的影响。这会像铁锈腐蚀钢铁一样慢慢腐蚀人的心智，甚至会让人堕落。恐惧是孕育犯罪的因素之一，就像贪婪和嫉妒一样。麦克唐纳德很害怕，奥纳格也很害怕。他们就像怕猫的老鼠，猫马上要来了，时间不多了……"

他瞪着双眼，大张着嘴巴，坐了回去。这些想法已经像烟雾般笼罩了他的整个大脑。

"再说了，还有邓达斯。"他补充道，"邓达斯就像个鼹鼠，在地底下孜孜不倦地挖着，堆出了真相。邓达斯发现了什么？他想说什么？"

黑利医生终于开口了："我觉得邓达斯没有发现任何东西，他向我承认他完全没有头绪。"

"亲爱的黑利医生，邓达斯最喜欢……最喜欢给自己

---

① 亚玛力王亚甲。《圣经》撒母耳记中的人物。

的对手放烟幕弹。你虽然是一个业余侦探，却大有名气。他会不会将你当作了一个对手？我认为他只会在他确定能成功破获案件之后才会联系你。找麦克唐纳德医生做中间人也是很符合他的性格。"

"也许吧，但是他告诉我，他认为最有嫌疑的是奥恩·格雷杰，而不是麦克唐纳德。我也说了，奥恩目前债台高筑。"

巴利摇了摇头。他迅速填满并点燃了自己的烟斗。

"邓达斯很聪明，也是一个有话直说的人。但是他善妒，有城府，*难以相处*。"他摊开手，"我的牌都摆在明面上，他的牌永远会放在桌子下。"他又掏出梳子梳了梳小胡子。

"'实践是真正的检验！'好吧，我会按照我的想法继续调查。亲爱的黑利医生，就让结果来检验你的想法吧。我们再把奥纳格叫过来吧。"

第十八章

秘密会面

黑利医生发现自己难以对巴利督察产生好感。他的思维敏捷，而且还拥有强大的想象力。但是他不着边际的直觉配合上他对于社交技巧的缺乏，总能让他用最令人生厌的方式问出他的问题。被他盘问过一番的人不是对他产生了深深的厌恶，就是完全失去了耐心，不想继续回答了。但是他还是继续从他们的失态中挖掘信息。他的梳子和将烟斗在鼻子上擦拭的动作更是让人觉得他就是一个粗俗无礼的江湖骗子。

让奥纳格面对这样一个人的盘问简直是过于强人所难了。当他问出第一句话时，黑利医生心中就充满了对她的同情。随着巴利在问话的过程中还不停地强调那一句已经让她感觉到被冒犯的话："真是个好演员"，并表示出认为她的真心话全都是她对自己的辩护，让黑利医生很想出言为她维护几句。

巴利大声说道:"太太,希望你明白我要问的问题虽然非常敏感私人,但我绝不是出于世俗的好奇心而问的。我请求你抛开你的疑虑。此案性质严重,案情重大,依我的拙见,不管我提出的问题多么有失礼数,我都有我的理由。"

他的声音像是五月的蜂群,在他们耳边嗡嗡作响。他顿了顿,觉得已经达到了他想要的震慑力。接着,他淡淡问道:

"你和麦克唐纳德医生是什么关系,太太?"

奥纳格的嘴唇微微颤抖,脸上流露出了明显的厌恶。她看向黑利医生,像是一个被恶霸欺辱的女人看向一个正直的人以寻求帮助。接着,她眼中的光芒褪去了,她决定为自己而战。

"什么意思?"她的语气充满了挑衅。

巴利很清楚他不能和她争论。他站起了身,大声说道:

"相信我,太太。我也很想帮你澄清针对你的那些诽谤。但是如果你拒绝提供我想要的信息,我该如何帮助你呢?你我都清楚你和麦克唐纳德的友谊(他强调了这个词)已经在城堡内外都引起了不少的闲言和猜测,甚至还有一些诽谤之言。"

第十八章 秘密会面

"麦克唐纳德医生对我的儿子很好。"

奥纳格小心斟酌着回答用语;她的脸上已经恢复了原有的平静,但是黑利医生预感到这份平静很快又会被扰乱。这个女孩在陷入逆境的时候有一种独特的美丽。巴利督察突然坐了下来。

"只有四个人有可能杀死你的姑妈:杜克兰、风笛手安古斯、麦克唐纳德医生和你的丈夫——因为那种可怕的伤口肯定不是女人下的手。杜克兰是一个虚弱的老人,于是我排除了他。剩下还有安古斯、医生和你的丈夫。然而不仅仅只有你的姑妈被杀,我们还要考虑邓达斯督察被杀一案。在邓达斯督察死时,唯一有可能杀死他的,*唯一*有可能靠近他的只有麦克唐纳德。以我的拙见,麦克唐纳德在你姑妈被杀那晚也有机会能接近她。这两起凶案应该是出自同一人之手。"

他停了下来,指向她:

"为什么麦克唐纳德要杀死你的姑妈?"他大声质问道。

"我想不出任何能让他杀死她的理由。"

"谢谢你,太太。"

奥纳格没有说话。她的嘴唇紧紧地抿在一起,但是她的脸色苍白。

"格雷杰小姐发现了你和医生之间的不轨之恋!"

他说话的语气似乎只是在提出一个假设,但这句话却像是一道严厉的指控,往一个毫无防备的人身上狠狠扎去。奥纳格像是受到了重创。

"我说得没错吧?"

"我的姑妈全都误会了。"

督察的思维像猫一样敏捷。

"那就请你描述一下你的姑妈是怎么产生这些误会的。"

她犹豫了很久,然后说道:

"我住在这里的日子并不开心。麦克唐纳德先生是唯一一个能给我一些建议的朋友。我觉得他是个很好的人。"

"在这里吗?"

"也会去其他地方。"

"啊!"巴利督察往前倾了倾身子,"你是说你和他有私下的秘密会面?"

"我们私下见过面。"

"在野外吗?"

"在岸边。麦克唐纳德有一艘船。"

黑利医生发现督察露出了胜利的眼神。

"格雷杰小姐撞破过你们的某次会面吧?"

"她有一次看到我们在说话。"

"那你应该也承认,她威胁要告诉你丈夫她所看到的

第十八章 秘密会面

一切吧？"

奥纳格一时没有说话。过了一会儿，她突然抬起头。

"我说了，"她的语气很真诚，"我的姑妈全都误会了。她认为我所做的一切都是邪恶的，因为她想要掌控我的孩子，但是我拒绝了。麦克唐纳德医生一直都只是我的好朋友。如果我秘密和他会面，那只是因为公开去见他只会让我的姑妈更加怀疑，或者让她有更多把柄挑拨我和我的丈夫。"

"你为什么想去见麦克唐纳德医生？"

"他是我唯一的朋友。"

"什么，你明明有你的丈夫！"

"奥恩并不在。"

"他在艾尔郡，你可以写信。"

"他不会理解的。奥恩永远只会拥护他的姑妈。是她把他养大的。"

巴利变得非常严肃，他小心地用手抚平了他深色的头发。

"我能问问你都向麦克唐纳德医生问些什么吗？"他的语气中带有几分讥讽。

"我考虑过离开我的丈夫。他劝我不要这么做。"

"非常好的建议，毫无疑问。非常好的建议。*女人只有靠爱才能生存。*"巴利煞有介事地说出这句英文，并自满于这句话造成的模棱两可的氛围。然后他说道:"你考虑要离开你的丈夫是因为你无法和他的亲人相处吗?请原谅我,太太,以我的拙见,我认为这并不足以让人做出如此严重的事。"

"我决定不离开他。"

奥纳格看起来已经慢慢瓦解,无法继续抵御督察的狂轰滥炸了。她扯了扯裙子的衣领,弄皱了好几个地方的丝线。巴利督察则继续乘胜追击:

"你的解释并不符合常理或经验,一般寻求建议的人并不会遮遮掩掩。但我相信你最终决定还是好好和你的丈夫在一起。我认为很多女人在你这种情况下,都会选择做出那种决定。一个与原本是自己病人的离异妇人不干不净的医生,在业界肯定也会失去他的口碑。"

他顿了顿,让她接受他所说的话。

"当格雷杰小姐撞破了你和医生的*悄悄话*,她就决定要毁掉他,也要毁掉你。于是麦克当纳德医生意识到他的职业地位可能已经岌岌可危。我大胆地猜测,在凶案发生当晚,他听到了你丈夫摩托艇的声音,觉得他的前途已经要崩塌了。"他又伸出了充满威胁性的手指,"我想问问,你丈夫为什么选择那种方式在那时候回来?"

奥纳格摇了摇头。

"我觉得这个问题你最好去问他本人。"

"不,太太。这个问题必须要问你。据我所知,你当时已经对你的丈夫下了最后通牒。"

"我不懂你的问题。"

"你威胁他,如果他不对你做出让步,你就要离开他。"

"我只是告诉他我想要有一个自己的家。"

巴利的身体微微一僵。

"拿破仑大帝说过,进攻是最好的防守。"他似乎只是在提自己的一个老朋友,"我想你提出想要一个自己的家的请求,只是为了平息格雷杰小姐对你的指控。"

"不是的。"

"你刚刚承认了你想要一个你自己的家。"

"每个母亲肯定都是这么想的吧?"

"没错。但是你之前明明已经同意住在这里。你对于家的要求是在你认为你也许要失去你的家、你的丈夫和你的孩子与你的关系遭到威胁时才提出来的。"

巴利的手臂一挥,像是持着长矛的勇士,投出了自己的致命一击。奥纳格的脸色变得惨白。

"我一直想要一个自己的家。"她说,"一直想要,从我嫁给奥恩那天起。"

"我认为恰恰相反。你在和麦克唐纳德亲近之前,一直很满意于自己的生活。"他的脑袋往她的方向前探,"你难道要否认你曾向麦克唐纳德表白心迹,但是却被他拒绝吗?"

奥纳格跳了起来。她的眼里充满了痛苦和憎恨。

"你怎么敢说出这种话!"她高声喊道。他的话显然对她造成了极大的痛苦。

巴利龇了龇牙。

"别忘了,你可是半夜跑去了麦克唐纳德医生的家。杜克兰已经和我说过了,然后你又乖乖地被带了回来。那是因为你对他提出想要一个家的请求,却遭到拒绝后羞愤不已吧?"

第十九章

指 控

黑利医生在巴利盘问奥纳格期间,做了一些笔记。当他结束问话后,他甚至有冲动对督察的一些看法提出反对意见。但是看了看他胜券在握的脸后,他决定还是先搁置这个想法。巴利已经沉浸在自我的胜利之中,他暂时听不进任何的质疑和批评。他的眼睛半张,嘴巴微微张开,脑袋歪向一边。他保持了这种奇怪的姿势好几分钟,然后似乎突然清醒过来,掏出梳子梳着他的小胡子。

"我们离真相越来越近了,亲爱的医生,我能感觉到。"他皱起了眉头,摇了摇头,"相信我,我也很不愿意去这样质疑这些可亲的人们。但是*你想要什么呢?你想要什么呢?* 我现在必须要找奥恩·格雷杰。这个年轻人如此坚信他妻子的贞洁,却要遭到这样的盘问,真是太不公了。"

他拉响了铃,坐回到了椅子上。他看上去充满了懊悔:

"我研究过你的破案手法,医生。非常了不起。但是对于这起案子来说,也许没有什么太大的用场。如你所见,我的办案手法并不一样。你是从现场的'人'入手,再到整个案子;我会顺着一条线索,发挥我全部的想象力。我认为你在那些错综复杂的案件中有绝对的优势;但是对于这些存在明确的作案阻碍的案子,譬如说本案中的这扇上锁的门,我比你更强。俗话说,'对于瞎马来说,点头和眨眼是一样的'。当只有一个人有可能杀人时,作案机会比他的个性更加重要。"

他依然是一副无精打采的样子。他陈述完他的'办案哲学'后,深深地叹了几口气。但是当奥恩走进房间后,他又恢复了以往的紧绷。

"请进,请进。"他大声地说道,"我来看看,你就是格雷杰少校吧?"

"上尉。"

奥恩还是像以前那样,五官端正,却透露出一股慵懒的气息。他看了看巴利,似乎觉得有些好笑。然后他带着忧郁的眼神便从他身上慢慢地移开了。

"我刚刚还在和黑利医生说,我很不愿意进行对你的问询。"巴利表示了抱歉,"但是该做的事必须要做。如果你不喜欢我因身为警察的职责而对你提出的问题,你有权拒绝回答。"

他甚至鞠躬表示自己的抱歉之意。

黑利医生发现巴利对待奥恩和奥纳格的态度可以说是大相径庭,他发现丈夫与妻子的性格差异正是巴利态度转变的关键。当奥恩认为自己在和一个傻瓜打交道时,他会放松自己的警惕;而奥纳格的弱点则是她的神经质。

"好的。"奥恩说道。

"我必须要问你的是:你为什么突然从艾尔郡回来?"

"因为我想向我的父亲借一些钱。"

"什么?你不得不开摩托艇回来借钱吗?"

"每年的这时候,我经常会开着摩托艇从艾尔郡回这里。这是最快的办法。"

"你没有写信提前告知吗?"

"没有。"

"你的突然到访没有任何其他的理由吗?"

"是的。"

"相信我,我也不想追问得太过分,但是由于你佐证了我的看法,所以我要继续问下去。*外柔内刚*。我有理由认为,"他突然停顿了一下,以制造更多的戏剧成分,"你脑中还是放不下你的家事。"

奥恩摇了摇头:"你弄错了。"

"关于你妻子和你姑妈之间的关系。更进一步说,应该是你和她的关系。"

"无稽之谈。"

奥恩的声音里第一次透露出一些愤怒。黑利医生发现督察似乎像是嗅到什么的狗似的打起了精神。

"你的妻子告诉我,她几乎无法忍受你姑妈对她的干涉。"

"没错。"

"她甚至在向阿德莫尔的麦克唐纳德医生咨询,她是否应该离开你,因为你拒绝带她离开这里。"

"你说什么蠢话?"奥恩显然已经越来越不安了。

"亲爱的先生,如果你觉得我在虚张声势,那你就大错特错了。你可能很快就要承担这个错误所带来的苦果。你的妻子明确表示,她的确考虑过离开你。你可要好好留意这件事。她给出的理由是,你无法给她一个属于自己的家。好吧,那我现在就该问问你,你的妻子是什么时候第一次抱怨你在这方面的失败的?"

巴利说得很慢,每个字似乎都有千钧重。他一直紧紧地盯着奥恩的脸。

"这和我姑妈的死有什么关系?"

"相信我,关系很大。"

"什么关系?"

第十九章 指控

"我拒绝透露。你必须回答我的问题,拒绝回答可是会有相应的后果的。"巴利靠回到椅子上,重复了一遍问题,"你的妻子是什么时候第一次抱怨你在这方面的失败?"

奥恩不安地在椅子中动了动。他先看了看黑利医生,然后又任由自己的眼神在房间内飘忽。医生认为他是在度量不同的回答会带来的不同的影响。最后,他似乎做出了决定。

"我的妻子是最近提到她认为我们该有个自己的家了。"

"最近是什么意思?"

"两周前。"

巴利的眼中又闪过胜利的光芒。

"你知道你的妻子曾经有一天晚上离开了城堡吗?"

"我知道。"

"谁告诉你的?"

"她自己告诉我的。"

奥恩斩钉截铁地说道。但是督察似乎并不为之所动。

"你的姑妈也和你提过这件事吗?"

"是的。"

"通过信件吗?"

"不然她能通过什么方式?"

巴利点了点头。"你和你妻子提过你的姑妈也向你说了这件事吗?"

"没有,先生。"

"你妻子有没有可能事先知道你已经知道了?"

"那根本说不通,对吗?"

奥恩慢慢恢复了原有的震惊。他显然不知道巴利的问题到底有什么目的。他像他的妻子一样,都低估了眼前这位对手的实力,他也必然要像她一样付出代价。在黑利医生看来,用愚蠢的行为骗过聪明人便是已经占了巨大的上风了。

"我觉得说得通。"巴利说,"我见过了你的妻子,她知道你的姑妈有多么不喜欢她。她也知道你的姑妈绝对不会放过任何对她不利的事,绝对会一五一十地向你汇报。"

"你想干什么?这和我的妻子知不知道我姑妈有没有和我说这件事有什么关系?"

"如果她知道了,那么她对你的坦白只是因为被逼无奈。"

"所以呢?"

巴利的身子微微前倾。

"你的妻子想要和你修好,她处于你们关系中弱势的一方。她便用了女性在这种情况会用的招数。她攻击你没有给她一个自己的家,同时对你坦诚相告,以示自己毫无隐瞒。但是她却有一个最关键的信息没有告诉你。"

一时之间没有人说话。奥恩想表现得对此并不感兴趣，但是他的表情还是出卖了他。他的右手微微动了动。

"恐怕我对你对我妻子想法和动机的揣测并不感兴趣。"

"我觉得恰恰相反。"

"什么意思？"

"你妻子隐瞒你的最关键信息是：她当晚离开城堡前往麦克唐纳德医生家是为了向他表白心迹，然而却被医生拒绝了。"

奥恩的脸变得煞白。原本搭在木质扶手上的双手不自觉地开始抽动。

他用命令的口吻呵斥道："不要扯到我的妻子。"他的语气非常激烈。

"不可能。恐怕我过不了多久就要以协助教唆杀害你姑妈的罪名逮捕你的妻子了。"

"什么！"奥恩从椅子上跳了起来。

"协助教唆阿德莫尔的麦克唐纳德医生。"

奥恩一大步冲到了巴利督察的身前。他双手紧紧攥住督察的肩膀，死死地盯着他的脸，大喊道：

"我发誓，你完全搞错了！奥纳格和我姑妈的死没有任何关系！你听到了吗？"

"请你放开我，先生。"

"除非你发誓不会做出那种荒诞的指控。"

巴利后退了一步,盯着站在原地的奥恩。

"坐回去。"他的语气有一种前所未有的感觉。他的眼中冒着怒火。但是奥恩并没有理会。

"我要告诉你,是我杀了我的姑妈。我要告诉你谋杀的经过。"

第二十章

奥恩的解释

奥恩的语气平静得让人觉得甚至有些傲慢,连巴利都有一瞬的动摇。他微微退缩了一下,但是马上便调整好情绪,坐了下来,努力摆出他最公正的姿态。

"你的意思是,你承认是你杀害了格雷杰小姐?"

奥恩的脸色更白了。但是他强大的自控力让人几乎觉察不出他的情绪波动。黑利医生觉得他和他的父亲非常相似;他继承了杜克兰那张严肃的脸,但是又明显带有几分来自他爱尔兰母亲的温和气质。这个年轻人虽然衣着简单,但是他的骄傲丝毫不输那些18世纪的贵族。他的脸颊和嘴唇略显清秀,但是眼神和表情中却流露出坚定的决心。

"我想你做出这种认罪是因为你听到我说怀疑你的妻子。平常这种把戏根本不算什么,但是在这个案子中却造成了这么大的影响。"他失望地摇了摇手,"我不相信是你杀了格雷杰小姐。"

"不相信?"

"是的,先生。"

"你想让我给你什么证据吗?"

"是的,只有最有力的证据才可能说服我。"

"我姑妈把所有钱都留给了我。而我目前非常需要用钱。"

"那能证明什么?"

"而她恰巧就在这时候死去了,这不是巧合,相信我。"

"你为什么这么说?"

"因为事实如此。我的父亲没有钱。我不可能向他借钱。而我的欠债快要有几千了——好几千。"

"你肯定能向你的姑妈借钱吧?"

"不可能!我的姑妈认为赌博是不可赦免的死罪。"

"亲爱的先生,人的看法会随着环境而改变。"

"我姑妈不会。"

"所有人的看法都一样。拿破仑说过:'何时何地的人都是一样的。'"

"拿破仑不认识我的姑妈。"

奥恩的脸上没有任何觉得好笑的神情。巴利倒抽了一口气,用一种奇怪的方式咬着牙。

"以我的拙见,这件事上容不得任何……任何的玩笑。"他像法官席上的法官一样往前倾着身子,"那么请问你是如何进入你姑妈的房间的?"

"开门进去的。"

"我有理由认为当时门是上着锁的。"

"什么理由?"

"你妻子说她听到格雷杰小姐锁上了门。"

"这点你信她吗?"

巴利皱起了眉头:"为什么不信呢?"

"你对她其他的说法都不信吧?"

奥恩边反问边扬起了眉毛。巴利怒气冲冲地瞪着他,而这种反应则正中他的下怀。

"我必须根据我的直觉或经验来决定是否相信证词!"

"那你对于犯罪的推论也是如此得出的吗?"

"不。我没有先入为主的推论。我只会追求事实真相,并进行追查。"

"我只能重申我是开门进卧室的。"

"那你是如何离开卧室的?"

奥恩轻轻掸去了射击外套袖子上的灰尘。

"从门口离开的。"

"什么!"

"显然我肯定不是从窗户离开的吧?"

"门是从里面反锁的。"巴利说道。

"你怎么知道的?"

黑利医生发现巴利明显有些惊讶,但是他反应很快。

"有五个证人可以证明:安古斯,锯开锁的木匠,麦克唐纳德医生,给你姑妈送茶的女仆,还有你自己。"

"恰恰相反,根本就没有证人。门关得死死的是因为我在门缝下放了一块小小的木楔。女仆自然会觉得门被反锁了;她很年轻,根本没有起疑心。她来找我后,我向她确认了这一点。安古斯根本就没有尝试开门。他老了,对我的话深信不疑。至于那个被我叫来锯锁的木匠和麦克唐纳德医生,他们又有什么理由怀疑呢?锁被锯掉后,我拿掉了我的木楔,然后又找机会用钥匙锁上了锁。"

他说完后耸了耸肩膀。

"你用什么凶器杀死了你的姑妈?"巴利的声音有些沙哑。

"厨房里的木柄斧子。"

奥恩抬起眼,盯着督察:"我是在把我买的鲱鱼放到储藏室时顺手拿的。"

这是致命一击。黑利医生认为巴利显然原本是准备将鲱鱼鳞用作反驳他的撒手锏。巴利像一头愤怒的马匹般甩了甩头。

"你也是用同样的手法杀死了我的同僚,邓达斯督察吗？"巴利的语气非常尖刻。

"不完全是。"

"你要承认他也是你杀的吗？"

"这两起凶案的凶手明显是同一个人吧？"

"你这是在浪费我的时间，先生。邓达斯不是你杀的。"巴利站了起来，挥挥手让他离开。但是奥恩根本没有走的意思，他从口袋里掏出了一个小小的金色烟盒。

"我能抽根烟吗？"

"我没什么问题要问你的了。"

奥恩点燃了一支烟。

"但我觉得你还有问题要问我。因为我要告诉你，邓达斯的床上用的是我姑妈的羽绒床垫和羽绒被。"

奥恩的脸上浮现出一丝胜利的神情，但黑利医生却突然觉得脸上有些发烧。他和麦克唐纳德在凶案发生后都检查了床下，却没有检查床里的被褥。

"什么意思？"

"在整个郡上，你都找不出能比我姑妈的羽绒床垫更厚的床垫了，说那是全世界最厚的床垫也不为过。她的羽绒被也是同样厚重。如果有人躺在这样的羽绒床垫上，再盖上这样的羽绒被，从外面根本看不出来。这样就让我有足够的时间来犯案。"

巴利的眼里流露出了恐惧的神色。他倒抽了一口冷气,脸上冷静的神情已经荡然无存。黑利医生发现他的手掌都在出汗。

"发生了什么?你做了什么?"他已经控制不住自己的情绪,大声地质问道。但奥恩却慢悠悠地拿下嘴里的烟,盯着明灭的烟头。

"我用一块铅坠打了他的头。"他的语气很平静,"黑利医生离开房间后,我就下手了。我只用一只手就把他击倒了,然后在麦克唐纳德先生回到房间之前,我躲回了羽绒被里。那个房间很小,但还是……"

他重新将香烟放进了嘴里,继续补充道:"邓达斯和你不一样,巴利先生,他调查的方向没有错。"

他边说边站了起来。他的烟盒由于忘记被放回他的口袋而掉到了地上。他走了过去,弯腰想捡起来。

与此同时,黑利医生突然站了起来,扑向了他。

第二十一章

避免绞刑

奥恩和黑利医生在地上扭打。巴利也跳了起来,帮助医生制服了奥恩。黑利医生将手伸到奥恩的口袋里,掏出了一把左轮手枪。

"幸好我看到他口袋里有枪的轮廓。"

奥恩的脸色通红,领口大敞着,领结被扯到一边。但是他依然表现得很镇定。

"你已经拿走我的手枪了,可以放开我了。"

巴利按着他的肩膀,摇了摇头。

"当然不行,先生。"他对黑利医生说道,"请你帮忙搜一下他的其他口袋。他身上可能还藏着其他武器。"

黑利医生看了看那把手枪,然后将手枪放在桌子上,用双手快速地在奥恩全身上下拍了一遍。然后他向督察点了点头,让奥恩站了起来。

"你们也许忘了,"奥恩很平静,"作为一名军官,我有权携带手枪。"

"但是不能使用。"巴利说道。

"你怎么知道我要用枪?"

"我们无法保证你不会使用,这个理由就足够了。你不是已经自己承认是杀人凶手了吗?"

奥恩耸了耸肩膀,整了整自己的领口。

"我总是不能理解警察要保护一个他们明知马上要绞死的犯人。如果一个可怜的恶人想要主动下地狱,为什么要阻止他呢?"

没有人回答他的问题。他走向巴利督察,在他身前站定。

"我能请你在正式逮捕我之前,先不要将我对你说的话告诉我妻子吗?"

"为什么?"

"天啊,先生,当然是为了让她不要承担没有必要的痛苦!如果她知道我马上要被逮捕了,她肯定会想尽一切办法拯救我。但是她救不了我。"

巴利摇了摇头。

"我有个原则,我不会许下我自己无法保证的承诺。这件事的确没有必要告诉你的妻子,但是现在还太早,我不能做出这种保证。"

奥恩摇了摇头。

"要是你们效仿军队里体面宽大的解决方式，能省去不少麻烦。"

还是没有人回应他。他转向黑利医生。

"你知道奥纳格怀疑是我杀了玛丽姑妈。"

"我觉得她的确怀疑过你。"

"相信我，她依然在怀疑我。她知道我负债累累，如果还不起债，我很可能会被军队除名。想要还上债务，只有一个办法。"

他停了下来，又点了一根烟，继续说道：

"和巴利先生好好说说奥纳格是个怎样的人。这样能让他理解她的性格和她与我的关系。"

他的语气中有种坚定的高傲。他问巴利：

"你要马上逮捕我吗？"

巴利回到了壁炉边。他看上去很不安，甚至对自己的职责有些动摇。

"严格说来，你是自首的，但这也得看我接不接受你的说法。我还远远无法接受你的说辞。在我做出决定之前，你必须得留在城堡里。"他的态度有些专横，但是显然有些语无伦次。他挥了挥手，奥恩便离开了房间。

"亲爱的医生，你真的觉得他刚刚想要自杀吗？"

"是的。"

巴利拿起手枪，打开弹夹。

"这枪的确上膛了。"他清空了弹夹，把子弹放进了自己的口袋里。"我想他有可能杀死了自己的姑妈和邓达斯。'不可能犯罪'总是会有各种不同的解释。但是他的供词依然存疑。冷血的杀手不管怎样都不会自己认罪。"

"是的。"

黑利医生想了想，便告诉巴利关于奥纳格曾经想自杀以及她的丈夫追到摩尔庄园的事。

"我认为杜克兰肯定很清楚发生的这些事，但我觉得奥恩·格雷杰并不知道。"

"但这件事很重要，先生。"巴利在房间里来回踱步，"如果按照你的推断，杜克兰知道这一切，那么这起差点酿成的惨案肯定是他促成的。他为什么要这么做？"他的双手重重一挥，似乎要把格雷杰的城堡打到地下，"显然是因为他知道他的儿媳参与谋杀他的妹妹。以我的拙见，这也许会唤醒那个老人内心的黑暗。他像路济弗尔[①]一样高傲，像鱼一样冷血。如果那个女孩有罪，那就让她跳河身亡，好过要进行公开的审判和处刑。他只想着不玷污格雷杰的名号！"

黑利医生摇摇头。

"我的想法也差不多。在我看来，奥恩也在怀疑他的

---

① 《圣经》中反对上帝的堕落天使。

妻子，然而他的妻子也在怀疑他。我认为她试图自杀也是为了保护他。"

"就她和麦克唐纳德医生的关系来看，我并不能苟同你的看法。女人不会用自己的生命来保护已经不爱的丈夫。但是如果杜克兰知道她是杀害他妹妹的帮凶，那么她的命运已经画上了句号。那个老人为了保护自己儿子的名声，肯定不会饶过她。在他看来，让她溺死好过把她送上绞刑架。"

巴利拍了拍手："我要去问问那个老人。我一直想去见麦克唐纳德先生，但还是该先找杜克兰聊聊。我现在知道为什么我说出只有麦克唐纳德能杀死邓达斯时，他会晕倒了。"

巴利督察关于这些想法有好几个问题要问杜克兰。老人脸色惨白，比平时看上去更加虚弱，但是他的眼神还是非常锐利。他像个国王般坐了下来，像往常一样把手搭在座椅的扶手上，脑袋前后晃动。督察一反对前几个证人的态度，对他非常恭敬。

巴利解释道："随着我的调查，我必须要问问你的儿媳在你的妹妹死前和死后的表现有没有什么不一样。"他停顿了一下，又用更严肃的语气问道："我有理由相信你看到了一些事情，但是因为你认为不该告诉警方而隐瞒了这些事。"

"比如说呢?"

"奥纳格会在晚上去岸边见麦克唐纳德先生。"

杜克兰闭上了眼睛,脸上的皱纹更深了。他像是一具因为突然被唤醒而痛苦的木乃伊。

"你知道你的儿媳会这样和麦克唐纳德医生见面吧?"

"是的。"

"你目睹过一次,或者好几次这样的会面吗?"

"是的。"

"当时格雷杰小姐也和你一起吗?"

"是的。"

巴利的身子微微前倾。

"你的儿媳和医生发现你们了吗?"

老人低下了头。

"是的。"

"这就是你妹妹被杀那晚,奥纳格早早上床休息的原因吗?"

"我妹妹觉得她有义务告诫我的儿媳。然而她的善意却遭到了误解和怨恨。"

杜克兰的声音很轻,但是却很清楚。回忆起这些事显然让他很痛苦,但是巴利并不在意:

"恐怕我必须要了解一些细节。比如说,格雷杰小姐有没有威胁过她?"

"她说过作为奥恩最亲的人,她必须要告诉他这些事。"

"啊。"

"其实她之前就写信给奥恩,暗示发生了一些令人不满的事。她是在经历了长久的焦虑,和多次提醒我的儿媳走上了危险的歧路却未果的情况下,才这么做的。"

"我明白了。"巴利闭上眼睛,认真地点了点头,严肃地用拉丁语说,"*坠入地狱很简单,回头却不易……*"

剩下的引文含糊地消失在他的小胡子里。杜克兰叹了口气。

"我们俩都在尽所能去避免奥纳格堕落下去。单纯的警告已经没有用了。但是因为我的软弱,我还是准备再给她一次机会。而现在我意识到这简直是大错特错。"

"你当时是反对告诉你儿子的吗?"

"也许我是不敢说。"老人胆怯地抬眼,"我的儿子是个急性子。他也深爱着他的妻子。"

"格雷杰小姐打消了你的恐惧吗?"

"她早就料到了。我并不知道她已经写信给奥恩了。我后来听她提起后才意识到她此举是多么明智。"

黑利医生原本一直靠在椅背上,他突然插嘴问道:

"格雷杰小姐给你儿子写信时知不知道奥纳格会在夜晚与麦克唐纳德见面?"

"不知道。我和她在她被杀前一晚才知道他们经常会见面。我们只知道我的儿媳经常会联系那个医生。"

巴利继续说道:"所以凶案那一晚,你们就是要决定要不要在你儿子回来的时候提出对她的指控。"

"是的。"

"虽然你持包容的态度,但是你的妹妹表示一定要惩罚她。"

"请不要这样描述我妹妹的态度。"杜克兰恳求道;"她的内心只有善良和慈悲。相信我,她一心只是希望这个迷途叛逆的女孩过得好。我认为在她看来,她已经无能为力了。奥纳格不服从她的管教,还对她做出无端的恶毒指控。我亲爱的玛丽只希望能依靠她丈夫的力量来拯救这个姑娘。她肯定会一心牵挂着奥恩,她就像是他的母亲;她也担心着奥恩的孩子,怕他会受到这些不好的影响。"

巴利摇了摇头。

"以我的拙见,没有母亲能够忍受自己的孩子被夺走。"

"你误会了,先生。我妹妹的本意并不是将哈米什从他母亲手里夺走,而是要限制他母亲的行动。她觉得如果她能够感化奥纳格,奥纳格的勇气和活力也许能改变她。"

巴利耸了耸肩膀,摊开双手,然后又恢复了公事公办的态度。

"你的儿媳有没有向你和你的妹妹抱怨过她的丈夫没有给她一个自己的家?"他继续问道。

"她抱怨过。她说过不少关于奥恩的不实抱怨。你也能想象得到,这对我们来说是难以承受的。多亏我妹妹的自律和宽大的心灵才能包容她。我们告诉她,有这样一位一心只为了让她快乐,为她的孩子赚取家用的丈夫已经是天大的幸事。做军官的补贴不高。奥恩的人脉不广,要不是有我和他姑妈的补贴,主要是他姑妈出的钱……"

巴利突然扬手打断了他。

"所以说你儿子和他的妻子从某种程度上来说,也是仰仗着你妹妹的钱吗?"

"从很大程度来说是的。炮兵团的上尉补贴一天大约有一镑,几乎只能支撑奥恩自己的日常开销。我的儿媳住在这里的花销都是用我和我妹妹的钱。"杜克兰抬起眼,"但是我们也从来没有因此怪过她。"

"你平时不会给你儿子钱吗?"

老人抬起手,在空中画圈,代指着这一整片地。

"我哪里来的钱?你也看到外面只有长满石楠花的山。这些山能有什么收入?相信我,我这些年来都是勉强才能维持自己的开支。奥恩告诉我他要结婚时,我就和他说过,他要用自己的收入养他的妻子。但是亲爱的玛丽拯救了他。她自己有一笔数目不小的钱。"

巴利的脸上露出一丝怀疑,似乎也有些愤怒。

"我觉得你的妹妹给予的方式不对。你的儿媳住在这里就像是受到施舍。她有没有自己的收入?"

"没有,完全没有。"

"那她的闲钱,或者零用钱,都是从哪里来的?"

"我亲爱的妹妹会让她去某些店里买衣服。"

"你是说,她根本就没有自己的钱吗?"

"我觉得奥恩会省下一些钱寄给她。"

"她的地位连你的仆人们都不如吗?"

杜克兰没有说话。过了一会儿,他说:

"只要她和我们住在一起,就不会有别的开支。"

"我明白了。"巴利突然往前探出身子,"请你告诉我,你的儿媳是从什么时候开始对她的丈夫颇有怨言的?"

"她似乎从来都不满意。但是过去的几个星期里,她的怨言显然比以往更多了。"

"自从她和麦克唐纳德医生关系亲近之后吗?"

"我想是的。"

"她是在过去的几个星期以来才提出想要一个自己的家吗?"

杜克兰低头想了想。

"从她那晚离开城堡之后。"他轻声说道,"那一晚,她和我妹妹的冲突都爆发了。她告诉我妹妹她不会再接受她的恩惠，哪怕只是一片面包也不要。她说她要自己想办法挣钱，就算是去给别人家当女佣也行。"

"她回来以后就是这么说的吗？"

巴利的语气有些兴奋，他往前伸直了身子，似乎不想错过老人回答的任何一个字。

"不算是。她回来后表示她决心要和她的丈夫与孩子有一个属于他们自己的家。"

一时之间没人说话，只能听到外面有一只海鸥发出的叫声。巴利挥了挥手，说道：

"总结来说，格雷杰小姐怀疑你的儿媳，并决定要向她的丈夫揭发她的行为。这无疑是最大的动机。对于奥纳格和麦克唐纳德来说，这无疑会引发非常严重的后果。奥纳格没有任何收入，倘若离婚后又失去了儿子，她的处境肯定非常困难。而麦克唐纳德医生则很有可能会被吊销医疗执照，他的人生可能会就此毁灭。这一对男女都有很强的动机想要除掉你的妹妹。"

杜克兰没有说话，但是他的手指依然保持着僵直的姿势。督察站了起来，把双手合在一起。

"我想你正是因此才会在你的妹妹被杀后，才建议你的儿媳趁早了结，避免遭到绞刑。"

"什么！你是说我……"

"很抱歉，杜克兰。但是以我的拙见，根据我掌握的事实来看,没有别的解释了。你认为你的儿媳参与协助了麦克唐纳德医生杀害你的妹妹。你并不关心她的命运,但她不一样。她是你儿子的妻子,是你的独孙——也就是杜克兰头衔继承者的母亲。你很清楚只要她投水身亡,人们非但不会再议论她在本案中的共罪,甚至还不会质疑她的死亡。苏格兰没有验尸官法院。而且只有你知道她曾和麦克唐纳德医生会面。只要她还活着,他们的关系很可能会继续下去,就有可能会被世人发现。她的死对于你,对于你的儿子,对于你的孙子,对于你的城堡和你的名声来说都只有百益而无一害。"

所有人再一次陷入沉默,连门厅里传来钟表的滴答声似乎都令人感到窒息。杜克兰的脑袋像是那种点一下就会前后晃动很久的象牙玩具似的一点一点的。

"你的儿媳。"巴利又补充道,"屈服于你的逼迫,就是默认了她的罪行。"

第二十二章

折　磨

杜克兰离开后,黑利医生简要和督察说了一下他和麦克唐纳德医生的会面。

"你当然可以去亲自对他进行问话。"黑利医生补充道,"但是我觉得你去了也是浪费时间。他坦然地承认他的确爱上了奥纳格,但是他坚决否认奥纳格对他表示过任何好感。"

"是吗?"巴利显然觉得这件事非常重要,"如果他说的是实话,奥纳格选择自杀就太奇怪了;这些案子肯定也不是她干的。无辜的人是不会因为不实的指控而选择犯罪的。"

"我同意。但是无辜的人有时候会为了保护他们所爱的人而选择牺牲自己。"

"为什么奥纳格会认为是她的丈夫杀死了他的姑妈?"

"我想她肯定是这么认为的。"

"是的,但是为什么呢?"

"爱会使人恐惧。别忘了,他有很强的动机。"

巴利皱起了眉头。

"那就是说她认为她的丈夫有可能作案。"

他边说边盯着黑利医生。医生摇了摇头,巴利的眉头皱得更深了。

"当然有这个可能。但肯定是这样吗?她知道她的丈夫有强烈的动机,这样就足够造成强烈的恐惧。这种恐惧无法言表,可能只是她的一个想法,只是一种感觉。但是这种感觉也许就会让她有所动作……"

"但这些想法的基础可是谋杀。"

"不,我觉得这些想法的基础是共情,是从我们自己的本性中所了解到的人类的本性。你我若是遇到极端的情况,能保证不会犯下什么罪行吗?你还记得'上帝啊,那是罪人约翰·班恩'吗?①我相信只有极度愚蠢或者极度狭隘的人才会认为自己绝对能够抵挡住诱惑。圣人和罪人之间的共同点其实比人们想象的要多。"

巴利靠回到椅子中,脸上的表情也柔和了起来。

"相信我,我对你的手段很感兴趣。如果我相信奥纳格在乎她的丈夫,也许我会相信这套说辞。可是事实

---

① 出自《罪人受恩记》。

呢?"他摇了摇头,"作为男人,你难道不怀疑她的心里有麦克唐纳德吗?一个女人,会在深更半夜跑到一个她完全没有丝毫感情的男人家里吗?她有没有私下见过他?相信我,女人只要动了情,就很难放下。但是她也很精明。如果她得不到医生,她也不想失去她的丈夫。别忘了,格雷杰小姐的死对三个人都有利:麦克唐纳德,奥恩·格雷杰,还有希望夺回丈夫和儿子的奥纳格。"

"但是我还是认为,麦克唐纳德是一个真挚的人。"

巴利没有回答。他已经决定要亲自去找麦克唐纳德问话,无论医生怎么说都无法动摇他的决心。

当天下午,他便穿上了那件让他看上去像是一个棋盘的防尘外套,和黑利医生一起驾车来到了阿德莫尔。麦克唐纳德恰好在家。他将他们迎到了一个闻上去有碘伏味儿的小房间里。房间里摆放着很多玻璃盒,盒中放满了各种仪器和存放纱布和绷带的盒子。虽然这间手术室非常整齐干净,但是却还是让人觉得冷清,没有生气。

麦克唐纳德打开角落桌子的抽屉,拿出了一包香烟。

"你抽烟吗,督察?"

"不用了,谢谢。"巴利架着腿坐在一张皮沙发上。他直奔主题,向医生解释希望能听听医生对过去一些事的回忆,并要征询他的意见。

"我们先回到格雷杰小姐被杀那一晚。据我所知,那晚你被叫去为奥纳格·格雷杰太太的小儿子出诊。"

"是的。"

"大概在什么时候?"

"大概在9:30。"

"是奥纳格·格雷杰太太来接你的吗?"

"她当时在婴儿房。她的孩子正在发作,非常虚弱。我……"

"抱歉打断你,但是当时奥纳格·格雷杰太太穿着什么样的衣服?"

"她穿着蓝色的晨衣。"

"那个女仆克里斯蒂娜也在婴儿房吗?"

"是的,但是我到达以后,她就去照顾格雷杰小姐了。她在我离开之前回到了婴儿房里。"

"所以你和奥纳格·格雷杰太太一直单独待在一起?"

"还有她的孩子。"

"奥纳格看上去是否有些过度的兴奋?"

麦克唐纳德医生猛地抬起头,他似乎有些焦急。

"她当时很担心那个孩子。"

巴利伸出手。

"说实话,杜克兰刚刚告诉我,奥纳格和她的姑妈那晚刚好大吵了一架,所以奥纳格才早早地上床了。我想知道她有没有和你提过争吵的事。"

"她告诉我她因为她姑妈的态度而很难过。"

"她有没有告诉你,她的姑妈指控她爱上了你?"

巴利的声音提高了一个八度,但是却没有达到他想要的效果。麦克唐纳德只是点了点头:

"她和我说过。"

"以及格雷杰小姐准备在她侄子回来时将她的怀疑都告诉他?"

"是的。"

督察抬头摸了摸自己的前额。

"那就说明你和奥纳格的人生很可能就要被毁了?"

"如果奥恩·格雷杰相信他姑妈,的确有这个可能。"

"你有根据认为他会不相信她吗?"

麦克唐纳德擦了擦额头,平静地说道:

"奥恩·格雷杰爱他的妻子,她也爱他。"

"尽管他的妻子深夜也要来找你见面吗?"

"这也是杜克兰告诉你的吗?"

"是的。"

"不是那样的。我们只见过一两次,那是因为奥纳格希望我能给她一些建议。"麦克唐纳德的声音突然变响了一些,"你完全不知道这个可怜人的公公和姑妈是怎么折磨她的。"

"折磨!折磨!"巴利似乎认为不该用这么严重的词

汇来形容。

麦克唐纳德站起身，在房间里来回踱步。这个狭小的房间似乎根本容不下他高大的身躯。黑利医生觉得他就像是被关在动物园里的幼虎。

"是的，折磨！"他大喊道，"这个词非常贴切！你不了解格雷杰小姐，而我了解。这个女人没有任何同情心，她满脑子都是嫉妒和家族荣誉。我想她一直未婚也是因为她无法忍受自己将会失去'杜克兰的格雷杰'这个名头。虽然这个猜想很奇怪，但我认为她不仅想一直当她的小姐，还想要成为整个家族的母亲。命运给了她奥恩，让她实现了她的想法。但是奥恩的太太剥夺了她继续控制家族的权力。她既是一个妻子，也是一个母亲。奥恩爱她胜过爱自己的姑妈。只要杜克兰的生命之火熄灭，格雷杰小姐对城堡的统治显然也会就此终结。"麦克唐纳德先生顿了顿，继续说道，"除非这一对夫妻能够互相疏离，永远分开。这样小哈米什就会交给他的曾姑母抚养，就像他父亲曾经的一样。格雷杰小姐还会是杜克兰的女主人。"

他边说边看向巴利。巴利早已对那些人的秉性有所了解，所以并没有对这番话表示出太大的惊讶。然而他也能从所有的辩白中，推断出隐藏其中的动机。

"你想说的是，"他似乎有些提醒的意味，"你和奥纳格都认为格雷杰小姐不会对你们网开一面。这是我理解的意思。"

"这能证明什么？"

"我想这就为你所犯下的这起罪案提供了强烈的动机。"

医生很惊讶。

"什么？你觉得是我杀死了格雷杰小姐？"

"在奥纳格的帮助下。"

麦克唐纳德的脸色一沉，他又擦了擦自己的额头。黑利医生发现他往窗外瞥了一眼，似乎产生了一丝逃跑的冲动。然后他大笑了起来。

"你肯定是疯了！你觉得我是怎么进到那女人的卧室的？"

他又擦了擦自己的额头，然后坐回到椅子上，并小心地摆正自己的木头腿。

"从门口进去的。"

"什么？你是不知道那扇门当时被反锁了吗？"

"奥恩·格雷杰说那扇门并没有上锁。"

医生很惊讶，疑惑地重复了一遍。

"奥恩说那扇门没有上锁？那我为什么看到木匠锯下了锁？"

"你去转过把手吗？"

"没有。"

"所以你也没有亲身去试过。"

"木匠转过把手。"

"是他告诉你的吗?"

"天啊,当然不是!是我看着他转动把手的,他试了好几次。"

巴利眨了眨眼睛:"那是早上的事。我想说的是你在前一晚看诊完,离开婴儿房的时候,卧室门没有上锁。"

"那时候也上锁了。奥纳格听到她姑妈反锁了房门。"

"请原谅,现在奥纳格的证言没有任何价值。"

麦克唐纳德先生笑了:"我明白了,原来不管怎么说,你都是占理的。"

"亲爱的先生,格雷杰小姐被杀了。有人不知道用什么方式进入了那个房间,杀人之后逃走了。人是不可能穿过紧闭的门窗的。以我的拙见,推测出你和奥纳格联合起来编造谎言,总好过相信发生了违反自然法则的事。"

"你觉得我是怎么杀死那个老女人的?用我的木头腿吗?"

"不,先生。我认为是奥纳格从厨房为你拿来了一柄木斧。仆人们都已经上床休息了。"

"我明白了。"医生深深吸了一口气,"那么伤口中的鲱鱼鳞呢又是从哪里来的?"

"也许是斧刃上残留的鱼鳞。"

"但是你还是要解释门是怎么反锁的。"

"我相信我也能解释。"

巴利又恢复了他的沉着,像一个准备向被逼入死角的猎物发动最后一击的猎人。

"我相信很快就会找到你杀害格雷杰小姐的证据!我甚至可以说,我知道去哪里寻找证据,只要我去找,就肯定能找到。"

他非常自信。

然而黑利医生和麦克唐纳德医生显然全都一头雾水。要如何证明医生进过那间卧室?又要如何证明医生没有通过门却逃出了那个房间呢?

"我有一点一直不明白。"巴利问道,"你还记得木匠锯下锁后,是谁第一个进入房间的吗?"

"是我。"

"当时房间里的百叶窗是关上的吗?"

"是的。"

"是你打开的吗?"

"是的。"

"很好。那么告诉我,你不得不安上木头腿是因为高位截肢还是低位截肢?"

"高位。"

"那么你行走有困难?"

"没有。"

"我是说你很有可能会滑倒或者摔倒吧?"

麦克唐纳德摇了摇头,用两只手抬起自己的木头腿。

"如你所见,这只木头腿穿着特制的鞋子。鞋底的钉子有很好的抓地力。"

在回城堡的路上,巴利问黑利医生有没有注意到麦克唐纳德根本没有提到邓达斯的案子。

"我一直想听他提第二起案子来证明他的清白。"

"为什么?"

"因为有罪的人总会不自觉地做过多辩白。"

"我明白了。那这说明他在你心中的嫌疑少了几分吗?"

"完全没有。我相信我的判断没有错,绝对会得到陪审团的一致同意。但是这种案子需要的是逻辑的支撑,而不是个人的判断。老实说,我觉得麦克唐纳德看上去并不像会干出这种事的人。"

"我同意。"

"你觉得奥纳格也不像吗?"

"是的。"

"但是凶手明显就在他们和奥恩·格雷杰中间。我们现在知道奥恩·格雷杰对我们撒谎了。"

"关于上锁的门吗?"

"是的。木匠的确试图开过门。"巴利靠到坐垫上,梳了梳自己的小胡子,"我已经派人找他来城堡一趟了,我们得听听他的说法。"

"我发现你在麦克唐纳德家时没有问他关于奥纳格跑到他家那晚的事。"

"是的。他的回答肯定和你告诉我的话大同小异。说实话,我见到他以后,开始动摇我对夜奔那晚的看法了。我开始认为他的确爱她。既然这样,他肯定不会拒绝她。"

"那么她应该就不会是去向他表白心意了吗?"

巴利重重地摇了摇头。

"不,不,这说不通。陷入爱河的女人往往会不计较后果,行事会非常鲁莽。但是陷入爱河的男人可是完全不一样的。一个男人,就算是他准备放弃自己,也不会放弃他的社会意识。这是时代给男性的烙印:责任是最重要的。我相信是麦克唐纳德提议他们接下来要秘密地会面。但是当晚,的确是他让奥纳格先回家。他还没有准备好为此牺牲他的职业前途。"

第二十三章

鞋　印

木匠已经在城堡里等他们了。他是个大高个,眼神清澈明亮。他听到巴利督察说当时门其实是开着的,连忙表示那是不可能的。

"门是上了锁的。我亲自转了转把手。"他断言道,"我甚至还想撬开那道锁,但是却发现那种门根本没法从外面撬开。你肯定知道杜克兰的父亲曾经是锁匠吧。"

巴利点了点头:"你要赌咒发誓那扇门就是从里面反锁的吧?"

"是的。"

督察打发了木匠,让安古斯去厨房拿了一对风箱,然后请黑利医生跟他走。

"我保证过马上就能找出证明麦克唐纳德犯罪的证据,现在我就带你去看看。我先提醒你,不要太惊讶。你已经知道奥恩·格雷杰的说法是伪造的了。"

他们走出城堡,来到了格雷杰小姐卧室正下方的那块花坛边。督察接过了风笛手手里的风箱。

"看好了,格雷杰小姐的房间就在书房正上方。这块地方的泥土很干。地方检察官马卡里昂先生说在案发的第二天早上来检查过花坛,发现花坛里没有什么痕迹。"他转向安古斯,"我说得对吗?"

"是的,先生。我那天早上和马卡里昂先生一起来检查的,这里看上去就和现在一样。"

"很好。"

巴利将风箱嘴放在地上,然后轻轻地吹去地上的浮土。他吹出了一片半圆形的区域,露出了有些不平的地面。他埋头鼓捣了好几分钟,然后直起身子,脸上有些迷惑。

"怎么?"黑利医生问道。

"这里什么都没有,我真的不明白了。"他抬头看了看格雷杰小姐房间的窗户,突然发出一声惊呼。他指向窗户上支棱出来的一枚铁钉。

"那是什么?"他问安古斯。

"那是很久以前钉在那里挂百叶窗的,先生。但是格雷杰小姐不喜欢百叶窗。"

"从窗口探出身子可以够到这枚钉子吗?"

"是的，先生。"

督察目测了一下钉子到地面的距离，然后走到花坛边，将风箱放在钉子正下方的位置。他使劲按压了几下，尘土下突然浮现出了一个鞋印。他又吹了几下，发现了第二枚鞋印，上面还清晰可见有鞋钉的印迹。巴利站了起来，指向那些鞋印。

"你看，有一个鞋印是有鞋钉的。"

他的眼中充满了胜利的光芒，他对黑利医生说：

"你也看到麦克唐纳德的鞋子了，你现在要怀疑这个鞋印是伪造的吗？"

"不，这鞋印显然就是他的鞋子留下的。"

"看仔细，这些鞋印就在那枚钉子的正下方。他肯定准备了一段绳子。这些鞋印并不深，所以他下落的距离肯定不长。我敢保证他落地后，肯定就从窗户爬进了吸烟室。没有其他鞋印了。而奥纳格肯定就在那里等着他，准备掩盖他的踪迹。"

黑利医生点了点头："肯定是这样的。恭喜你。"

他们回到城堡，一起来到了格雷杰小姐的房间。巴利爬上窗台，确认从窗台伸手就能够到钉子，很满意。

"这枚钉子也许就能帮我们结案了。"他断言道，"这枚铁钉都生锈了，他用的绳子肯定在上面留下了一点痕迹。"

他的推测没有错。黑利医生从顶楼婴儿房的阳台看下去,能清楚地看到铁钉上侧有一小块区域没有铁锈,露出了金属的光泽。

"你现在承认他的确用了绳子吧?"巴利问道。

"是的。"

"这肯定是唯一的解释了。因为没人能从上面够到钉子,实在是太高了。也没有人能从下面够到钉子,因为显然没有用过梯子。那肯定是从窗户探身够到钉子的,正如我刚刚证明的那样,很简单。"

巴利靠在梳妆台上。梳妆台占据了半个房间,上面放了几罐牛奶和几个不同形状的盘子。他继续说道:

"我认为案发过程是这样的。奥纳格意识到她的姑妈决意要毁掉她和她的爱人。她第一反应是离家出走。但是她和麦克唐纳德都没有钱。他很清楚这条路是愚蠢的。他是不是声称那个姑娘跑到他家时,他坚持要把她送回去?根据你所说的,我觉得可以推断出他当时便对她的鲁莽以及所带来的连锁反应而有所警觉。正因为他很了解格雷杰小姐,所以他非常害怕她。然而想要甩掉一个倾心于你的固执女人可不是什么易事。*坠入地狱很简单,想要回头却实属不易。*"

他又冷不丁地甩出一句拉丁文。他的双手上下挥舞,身后的盘子都在微微地抖动。

"奥纳格只要想见他,就可以借她孩子之名找他来看诊。她还逼迫他——也许并不需要逼迫——和她私下在船上见面。他知道她的境遇越来越糟糕了,并意识到他们马上就要迎来毁灭了。他们也许能哄骗杜克兰原谅,忘记这件事,但是格雷杰小姐可不是好对付的。"

"于是他们便计划了这次谋杀。我们只能猜测他们计划的内容,还有不少没有搞清楚的地方。但是大概流程很明确。凶案当晚,医生到达城堡后,奥纳格便去她姑妈的房间,告诉她孩子的情况很糟糕,让麦克唐纳德医生可以趁机进入卧室。等医生到来以后,奥纳格便去了楼下的书房。医生便动手了。你也知道死者所遭受的那一击力道很大,却并不致命。但是格雷杰小姐的心脏承受不住这种惊吓。他从房门内锁上了门,确认她已经死了。然后将绳子绕在钉子上,从窗户爬了出去,然后关上了窗户。绳子不够长,所以他往下跳到了地面上。正如我们所见,接下来他就爬进了吸烟室,把绳子卷起来,处理掉了凶器,遮掩了脚印。他知道有人发现命案后便会找他到现场查看。一切都很顺利,第二天早上,他的确找到了机会,趁没有人发现之前插上了窗户的插销,为追查真凶的人制造了层层障碍。"

第二十三章 鞋印

巴利非常骄傲，不过这也是情理之中。他结案了，接下来只剩最后的梳理了。

他又补充道，"我希望你能指出我说的不足之处。"

黑利医生摇了摇头。

"我想说的不足之处已经被你自己指出来了，他们并不像是会做出这种事的人。然而我认为，本案中只能认定就是他们干的，否则没有其他解释了。"

"是的！"巴利身后的盘子又开始抖动了起来，"如果凶手不是麦克唐纳德医生，那么邓达斯之死就根本无法解释了。好好想想，你当时在楼梯口，可以说是守着房间的门口；那个年轻的渔人则盯着窗户。你确认没人接近过房门；他确认没人从窗户进去过。而我们都知道奥恩·格雷杰的供述是瞎编的。"

"我们是这么认为的。"

"不，先生。"巴利突然笑了，"你应该注意到我们在进这间卧室之前，我还离开了一小会儿。我是去了邓达斯的房间。邓达斯的床用的是较硬的猪鬃毛床垫。他肯定是请人换掉了羽绒床垫，而奥恩并不知道这一点。"

储藏间外传来一阵敲门声。克里斯蒂娜走了进来，请黑利医生去一趟婴儿房。

"是哈米什。"她解释道，"他看上去又有些奇怪。"

她带着医生来到了婴儿房,然后转身便关上了房门。他走到熟睡的孩子身边,弯下腰一边仔细查看一边问道:

"怎么回事?"

"他的脸在抽搐。"

"我觉得应该不需要担心。"

他俯身听了几分钟那孩子的呼吸声,老保姆在他身后紧张地扯着围裙。黑利医生对她说道:

"他需要的是休息、睡眠。"

克里斯蒂娜眼里充满了不安,她摇了摇头,显得有些愤恨。

"这个可怜的小家伙在这屋子里能上哪儿去休息?"她的口音很重,然后她突然抬起手,往前走了一步。

"你能不能告诉我,爱丁堡来的督察真的在怀疑哈米什的妈妈吗?"

"我……我觉得我不该讨论这件事。"

老妇人发出一声哀号。

"如果你不愿意告诉我,那就是真的了。"她抓住他的袖子,直直地盯着他,"她没有罪。"她的语气很坚定,"我知道她没有罪。"

黑利医生皱了皱眉。

"你怎么知道呢?"

"格雷杰太太连一只苍蝇都不愿意伤害。"

黑利医生摇了摇头。他不想和这位老妇人讨论案情。但是她语气中的急切和真挚却让他有些迟疑。

"希望你说得没错。"

她继续抓着他的袖子,说道:

"我知道那个格拉斯哥来的人会怎么说。他觉得是麦克唐纳德医生在哈米什母亲的帮助下杀死了格雷杰小姐。"她松开了手,走到他的身后,"能否请你先坐下?我有些事情要告诉你。"

黑利医生犹豫了一下,还是坐了下来。老妇人搬了一张仿佛在杜克兰婴儿房代代相传的小凳子,坐在了他的对面。她的脸色阴沉,嘴角微微抽搐。她问道:

"你看到格雷杰小姐胸口有一道伤疤了吧?"

"是的。"

"我要和你说说关于那道伤疤的事。"

她把手放在额头上,似乎在祈祷。过了几分钟,她放下手,对他说:

"我是在土地主成婚那年来到杜克兰城堡的。奥恩先生出生的时候,他的母亲请我做他的保姆。我经常坐在这张凳子上,在炉火边为他洗澡。而他的母亲会坐在你坐的那张椅子上。"

她又闭上了眼睛,没有说话。黑利医生只能听到孩子均匀的呼吸声。

"然后呢?"他不禁出言问道。

"她就是天使,她非常美丽。土地主非常爱她。我现在都能回想起他的脚步声。在我为小奥恩先生洗澡时,他总是走上来,坐在她身边,陪伴着他。那时的他充满了欢笑和快乐,和现在判若两人。但是格雷杰小姐一直是那个格雷杰小姐,他很害怕她。你知道吗,土地主成婚时,她就一直待在这座城堡里。"

她闭上了眼睛,看上去像是一只褪去羽毛的老鸟。

"格雷杰小姐不喜欢她哥哥的妻子。她很聪明,甚至可以说是很狡猾。她每天都会含沙射影地伤害那个可怜的女人,寻找她的过失之处:吃的东西不新鲜了;厨房太铺张浪费;土地主的衣服没有熨好;小奥恩先生瘦了,等等。一切都是她的错。她不会找她的嫂子,只会向土地主抱怨。她经常说:'你得找她好好谈谈',他根本就不敢忤逆她。"

"土地主的妻子是爱尔兰人,她是个急性子。她深深爱着她的丈夫,所以她认为格雷杰小姐说的话是对她的侮辱。有一天,她的丈夫再次抱怨她不会做家务事后,她便跑到了格雷杰小姐的房间,直言她知道这些话都是从谁的嘴里说出来的。她非常生气,甚至都不在乎会被我听到争吵声。格雷杰小姐温和地说:'如果我看到我的哥哥和他的孩子遭到忽视,我当然有权说出来。'但是格雷杰太太说:'你无权挑拨我和我的丈夫,也无权夺走我的孩子。'她的脸涨得通红,眼里似乎都在喷出怒火。她大声说:'从我结婚那一刻起,你就想要夺走我的幸福。你要夺走我的丈夫,你还想夺走我的孩子。其他人可能觉得你是个善良的女人,但我知道你是什么货色。'格雷杰小姐笑了笑,说她作为一个基督教徒,会宽恕一切。然后她就红着眼眶去找她的哥哥哭诉他妻子的坏脾气。"

克里斯蒂娜抿了抿干瘪的嘴巴,眼里放出光芒。

"她真的很狡猾。你见过等待老鼠的猫吗?土地主开始觉得,是他的妻子对自己的妹妹有偏见。他们大吵了一架,而格雷杰小姐永远等待着时机,站在他的那一边。后来他不会再上这儿来陪伴他的妻子了,却经常和他的妹妹一起过来。奥恩先生害怕格雷杰小姐。她从来没有照看过这孩子,但是他的父亲却逼迫他亲吻她。医生啊,当时我知道肯定要发生什么痛苦的事了,但是我却无能为力,帮不了那个可怜的姑娘,我只能看到疯狂在一点一点侵袭着她的脸。"

她垂下了头,声音小得像是在啜泣。

"哈米什的母亲也一样,唯一的区别是,奥恩先生总是不在她身边。"她抱着膝盖,前后晃动,"哈米什也害怕格雷杰小姐。他第一次发作就是在格雷杰小姐想给他喂一些自制的药物之后。他的母亲赶紧跑进来,抱走了这个可怜的孩子,他吓得大声尖叫起来。"

她突然不说话了,脸上带着非常焦虑的神情。

"那晚,杜克兰的妻子也做了同样的事。"她又沉默了几分钟,补充道:

"杜克兰妻子溺死的那天,他的妹妹突然生病了。"

第二十四章

窗 边

听了这话,黑利医生突然露出惊惧的表情。

"溺死!"

"是的。就在那边的河岸涨潮的时候。"

"格雷杰小姐得了什么病?"

"我不知道。麦克米伦医生每天来看她的时候,我看到他包里有很多绷带。"

她的声音慢慢小了下去。

"土地主是怎么解释的?"黑利医生问道。

"他没有解释什么。当时坎贝尔镇的地方检察官,也就是马卡里昂先生的前任检察官来过这里一两次。格雷杰小姐的病好之后,她和土地主就去英格兰旅游了。"

"我明白了。"他摇了摇头,"土地主有没有……你觉得他为他妻子的死而难过吗?"

克里斯蒂娜深深叹了一口气："也许难过，也许不难过。我也看不出来。"

"他常来婴儿房吗？"

"不常来。但是格雷杰小姐倒是每天都来。奥恩先生就相当于是她的孩子了，她会让他叫她'母亲'。等他年纪大一点后，格雷杰小姐告诉他，他的母亲是因患风寒而死。"

黑利医生站起身。

"你还记得你前任女主人会穿怎样的晨衣吗？"他突然发问。

"她总是穿着一件蓝色的晨衣，就像哈米什的母亲一样。奥恩的妻子和他的母亲真的很相像。"她也站了起来，"你能告诉我，他们为什么觉得是哈米什母亲干的吗？"

他有点惊讶。她是不是还在隐瞒巴利需要的关键信息？他原本打算拒绝回答她的问题，但是转念一想，也许他能以此换取她的秘密。

"这些案子只有可能是麦克唐纳德医生干的，他和格雷杰太太是朋友。"

"你为什么说'这些案子只有可能是麦克唐纳德干的'？"

他犹豫了。然而看到她痛苦的神情，还是妥协了。他和她说了案子的大概。

"我觉得麦克唐纳德没有进过她的卧室。"

"要是你能证实这一点就好了！不幸的是，我亲眼看到他进入了邓达斯的卧室。"

"他们要逮捕哈米什的母亲吗？"

黑利医生难过地摇了摇头。

"我想是的。"

"不，不，他们不能这么做。不是哈米什的妈妈干的。我确定不是她干的。"

孩子突然哭了起来。黑利医生看到他醒了，便起身离开下楼了。午后的热浪伴随着远处的雷声向他袭来。他离开了城堡，往摩尔庄园走去。树林像一个吉卜赛孩童，挥舞着手中的叶子。他找到了一片能看到群山倒映在湖水中的空地。草坪上的百里香吸引着蜜蜂来此停憩。他坐了下来，掏出自己的鼻烟盒，听着耳边的蜂鸣声，睡去了。

不知过了多久，一个女人的声音把他吵醒了。他坐起身，看到了奥纳格。他马上站了起来：

"恐怕我刚刚是睡着了。"

她点了点头。

"是的。很抱歉把你吵醒。"

她看上去非常疲倦和焦虑，但是他注意到她依然衣着得体，有条不紊。如果没有他那么敏锐的洞察力，也许就难以从她朴素的连衣裙和整洁的衣着中看出她有别于庸俗之姿的气节。大多女人遇到如此打击，往往早就疏于打理自己，放任自流。

"我想来请求你的帮助。"她说，"所以我才冒昧叫醒你。我去见了麦克唐纳德医生，听说你们今早去见他了。"

她打住了话头，似乎觉得自己已经将来意说得很明白了。黑利医生捡起了掉落在地上的鼻烟盒。

"你成功破获了很多其他的案子，对吗？"她急迫地问道，"如果你能查清凶手，那你也能查明一个人的清白，是吗？"

"是的。"

"好，那我向你保证，麦克唐纳德医生没有杀害我的姑妈。我们要怎么证明不是他干的？"

她的脸上似乎重新焕发了生机，连黑利医生都不禁惊于这一刻她身上迸发出的美丽活力。

"我不知道我们要怎么证明他无罪。"

"总是值得一试的，不是吗？"她抓住了他的胳膊，"你会帮我吧？"

"我只有一个条件。"

"什么条件？"

"你要把所有真相，从头到尾地告诉我，并回答我问你的每一个问题。"

奥纳格点了点头，说道："好的，我保证。"她在草坪上坐下,请他坐在她的身边。高大的蕨草在这个季节已经有些泛黄,随风在她身侧微微摇曳。

"我该从哪里说起?"

"首先,我想知道你和你姑妈之间的关系。"

她皱了皱眉头。

"我觉得我们是对手。"

"对手?"

"我是奥恩的妻子,哈米什的母亲。但我不是格雷杰家的人。"她拔了一小束百里香,盯着出神,"也许我当时并没有觉得那有多么重要。"她突然抬起头,看着他,"但是我姑妈毕生最重要的事就是做格雷杰家的人。格雷杰家族就像是她的丈夫,她的孩子,是她人生的支柱。"

"如果她还活着,你是不会说出这种话的,对吗?"

"也许吧。我对她的死感到很遗憾。我觉得她也是一个很可怜、很孤独的人。她如此渴望我所拥有的东西:奥恩的爱,我孩子的爱,甚至可能还有杜克兰的爱。她想要……"奥纳格停顿了一下,似乎在脑袋里寻找能表达她想法的词,"她想要掌控这个家族的未来。她想要像一个拥有孩子的女人一样在家族的未来占据一席之地。由于她没有孩子,无法继承她的家族之名,她就想偷走其他女人所生的孩子。这样她就能在孩子身上烙下她的个性和想法。而且她也像普通的女人一样,想要一个孩子。"

黑利医生点了点头。

"我明白了。"

"我觉得我真的很残忍,我仿佛在描述一个畸形的女人。"

"畸形的人总有办法忘记自己的痛苦。"

"我想是的。"

"家族荣誉感应该就是格雷杰小姐的办法。我在她的卧室里看到了她在不同时期做的很多破烂织物。"

"是的,我也经常注意到。有一次,我想把哈米什的一件旧外套给村里的一个孩子,格雷杰小姐吓坏了。那件外套后来就不见了,克里斯蒂娜告诉我,我姑妈烧掉了那件外套。但是她并不介意我把我的衣服给那孩子的母亲。杜克兰的旧衣服也总是被锁在楼上的一个衣橱里,然后寄给中国的一个传教士。"

"信奉上帝。"

奥纳格扬起了眉毛。

"她就是这么和我说的,杜克兰也是这么认为的。"

她把鼠尾草扯成碎片,然后扬手扔到了草丛里:"当我慢慢看清真相后,便开始对她产生怨恨。我的神经每天都紧绷着。有一天,我失控了,让姑妈不要干预我照顾哈米什的方式。她就开始啜泣,变得歇斯底里的。可怜的女人,我听到她反驳,说她不想干预我。但是我还是很害怕她。她的眼神很可怕。她还和我的公公说我对她很不好。那天之后，整座城堡似乎都被愤恨所笼罩了，每天似乎都会加深几分。麦克唐纳德医生和你说过我那晚离开家的事了吧？"

"是的。"

"我那时可能不该那么冲动。我那么生气不仅仅是为了我自己，他们那样怀疑麦克唐纳德医生简直是太恶劣了。我也为奥恩和哈米什而感到难过。"

她深吸了一口气。

"我一离开那座城堡，我觉得一切都不一样了。但我觉得我也不能再回去了。那简直就像是从一个可怕的噩梦中清醒过来。在那座城堡里，我的丈夫和我的儿子都不属于我，我只有离开那座城堡，才会再度有为人妻和为人母的感觉。我本来想回到爱尔兰，回到我的故乡。我想回去写信告诉奥恩，如果他想让我回去，就必须要给我一个属于自己的家……"

她顿了顿，接着轻轻地说："然而身无分文的人想要独立谈何容易。事实上，我完全是依靠格雷杰小姐才能勉强生存。奥恩的收入根本无法养活他的妻儿。"

"她会不会给你零用的钱？"黑利医生问道。他仔细地盯着她。他意识到杜克兰口中城堡内的开销分配也许并不属实。

"不会。她只会让我去固定的几家店买衣服,然后她会去结账。那都是些我自己平时绝对不会去逛的店,都是一些老式的服装店。她几乎掌控和限制了我的一切。"

她又补充道:"杜克兰偶尔会给我几镑,但是他总是会追问我把那些钱用在哪里。"

"你丈夫什么都不给你吗?"

她猛地抬起头,眼里似乎有些泪光。

"他哪里来的钱?奥恩其实就不该结婚。他根本养不起他的妻子,他根本负担不起他自己的家。他开始就知道嫁给他的女孩要和他的家族住在一起。不过我觉得他并不觉得这有什么大不了的。男人永远不懂女人之间会造成怎样的影响。"

"你的这些话都和麦克唐纳德医生说过吗?"

"是的。"

"他怎么看?"

"他告诉我奥恩肯定是爱我的,以后会慢慢好起来的。"

"他在你从杜克兰城堡跑出来的那晚这么和你说的吗?"

"是的。"她犹豫了一下,补充道:"麦克唐纳德医生恳求我回去。其实在克里斯蒂娜到之前,他就已经说服了我。"

黑利医生点了点头。

"你回去后,那两个老人对你的态度怎么样?"

"很不好。他们很生气,但是又想装出他们是因为受到伤害,而不是因为愤怒。但是他们第二天还是来窥探我的一举一动。"

当她说到她请求麦克唐纳德医生私下与她见面时,脸色有些发红。

"我觉得如果我孤身一人继续待下去,很可能会做出一些不计后果的事。我的精神已经高度紧张。那种情况下,有一个能聊聊这些事的朋友简直是救命的稻草。而且麦克唐纳德也知道杜克兰城堡中的生活是怎么样的。"她皱了皱眉头,下意识地咬了咬嘴唇。

"我的姑妈偷偷跟着我出去了。我回到城堡后,她在晚餐前到我的房间告诉我,她看到了我们。当时我们没有说什么。但是第二天下午,杜克兰当着她的面又提起这件事,我便失控了。我告诉他们,我决定如果奥恩不带我离开这里,我就要离开他。"

她的眼睛里透露出的光芒比她的言语更能体现出她一直以来生活在多么紧张的氛围中。她拔出百里香,把小花洒在自己身上。

"我没有去用晚餐。但是夜晚的邮差给我送来了一封奥恩的信,这封信改变了一切。他坦言自己输了一大笔钱，准备回杜克兰城堡向玛丽姑妈借钱。他说如果他借不到钱，就会被赶出军队。最后他请求我把个人的情感放在一边，先帮他渡过难关，就算是为了哈米什。"她看向医生，"所以我才在麦克唐纳德医生看过哈米什后，去玛丽姑妈的房间找她。"

黑利医生擦了擦镜片，戴在了眼睛上。

"你去格雷杰小姐的房间时，麦克唐纳德医生依然在婴儿房吗？"

"是的，我让他在房里等我。"

"你后来什么时候再见到他的？"

"在吸烟室里。他自己下了楼。我告诉他，我决定为了奥恩而妥协。外面天气很热，所以吸烟室的窗户开着。我姑妈的房间就在正上方。我们可以听到她在房间里走动，还关上了窗户。"

"麦克唐纳德医生怎么没有告诉我这些事？"

黑利医生有些奇怪，他看到女孩的脸上有点发红。

"他为了我，不会告诉你的。"

"因为当时吸烟室里只有你们吗？"

"是的。事实上，我们听到玛丽姑妈关上窗户后，就听到了奥恩驾驶摩托艇的声音。我的公公肯定也听到了，因为过了一分钟，我们就听到了他下楼的声音。麦克唐纳德医生不想和他打个照面，就从敞开的窗户爬了出去，绕到屋后开车走了。我吹熄了蜡烛，等我的公公打开门……"

"什么？麦克唐纳德医生是从窗户爬出去的吗？"黑利医生的镜片都掉了下来。

"为了避免和我的公公碰面。我和他说了我们午餐前的争执。吸烟室的门关上了，前门也上着锁。如果他不从窗户爬出去，就肯定会碰上我的公公。"

"我明白了。"

"当时真的只有这一种选择了。幸好他想到了这个办法，不然我的公公肯定又有理由对我横加指责。"

"然后你做了什么？"

"我回到了我的房间。随后奥恩就进来了……"

她说不下去了，眼里已经满是泪水。

第二十五章

排除法

"我觉得你必须告诉我,"黑利医生放缓了语气,"你和你丈夫之间到底发生了什么。"

奥纳格的手继续拨弄着百里香,慢慢整理好了自己的情绪。

"奥恩告诉了我他输了钱。"

"他到达城堡后直奔你的房间吗?"

她凝视着前方湖面上几艘捕鱼船的棕色桅帆。

"不是。"

"他在找你之前去了格雷杰小姐的房间吗?"

"是的。"

"他告诉你他去了她的房间吗?"

"是的。"

她的声音小得如同耳语。黑利医生看着她,过了一会儿问道：

"他告诉你，她的卧室门上锁了吗？"

"是的。"

"还说他敲了门，但是她不开门吗？"

"他说她没有开门。"

"也没有回应他吗？"

"他说她没有回应他。"

"她睡眠浅吗？"

"很浅。"

"所以他觉得她不回应他，是因为她还在生你的气吗？"

她深吸了一口气。

"是的。"

"他也生你的气吗？"

"他很不高兴。"

"你有没有告诉他你已经决定要向你的姑妈道歉？"

"我和他说了。"

"然后呢？"

"他很不高兴……不相信我。他……他说我毁了他……"她突然转过身，"我和麦克唐纳德医生也说了奥恩输钱的事，他提出要借钱给我。这让奥恩更加不高兴了……"

她突然掩面哭了起来。

"你是说,是他在那时候伸出的援手引起了你丈夫的怀疑吗?"

"是我的姑妈写信跟他说的。"

"你姑妈和他说你爱上了麦克唐纳德吗?"

"她这么暗示的。"

医生眯起了眼。

"他发现格雷杰小姐的房门紧锁,又发现你接受了麦克唐纳德医生的钱。这两件事放在一起,让他觉得姑妈的话没有错。"

"我想是的。"

"他指控你爱上了麦克唐纳德吗?"

"是的。"

"然后呢?"

她抬起了头,黑利医生发现她在微微颤抖。

"他非常生气。"

"他没有解释自己赌博的问题吗?"

"没有。"

黑利医生犹豫了一下。

"我向你保证过不会和任何人提起你喉咙上的瘀伤,但我觉得你现在该告诉我……"

"求你了,不要。"

奥纳格的眼神闪烁，抬起手，似乎想要挡开什么。

"别忘了，你保证会坦诚地告诉我一切。"

"我不能告诉你。"

"那就说明是你的丈夫……"

她用手捂住了脸。

"不要再问我了。"

黑利医生微微皱起了眉头，但是没有再继续追问了。

"告诉我，你当时不觉得格雷杰小姐拒绝借钱给你丈夫很奇怪吗？"

"我觉得很奇怪。"

"难以置信的奇怪吗？"

"是的。玛丽姑妈明明很宠奥恩。"

"你现在还觉得奇怪吗？"

奥纳格有些惊讶。

"什么意思？"

"你现在还觉得当时你姑妈拒绝和你丈夫说话很奇怪吗？"

她摇了摇头。

"现在不觉得。"

"为什么？"

"我觉得她当时已经死了。"

她说出这句话后显然有些畏缩。医生皱起了眉头。

"如果她当时已经死了，那么麦克唐纳德医生和你的丈夫都不可能杀死她。"

"天啊！"

"你当时听到她的死讯时，是否担心是你丈夫杀死了她？"

她低垂着头，没有回答。

"是吗？"

她突然抬起头，看向他。

"我无法直接回答你的问题，因为我的感觉都不是直接的。就像你在摩尔庄园说的那样，如果你问我奥恩会不会杀人，我肯定会回答'不会'。但是如果你告诉我发生了凶案，我就会害怕，猜想在那种可怕和失控的时候……"

"你丈夫承认是他杀死了他的姑妈。"

"什么？"

奥纳格瞪大了双眼，举起双手，似乎马上要遇到什么危险。她的脸色变得煞白，身子像马上要晕倒似的微微晃动。黑利医生扶住了她的肩头。

"我要说明，我并不相信他。"

她似乎在努力调整自己的情绪，想坐稳自己的身子。

"你为什么不相信他？"

"因为他虽然有可能进到格雷杰小姐的房间里，但是他肯定没有办法出来。门是从里面反锁的。"

她抬起那双充满恐惧又空洞的眼睛盯着他。

"有人从那间卧室里出来了吗？"

"是的。"

她摇了摇头，努力排除情感的干扰，做出理智的判断。她肯定地说道：

"我知道麦克唐纳德医生肯定没有进我姑妈的房间。不管有什么证据，这一点都是站不住脚的。"她摇了摇头，"但是有其他人进入了她的房间。"

"那座城堡里除了你丈夫以外还有其他男人，杜克兰和风笛手安古斯。"

"杜克兰没有杀死玛丽姑妈。"她抓住医生的手腕说道，"玛丽姑妈和邓达斯先生肯定是被同一个人杀死的吧？"

"几乎可以肯定。"

"杜克兰怎么会杀死邓达斯先生？"

黑利医生摇了摇头："我不知道。"然后他补充道，"你丈夫还承认邓达斯也是他杀的。但是我们依旧有证据证明不是他干的。"

"什么证据？"

"我离开那个房间时，他并不在房间里。他说他当时躲在床上，其实并没有。"

"你离开房间的时候，麦克唐纳德医生在邓达斯的房间里，对吗？"

"他是后来回去的。"

她用手捂住了额头。

"我知道麦克唐纳德医生没有杀死我的姑妈，所以他也没有杀死邓达斯先生。"

黑利医生调整了一下镜片，和善的脸上露出迷惑的神情。

"杜克兰肯定是发现了麦克唐纳德医生从窗口离开了。"

"你为什么这么说？"

"因为他显然认为麦克唐纳德在你的帮助下杀死了他的姐姐。"

他边说边密切注意着奥纳格的反应。但是她竟然对他的说法表示同意。

"他第二天早上看到了窗外麦克唐纳德先生的鞋印，于是他掩盖了那些鞋印。"

"这是他和你说的吗？"

"是的。"

"他看到那些鞋印后，得出了怎样的结论？"

"他知道那是麦克唐纳德先生的鞋印，因为两只鞋印不一样，其中一个……"

"我知道,我想说的不是这个。他认为麦克唐纳德医生为什么这样离开城堡?"

她犹豫了一下,然后似乎下了什么决心。

"他认为麦克唐纳德是从我姑妈的窗户跳出来逃跑的。"她的声音很低沉。

"那说明他认为你也协助害死了她?"

"是的。"

"他和你说的吗?"

"是的。"

"然后他让你准备好接受自己的命运吗?"

"是的。"

"请告诉我他是怎么说的。"

"他说知道是麦克唐纳德医生因为玛丽姑妈威胁要向奥恩告发他而杀死了她。然后说他掩盖了医生的鞋印是为了防止我的共罪牵连到奥恩和哈米什。'你只有一件事可做了,结束已经走到尽头的生命吧。至少这样让你的丈夫和孩子不用看着你被绞死。'他又补充了一句,'2点便会涨潮。'"

她的语气很坚定,似乎在描述一件与她并不相关的事。

黑利医生问道:"而你虽然内心并不相信,但却担心是你丈夫犯下的命案?"

"我的确是这么担心的。"

"那么我之前猜测你是想用自杀来转移他的嫌疑,并没有错?"

奥纳格低下头。

"那样的确可以,对吗?"

医生摇了摇头。"也许吧,但是这样会加深麦克唐纳德医生的嫌疑。"

奥纳格很惊讶。

"不,杜克兰已经遮掩了那些鞋印。他为了奥恩,肯定不会把这件事说出去的。"

"请原谅,巴利督察已经发现了那些鞋印。你的死只会把麦克唐纳德医生送上绞刑架。"

她皱起眉头,咬了咬嘴唇,小心地说道:

"我觉得如果邓达斯督察没有被杀的话,麦克唐纳德医生是不会受到怀疑的。邓达斯督察根本就没有怀疑麦克唐纳德医生。"

黑利医生点了点头,他觉得这个观点很有道理。

"我是把所有东西都想清楚才做出那样的决定。"她继续说道,"我是一个胆小鬼,非常害怕。我总是想象河口水底的那些海草里有很多可怕的东西。如果我沉下去了,就会死在那些我最讨厌的黏糊糊的海草丛里。但是我想,如果我奋力挣扎,也许会随着河流漂到河谷的下游。我只能确定我的死会让所有人都安心。我也知道奥恩对我很失望……我以为他已经不在乎我了。如果我继续活着,哈米什也会看着我难过,不得不在我和他的父亲中选择一方。那样的生活还有什么意思?"

她边说边难过地摇了摇头。

"我现在说得好像这一切都是过去的事了,但这些问题依然伴随着我。如果奥恩自首,那只可能是因为他是一个勇敢的人,他愿意为女人和孩子牺牲他自己。他肯定觉得我是一个任性不满足的孩子,不配做一个妻子,也不配做一个母亲。如果我还活着,这一切的问题又会接踵而来。他永远不会理解我、原谅我,我也无法成为他需要的那种妻子。"

"恕我直言,你不应该这样看待你的问题。我相信你完全搞错了。事实上,当你在为了你的丈夫和孩子想放弃自己的生命时,你丈夫也愿意为你而献出生命。你的丈夫受你公公的影响,觉得你可能是有罪的。而我们根据之前的证据,你、麦克唐纳德先生、你丈夫和你的公公都是无辜的。那么根据排除法,就只剩下安古斯了。"

他们突然听到身后的车道上传来声音。黑利医生回过头,发现杜克兰正向他们走来。

第二十六章

一朝被蛇咬

短短几天内,杜克兰似乎老了很多。他颤颤巍巍地走向黑利医生,脸上的表情依然是死气沉沉的。医生站了起来。

"我一直在找你,"杜克兰似乎喘不上气来,"因为巴利督察说我的儿子向他认罪了。"

他摇着头,紧紧地盯着医生,似乎根本没有看到一边的儿媳。

"你的儿子认罪了。"黑利医生说。

"胡说八道。奥恩没有杀他的姑姑。"

老人高声说道,声音里透露出恐惧和愤怒。

"我能证明他的清白,"他大喊道,"你听到了吗?我可以证明!"

他还是看都不看奥纳格一眼。但是他的话明显就是对她的威胁。黑利医生调整了一下自己的眼镜。

"我不觉得巴利督察会把你儿子的认罪当真。"

"你为什么这么说？"

医生便说了自己的想法，但是他却发现，这根本无法安抚这位焦虑的父亲。

"别胡扯了！"杜克兰大声说道，"如果一个人承认自己杀了人，一个像我儿子这样身居要位的人，他的自首肯定会被当真！"

"为什么？"

"这还用问吗？他们肯定会认为他说的是实话。"老人的眼里迸出怒火，"事实上，他却是在保护真正有罪的人，这个人根本不值得他做出这样的牺牲。"他背朝奥纳格，对黑利医生说道，"我想单独和你谈谈。"

黑利医生摇了摇头。

"最好还是就在这里谈吧。如果我没猜错的话，你儿媳应该把你要和我说的话都告诉我了。"

"什么话？"

"关于你在你妹妹的卧室窗户下发现了麦克唐纳德医生的鞋印。"

杜克兰很惊讶，但是他继续背朝着奥纳格。

"我的确发现了他的鞋印。一个鞋印很平整，另一个鞋印上有钉子的痕迹。这种鞋印绝对不会看错。那家伙杀死了我的妹妹后，就从她的窗户跳下来。我遮掩鞋印是为了不让人发现我的儿媳也参与了这起凶案。"

他深吸了一口气，点了点头，"我真是大错特错，大错特错了！但她是我孙儿的母亲，我的孙儿将来会继承杜克兰的头衔。你能责怪我这样一个老人为了不让儿子和孙子蒙羞而做出这种糊涂事吗？但是上帝是公正的，天网恢恢。我儿子的这种堂·吉诃德式的骑士精神让我决定不再沉默下去了。我明知我手上有能拯救我儿子的关键证据，却要这么眼睁睁地看着无辜的他被判处死刑吗？那些从无辜之人身上榨取血液的有罪之人一定要受到应有的惩罚。"

他的声音颤抖着，脸上涌起了淡淡的红晕。这种带有生气的红色也不能掩盖他乌黑的眼珠中射出的冷酷光芒。黑利医生后退了一步，想看看奥纳格的表情。她依然坐在地上，拨弄着百里香。他淡淡地问道："你坚信麦克唐纳德医生杀害了你的妹妹，只是因为你发现了那些鞋印吗？"

"当然不是。"

杜克兰冷哼一声，像是为了抓住什么似的攥住了拳头。

"我的儿媳是不是没有坦白她和麦克唐纳德之间的关系？"

"恰恰相反，先生。"

"那你为什么还要问鞋印是不是唯一的证据?"

"你认定你的儿媳和麦克唐纳德医生存在不正当的关系吗?"

老人有些吃惊。

"我下此定论是有依据的。"

"就因为一个母亲因为孩子的病情紧急而去找医生……"

"不,当然不是。因为一个妻子蔑视自己的丈夫最亲近之人,还在夜色降临之后偷偷去会见别的男人。"

"你们在他们会面之前就已经对他们提出了这种指控,逼得一个女人不得不私下会面。"

"我们自有原因,相信我。"

"什么原因?"

黑利医生的声音和杜克兰一样响。他的镜片掉了下来,但是他依然紧紧盯着老人。

"她总是以各种无足轻重的事而叫医生。医生来看病时又不允许我亲爱的妹妹在场……"

"我明白了,你就是基于这些证据而认为你儿子的妻子对他不忠吗?"

"我和玛丽都很在意奥恩的名声。"

"因为麦克唐纳德先生看诊的时候不允许你和格雷杰小姐在场,所以你们就怀疑这些出诊并没有这么单纯吗?"

"只要有什么事,她就会找麦克唐纳德……"

"那是一个需要给孩子找人看诊的母亲。"

这句话仿佛是黑利医生从牙缝里一字一句迸出来的。老人没有说话,于是黑利医生继续问道:

"这难道还不能说明你和你的妹妹原本就想要怀疑你的儿媳吗?"

"我不懂你的意思。"

"我是说,在这件事上,你们原本就做好了怀疑她的打算。或者说早已打定主意要怀疑她。"

"胡说八道。"

"根据你的说法,一个年轻母亲对于儿子病情的焦虑让你很不安吗?"

"不是。"

"亲爱的先生,你的儿媳总是找医生,而你和格雷杰小姐却怀疑她动机不纯。"

老人皱了皱眉头,却没有说话。黑利医生继续说道,

"与此同时,根据你的说法,你还强迫她接受你的施舍。你用各种办法来践踏她的自尊,侮辱她为人妻的地位。一个男人是不会如此去伤害一个女人。我只能由此推断出,这些事都是你的妹妹指使你干的。"

"正如我告诉巴利督察的,我的妹妹有她的生计。而

我只有这块地。"他挥手示意这片树林和湖,"我的妹妹没有义务给我的儿子或他的妻子任何钱。奥恩结婚的时候也没有征询过我们的想法。"

"他为什么要征询你们的想法?"

"那我妹妹为什么要给她钱?"

黑利医生摇了摇头,说道:

"旁观者清。在我看来,你的妹妹显然将你的儿媳妇吃得死死的。她想尽办法折磨她。我认为她这么做的目的非常明确,就是离间这对夫妻。她的办法失败了。你的儿媳依然留在这里,她忍受了一切。她很可能还会拥有一个属于她自己的家。你的妹妹必须要马上改变策略。她用了某种办法,说服了你,让你觉得麦克唐纳德医生来看诊不仅仅出于对病人的关心。"

"我是自己认为那不仅仅只是单纯的问诊。每次持续的时间……"

"亲爱的先生,如果病情严重,没有人会觉得问诊时间过长有什么问题。"

杜克兰的脸色惨白,充满愤怒。

"我告诉你,我就是觉得……"

"没错。"

黑利医生直直地盯着他,继续说道,

"那么,在我看来,你之所以会扭曲麦克唐纳德医生的这种正常举动是因为受到过去经历的影响。一朝被蛇咬,十年怕井绳。"

黑利医生的声音不大,但是在杜克兰看来,这几句话无异于晴空霹雳。他的脚下一个踉跄。

"不,不!"他的声音都嘶哑了。

"在你过去的经历中,有一个年轻的妻子……"

杜克兰没有说话,脸上的肌肉仿佛都松弛了,下巴垂了下来。过了一会,他后退了几步,靠在了一棵树上。

"你是在说我妻子的死吗?"他喘着粗气。

"是的。"

"她……"杜克兰突然剧烈地咳嗽起来。他转过身,抓住树旁的一根枝丫,稳住身子。黑利医生走到了他的身边。

"我了解你妻子过世的情况,以及正是你妹妹的那道伤口导致了她的死亡。"

"玛丽没有错。"

"毫无疑问。但是她的指控……"

杜克兰做了一个不容分辩的强硬手势。

"她的指控也没有错。"但是他的声音却略带痛苦,微微颤抖着。

"至少你选择听信了她的指控。她的目的一样。可以肯定的是,格雷杰小姐当初就用了她对付你儿媳的手段来对付你的妻子。她一再坚持地干涉和苛责她的言行,并不停地对她进行诽谤和扭曲。我认为这些手法表示出她对于城堡中威胁到她地位之人的嫉妒和憎恨。她逼得你的妻子动手伤了她;而你的冷漠无情则成了压垮她的最后一根稻草,也正是因此,你那晚也故技重施,建议你的儿媳自我了断。"

老人明显的不安也没有缓和黑利医生语气中的愤怒之情。

第二十七章

男人之间的对话

黑利医生一个人回到了城堡里。巴利督察已经在等他了。

"我的案子结了,"督察一副大势已定的样子,"我找到了用来杀害格雷杰小姐的斧子。"

他带着医生来到了自己的卧室,从梳妆桌的抽屉中拿出一把斧子,交给了医生。

"看好了,亲爱的黑利,"他指了指斧子,"把手上有鲱鱼鳞。这斧子原本是用来砍木头的,但是厨娘承认她有一天为了将鱼塞进炖锅而用这把斧子劈鱼骨。她劈鱼骨之前正巧在洗手上的鲱鱼鳞。"

黑利医生坐了下来,掏出鼻烟盒,说道:

"可别忘了邓达斯的头上也有鱼鳞。"

"没错,我敢肯定他的伤口是渔网上的铅锤造成的。

我去麦克唐纳德医生的船上看过了，他的船上有各种大小的铅锤。他很喜欢去深海捕鱼，也经常用鲱鱼来当鱼饵。"

巴利把大拇指插进背心的袖口里，伸出其他的手指。

"我承认我很同情——无比地同情奥纳格。可怜的女人，被她的姑妈百般折磨。她的死根本不足惜。但是，我们也必须要承认，谋杀就是谋杀。这柄专门从楼下拿上来的斧子，和用于让凶犯逃跑而专门准备的绳索都说明，这是一场蓄意的谋杀。第二天早上，当麦克唐纳德找到机会带上了格雷杰小姐卧室窗户的插销，他肯定觉得自己可以逃脱制裁了。"

黑利医生向巴利督察讲述了他和奥纳格的谈话以及与杜克兰的会面。巴利督察像以往一样，认真地听他说完每个细节。

"以我的拙见，这是更多的旁证。"巴利督察听完后说道，"我觉得杜克兰发现脚印就是关键的证据。谁会相信一个医生为了避开一个可怜的老头子，而宁愿翻窗离开自己病人的家呢？"

"别忘了，麦克唐纳德并没有进行掩盖。他留下了他的鞋印，如果他是凶手，那这个举动也太不小心了。"

巴利耸了耸肩膀，摊开双手。

"我承认你说的有道理。但这根本就无足轻重！我要先为我接下来要说的话道歉，我个人并不喜欢用这种逻辑来论证。但是如果不是麦克唐纳德干的,那会是谁?我们肯定也要问,*谁会获益*?毫无疑问就是麦克唐纳德。只有他,有机会杀死这两个人。只有他能在犯下罪案后逃离现场。他的确留下了鞋印,留下了脱逃的把柄。但是在我看来,他犯罪的事实依然是板上钉钉的。"

他停顿了几分钟,盯着地板没有说话。然后开口说道:

"一小时之前,我已经申请了麦克唐纳德医生和奥纳格·格雷杰太太的逮捕令。我已经要求最晚在明早之前批准我的申请。"

"你的推断都是建立在麦克唐纳德与奥纳格是恋人的猜想上吗?"

"是的。"

"你有能够支持这猜想的证据吗?"

"都是间接证据。再说了,就算奥纳格见麦克唐纳德医生并没有歪念,他们的秘密会面依然造成了影响。他们俩都知道格雷杰小姐肯定会告诉她的侄子,也都知道这会造成怎样的后果。谋杀的动机依然成立。就算假设他们的见面*绝对正当*,也不会改变这个结果。"

"无辜的人不会杀人。"

巴利皱起了眉头,梳小胡子的手反而加重了力道。

"没错。"他说道,"所以我认为,他们之间的关系并不单纯。"

"你真的认为麦克唐纳德医生是那种人吗?"

巴利脸上突然浮现出了奇怪的神情。他仿佛突然褪下了警察的外衣,变成了一个普通人。

"医生,我觉得你不应该问我这种问题。这就好比……"他抬起了手,"你不该去问一个外科医生是否觉得把人切开残忍。我也许是喜欢麦克唐纳德的为人,我也许也会同情他。但是我不能、也绝对不应该在指控他时掺杂我的个人情绪。"

黑利医生摇了摇头。

"为什么不能呢?"

"因为身为警探,首要的身份是一个观察者。你应该很清楚在科学发现中,观察者误差会造成巨大的影响。探案也是一样。如果你一开始便给自己找定了案子的男主角、女主角,划分了恶人势力,那你是永远找不到凶手的。"

"你承认如果麦克唐纳德和奥纳格是清白的,你的推断就会变得站不住脚吗?"

巴利耸了耸肩膀,语气很轻快。

"这是个值得商榷的点,而商榷时,我会回避的。"他站了起来,拿起医生放在他身边的一张桌子上的斧子,放回了抽屉里。

黑利医生站起身来，回到了自己的卧室中。他躺在床上，很快就进入了睡眠中。等他再次醒来时，夜幕已经开始降临了。他看着变了颜色的云彩，猜测着现在到底是什么时候了。突然，他敏锐的洞察力似乎也苏醒了。他意识到巴利督察推断中的漏洞，其实是格雷杰小姐的性格。格雷杰小姐想在这对夫妻之间种下憎恨和怀疑；但是如果要说她想让他们的婚姻公开破裂，那是大错特错的。麦克唐纳德肯定很清楚这一点，因此，他也知道自己没有什么好害怕的。那么他为什么还要杀人？在他思忖这个问题的答案时，他听到门外隐约传来了脚步声。过了一会儿，奥纳格冲进了他的房间。

"奥恩驾驶着摩托艇出去了！"她说道。

她似乎预料到会发生什么不好的事，眼里充满了无助。她抓住床沿，站稳了身子，尽力想要平稳自己的呼吸，然后她继续说道：

"我很担心他！"

黑利医生跳下了床。

"他什么时候走的？"

"我想应该是一个半小时之前。没有人看到过他。我原本想去他的房间找他谈谈，但是他不在。我找遍了整个城堡，最后发现那艘摩托艇也不见了。现在的风向刚好背岸，他肯定是为了不引人注意，借着风力漂出了港口。"

她说话时一直盯着医生,但是医生的脸上没有任何表情。

"我们上哪儿能借到摩托艇?"

"去阿德莫尔。"

她抓住了他的胳膊。

"你觉得……他会有危险吗?"

"可能会有。"

她稳了稳心神,和他一起下楼。

"我还没有告诉杜克兰。"

"最好别告诉他。"

他们匆匆离开城堡,往村里走去。他们想停下细听,也只能听到夜晚的风声。奥纳格一直没有说话,但是借着微弱的月光,他看得出来她现在非常痛苦。麦克唐纳德没有说谎,她的确深爱着她的丈夫。

租船人早已结束了一天的生意,似乎也没有再做一笔的打算。他站在自己家的小屋门口,向医生和奥纳格解释他的摩托艇的诸多缺点,并劝他们不要在深夜驾船出行。他在强调深夜出海的危险时,脸上似乎还带了几分担忧。小屋中亮着灯,隐约飘出了炸鲱鱼的香气。

"我准备好承担任何风险了,麦克道格尔先生。"奥纳格说道。

"但是我想奥恩先生肯定不会遇到什么风险的吧?他

的驾驶技术非常优秀。"

他的语气有些不确定。奥纳格摇了摇头。

"他的引擎肯定坏了。我们现在什么都听不到。倘若在这种平静的夜晚,几公里外都能听到那种声音。"

"现在天气很平静。明天早上他就会毫发无伤地回来的。"

"我等不到明天早上了,我一刻都等不了了。桑迪·洛根也有一艘摩托艇吧?"

"是的。"

这个高地人连忙表示肯定。他并不在乎把他们推给竞争对手。他们想找谁就去找谁吧。租船人后退了一步,显然已经准备关上门了。但是三人都突然听到了一阵声音不大,却清晰可闻的摩托艇引擎声。麦克道格尔往前探身仔细听了听,肯定地说道:

"这是奥恩先生的船,马上要驶进港口了。"

他挥了挥手,表示不想再继续卷入他们的事了。

"你怎么能确定?"黑利医生问道。

"根据声音,先生。所有引擎的声音都是独一无二的。奥恩先生的引擎是从罗塞西到因维拉最好的引擎。"

引擎的声音越来越大,越来越清晰了。

"我觉得是奥恩的船。"奥纳格指向海面,"我看到了。"

他们离开小屋,往海岸边走去。那艘摩托艇的速度很快,似乎直奔麦克唐纳德医生屋子下方的港口而去。黑利医生拉了拉奥纳格的袖子。

"你发现他打算去哪里了吗?"

"我发现了。"她紧张地对他说,"我有非常不好的预感。"

黑利医生想了想。

"我觉得你应该让我来处理这件事。"他开口说道,"如果我们俩一起,很可能会失败。"

"我不能回杜克兰城堡。"

"就算是为了你丈夫也不行吗?"

她没有回答。他们现在可以借着月光清楚地看清摩托艇的轮廓,奥恩就站在船尾。奥纳格抓住了他的手臂。

"好吧。"她先回头走了几步,又折返回来,"你要向我保证,不会让他做出任何……可怕的事。"

"好的。"

她转身走去,消失在阴影之中。黑利医生等到摩托艇驶进港口,奥恩往麦克唐纳德医生的家走去后,便跟了上去。他走到大门口时,正好看到奥恩已经走上了阶梯,站在屋子门前。他小心翼翼地跟了上去,走到门边后便俯下了身子。管家已经让奥恩进门,在书房中等待。就算隔了很远的距离,医生也能看到他脸色惨白,情绪很激动。过了一会儿,麦克唐纳德走进了书房。两人没有握手。黑利医生躲在从窗户里的灯光打出的阴影之中,靠近了屋子,并再次俯下了身子。他能听到奥恩洪亮的嗓门。

"目前的处境是这样的:我已经尽我所能让他们认为我就是他们要找的凶手。但是我失败了。巴利认定你和奥纳格合谋杀死了我的姑妈,然后你杀死了邓达斯。"他顿了一下,"他现在的指控很有力,你不要误会我的意思。"

"针对我的指控也许是很有力;然而对你妻子可不一定。"

"亲爱的先生,他的指控只能建立在我的妻子与你有关系的基础上。他认为,"奥恩的声音不由自主地变得粗重起来,"你和我的妻子相爱。我姑妈也是这么认为,她写信和我说过这件事。我的父亲也这么认为。我想克里斯蒂娜也是这么认为的。"

黑利医生听到麦克唐纳德从房间的一头走到了另一头,然后问道:

"那么你呢?"

"我并不这么认为。"

"谢谢你。"

黑利医生站了起来,往窗边走了一步,挪到了一个能看清他们二人的位置。他看到奥恩的姿势没有他想象中的那么友好。

"你不要误会我的来意。"奥恩说道,"没有男人会感激一个让自己的妻子蒙受不忠怀疑的人。我想说的是,虽然所有人都觉得一切已经昭然若揭,我选择不相信。但是就算我相信奥纳格在那些铁证之前是无辜的,我也没有愚蠢到认为那些证据会因此变得无足轻重。巴利已经申请了你和她的逮捕令。他想在明天就逮捕你们。"

奥恩的表情严肃,紧攥着拳头,站在麦克唐纳德的面前。有那么一瞬间,黑利医生甚至觉得他想要攻击他。

"你的妻子是无辜的,格雷杰,"麦克唐纳德大声说道,"我发誓。"

"恐怕你的担保没有任何作用,不管你我如何赌咒,奥纳格都会和你一起因谋杀而受审。你们俩很有可能都会被判有罪。据我所知,巴利已经在我姑妈的窗台下发现了鞋印。他的说法是,只有你有可能犯下这起命案。而在我看来,我也想不出其他的可能性。"

"肯定还有其他的可能性。"

"你能说出一个吗?"

"不能,但是……"

"这些凶案是一个男人干的。他们已经排除了我,剩下的选择就只有我父亲和安古斯。"奥恩顿了顿,重复道,"父亲和安古斯。"

他盯着麦克唐纳德,而医生也没有退缩。

"我有什么理由要杀死你的姑妈?"麦克唐纳德问道。

"我说了,巴利称你的事业很可能会被摧毁。"

"只有你和你的妻子离婚才会摧毁我的事业。"麦克唐纳德往前走了一步,"我觉得你不会干出这种事。"

奥恩没有急着反驳,他想了想说道:

"恐怕在巴利看来,我会怎么做根本无关紧要。我不是因为我觉得某个人有罪而来的。我来是因为警方目前掌握的证据很明确,他们马上就要逮捕你和我的妻子。他们只会让陪审团思考如果我离婚的后果,而不会让他们考虑我到底会不会做出离婚的决定。毕竟就算是设身处地地考虑,也无法断言他人在这种情况下会做出怎样的决定。巴利就认为我肯定会考虑离婚。"

奥恩的表情很难过,他继续说道,

"我试图去想,如果我是这个案子的陪审团,我会怎么想。恐怕我会不得不认为,你们的处境很危险。"

奥恩的语气很肯定。他是有求而来的。他的眼中闪烁着坚定的光。麦克唐纳德似乎有些畏缩。

"你希望我怎么做?"他像是被胁迫般地问道。

奥恩皱了皱眉头。过了一会儿,他的脸舒展开来。

"恐怕,我希望你死。"

第二十八章

"准备好了吗?"

黑利医生往前探了探身子,想要听清楚麦克唐纳德医生的回答。他看到医生挺了挺肩膀。

"好。"

"现在的处境是,只要你和我不在了,他们就不会指控奥纳格。你是无法审一个死人的。只要没有定罪,这个人就是无辜的。只要你无法确认,他们就没有给她定罪的胜算。"

麦克唐纳德点了点头。

"是的。"他的脑袋挑衅般地后仰,"你为什么说'只要你和我不在了'?有没有你会有什么区别?"

"我已经自首了,你还记得吗?"

"只要他们不相信你,这自首根本不算什么。"

奥恩耸了耸肩膀。

"也许的确不算。但是我的死还是能够佐证我的认罪。再加上你的死,奥纳格肯定就不会有事了。"

奥恩从口袋里掏出一个香烟盒,从里面拿出一根香烟,在盒子的侧面敲了敲。

"我的摩托艇就停在港口,"他补充道,"我建议我们出海转转。"

他把香烟放进嘴里,小心地点燃。他的淡然让人不禁有些敬佩;但是麦克唐纳德坚定的神情也丝毫不逊色。黑利医生有点后悔没有带巴利来看看这个被他称为杀人犯的人,在面临死亡时露出的表情。

他赶紧往山下跑去。那艘摩托艇就停在港口。黑利医生上船后发现船头有一个水手舱。他打开舱门,躲了进去,把舱门留了一道小缝。他划亮了一根火柴,发现舱里只有几卷绳子和一个空桶。那两个人应该不会进到这个舱里。

过了几分钟,黑利医生便听到两人上了船。他们俩没有说话,就发动了摩托艇。引擎的声音让他几乎听不到他们说的话。小船颠簸着,几分钟后便快速地驶出了港口。通过那条门缝,黑利医生可以看到阿德莫尔的灯火慢慢远去,四周的景观变成了格威尔角的松树林。奥恩·格雷杰到底想干什么?他偶尔能看到这个年轻人的脸。月光把他的脸照得惨白,然而却丝毫没有减弱他脸上的坚决表情。

麦克唐纳德的脸色则柔和一些。他有时会抬起头,悲伤地看向天空。大约过了半小时后,奥恩停下了船,关了引擎。拍打着船沿的水声和船底的流水声交织在一起,慢慢被突如其来的沉默吞没。

"我们必须让他们搞不清楚,"奥恩先开口说道,"这是自杀还是谋杀;或者说这只是一场意外。法恩湾的水很深,足以永远地掩盖一切秘密。"

"是的。"

"你会游泳吗?"

他仿佛不是在提问,而是在下命令。

"我会游泳,但是很快就会体力不支。"

"我也是。"

黑利医生看到奥恩将一柄用来猎鸭子的猎枪举了起来。月光照在长长的枪管上,反射出明晃晃的光。

"我要炸掉这艘船。"奥恩说道,然后问道,"准备好了吗?"

"还有一件事,格雷杰。我想告诉你,虽然你的妻子心中只有你,但是我的心里有她。"麦克唐纳德顿了顿,然后补充道,"当然了,她从来不知道。"

"谢谢你,老伙计……准备好了吗?"

黑利医生突然打开了水手舱的门。

"把枪放下,格雷杰。"他大声喝道。

第二十九章

痛苦的理解

奥恩·格雷杰顺从地把猎枪放在了脚边。

"你怎么会在我的船上?"他问道。

黑利医生没有说话。他走出水手舱,来到他们俩面前。

"你们真是疯了。现在一切都没有证据。"他对奥恩说道,"奥纳格猜到了你想干什么。她和我一起赶到了阿德莫尔。她现在正在等你的消息。"

"巴利有她的逮捕令。"奥恩语气生硬,没有任何感情。

"那又能说明什么?逮捕令不是裁决。"

"我认为他们肯定会被裁决有罪。"

"我并不这么认为。"

黑利医生自己都惊讶于自己的话语中透露出的让人安

心的力量，另外二人显然也有些惊讶。

"什么！"奥恩大喊道，"就算有花坛中发现的那些鞋印吗？"

"你的父亲第二天早上掩盖了鞋印。"

"所以呢？"

"这简直是急着暴露自己的凶手所为。"

"有疏漏很正常。"

"你会出现这种疏漏吗？"

奥恩想了想。

"也许不会。"

"那么麦克唐纳德就更不会了。"

"为什么？"

"因为他有一条木头腿。装有假肢的人走路会更加小心，也很少会有跳跃的动作。"

奥恩没有回答。他突然弯下腰，把枪放到了船底，然后将手放到了发动引擎的把手上。

"等一下。"麦克唐纳德医生转向黑利医生，

"我愿意跟他来这里是因为巴利督察手上有太多的间接证据，定罪几乎是板上钉钉的事。在我看来，你似乎也无力反驳那些证据。如果我们和你一起回到岸上，我和格雷杰太太明天就会被逮捕，送到爱丁堡，定罪后就会被送上绞刑架。我宁愿今晚淹死在这里。"

他的每一个字都说得非常谨慎，庄严得像是他说出一字便价值千金。

"你明知自己是无辜的却还是要这么说吗？"黑利医生问道。

"那有什么区别？"

"区别大了。"

麦克唐纳德用手把木头腿挪到一个更舒适的位置。

"然而实际上，无法被证明的无辜和有罪无异。我也不想骗自己。如果我是巴利，我也会得出和他一样的结论。毕竟在他看来，还有什么其他人选呢？他可以证明这些凶案不是这位奥恩·格雷杰先生干的；他可以证明我和格雷杰太太是朋友；我们也有理由害怕格雷杰小姐；我们也有机会去她的卧室。要不是我自己心里清楚我没有杀死那个可怜的女人，我发誓我肯定也会认为是我杀了她。"

黑利医生摇了摇头，问道：

"你害怕格雷杰小姐吗？"

"不害怕。"

"那你为什么说'我们也有理由害怕格雷杰小姐'？"

"我的意思是，陪审团肯定会这么想。"

"你和我一样，很清楚无论如何，他们都不会考虑离婚的。这一点是可以得到证实的。"

"怎么证实？"

"只要向这位格雷杰上尉和他的父亲求证即可。"黑利医生转向奥恩,继续问道:

"你有没有威胁过你妻子要离婚?"

"当然没有。但是恐怕我也和麦克唐纳德一样觉得这并不重要。巴利已经认定我们之间存在离婚的威胁;陪审团肯定也会这么认为的。"

"我觉得陪审团不会做出这种猜测。陪审员也会考虑到人性。你的姑妈,或是你的父亲会希望你们离婚吗?离婚在守旧之人看来依然是一种耻辱。我敢保证,苏格兰的陪审团都会理解这一点。再说了,你也可以站在证人席上作证你从来没有想过要离婚。你从来没有和你的妻子提及过离婚的事。你没有威胁过任何人。如果说麦克唐纳德医生为了躲避根本不存在的危险而杀人,那真是太愚蠢了。"

"亲爱的先生,"麦克唐纳德医生说,"检方会辩称一心想犯罪之人会失去正常的判断能力。'心中有鬼的人就算没人追赶也会逃跑。'"

"不。我的意思是,我们可以证明只有巴利坚信你们考虑过离婚。这是他所有推断的基础。我要再强调一遍,陪审团不会认为,你作为一个医生会犯下这两起谋杀案。你不杀人也不会有任何损失,杀人也不会给你谋取到任何好处。而且,杜克兰和格雷杰太太的丈夫还活着,你为什么偏要杀死格雷杰小姐呢?"黑利医生掏出眼镜,戴在眼睛上,"这是巴利的漏洞。格雷杰小姐对于你麦克唐纳德来说,不及她哥哥的威胁大。她和她哥哥二人的威胁又不及已经得知这一切的奥恩。如果说这一切都只是为了阻止离婚,那这只是一场没有充分动机的无意义谋杀。我认为陪审团肯定会认为这段陈述非常有力。"

奥恩点了点头,发动了引擎。

"你说得很对,我们还是有机会的。"

奥恩驾驶着船,往杜克兰城堡开去。城堡的灯光在夜色中隐约可见。再往前行驶一段距离后,他们看到左侧有一艘刚捕上一网的渔船,正在招徕买家。大大小小的商船闪着红红绿绿的光,跟着渔船的痕迹。奥纳格正站在港口,等着他们。她弯下腰,把住了舷。等黑利医生和麦克唐纳德医生都上岸后,她突然跳上了船,扑向她的丈夫,伸手紧紧地抱住了他的脖子。

"我想我得去找巴利一趟。"麦克唐纳德急迫地说道。

巴利督察正和杜克兰在吸烟室相谈。黑利医生等奥恩和奥纳格也走进房间后,和巴利提出了他的异议。

"总结来说,麦克唐纳德已经知道格雷杰小姐给侄子写信了,木已成舟。那时再杀人是完全没有意义的。"

巴利像往常一样仔细听完了黑利医生的反驳。他低下头,默默地思忖着,然后做了一个把一切推到一边的手势。

"他们的会面与我无关。如果我说的话造成如此痛苦的理解,这些后果不能算在我的头上。我的推断并不是像你想的那样,基于动机的;我的推断是基于既定的事实和观察所得的结果。每一环都经过了严格的确认。"他站起身来,走到壁炉前,"这个案子中用到了三种不同的方法。首先就是观察:麦克唐纳德先生显然跳到了格雷杰小姐窗户下的花坛上。而且,别忘了格雷杰小姐窗边的铁钩上显然有用过绳索的痕迹。你可以说麦克唐纳德是从位于格雷杰小姐卧室下方的书房窗户离开城堡的。但这无法解释铁钉上的痕迹。而我认为那些痕迹是用绳索从格雷杰小姐房间逃走时留下的,这样就能完美地解释痕迹和脚印了。任何一个精算师都会告诉你,我的解释成立的可能性非常高。而且,不仅如此。"

他的身子微微前倾,脸上已经没有了往常诙谐的神色。黑利医生觉得他现在就像是一个突然撕下面具的演员。

"其次,我还进行了推理。格雷杰小姐恰好死于她与奥纳格因为和麦克唐纳德医生私下会面的争吵之后。格雷杰小姐此前已经写信把格雷杰太太的行为告知自己的侄子;那么她信中有没有提到这些私下的会面呢?"

这个问题显然是问奥恩的。奥恩脸上微微泛红,摇头否认。

"你看,他没有告诉你最关键,或者至少看上去是最关键的事。这起凶案是在奥恩·格雷杰上尉回家之前发生的。"

"你怎么知道的?"黑利医生问道。

"我知道奥恩·格雷杰先生上岸后就直奔他姑妈的房间,但是没有进去。证据就是,当时门被反锁了。木匠的证词就是最关键的。"

"是的。"

"所以凶案就发生在这位年轻妻子敲门确认到她的丈夫回来前的那几小时之内。谁知道格雷杰小姐带着怎样的秘密死去的呢?"

他说话时一直盯着奥恩。奥恩的脸色变得惨白,但是他还是紧紧握着妻子的手,将她微微往身侧拉了拉。麦克唐纳德弯下腰,正了正木头腿。

"最后的方法就是排除法,这算是三种方法中说服力最小的。如果不是麦克唐纳德,那还能是谁?不是奥恩·格雷杰上尉,不是杜克兰,不是安古斯……"

黑利医生打断了他:"你为什么排除了安古斯?"

"如果正如格雷杰太太所说的那样,她跟麦克唐纳德先生在这里时听到了格雷杰小姐房间的窗户关上的声音,那他们肯定会马上看到凶手从窗户跳到了地上。你看,当时这里的窗户也是这样大开着,你可以看到整片花坛。你觉得如果他们看到了安古斯从格雷杰小姐的房间里跳出来,他们不会告诉我吗?"

"你认为凶手肯定是从窗户离开房间的吗?"

"我们已经清楚他不可能从门口离开。"巴利督察摆了摆手,"不可能同时排除门和窗户。以我的拙见,如果麦克唐纳德医生和格雷杰太太说的是实话,那他们肯定能看到凶手逃走的样子。我认为这是他们在捏造他们的说法时,忽视的一点。他们的说法有两个明显的纰漏:无法解释钉子上的痕迹,以及忽视了凶手应该是通过他们关上的窗户而逃跑的。我认为他们的说法是假的,因此也能够排除安古斯作案的嫌疑。有人关上了窗户;有人从窗户逃跑了。只有一个人能做到这一切。后来,也只有这个人有机会杀死邓达斯督察,因为有足够的证据表明没有人从邓达斯的窗户进出过。"

巴利的声音变得很低沉。他说完后,整个房间似乎笼罩上了一层看不见的寒意。他继续说道:

"如果邓达斯没有被杀,麦克唐纳德医生被抓是迟早的事;而现在,他更是无法逃脱罪责了。"

他们听到有车停在门前的声音。人人都知道接下来会发生什么事了,连杜克兰都恐惧地颤抖起来。他用骨瘦如柴的手抓住了奥恩的胳膊,但是奥恩没有理睬他。奥恩的手臂一直挽着他的妻子,眼里的怒火似乎能喷出来。黑利医生转过头去,看到了不安的麦克唐纳德先生。他的紧张神情让黑利医生都心生不忍,再次转开了目光。大家都听到安古斯拖着沉重的脚步,走到了大门口,然后又原路回到了吸烟室的门口。门开了,一个穿着制服的警察走了进来。

"巴利督察?"他问道。

"是我。"

警察敬了个礼,递上了一个蓝色的信封。

"我是杰克逊警长,这是格雷杰太太和麦克唐纳德医生的逮捕令。"

第三十章

刀　光

奥纳格站起了身。

"我能去一趟楼上的婴儿房吗？"她显然是鼓足了勇气才向巴利提出这个要求。

"当然了。"

她匆匆离开了房间。巴利示意那名警察和他一起跟着她走出了房间。人们能听到他们俩在大厅里谈话。黑利医生走向奥恩，对他说道：

"我相信这已经铸成了大错。我们必须要分辩到底。"

奥恩没有回答他，但是他的眼里充满了不甘和苦涩。杜克兰依然抓着他的胳膊，嘴里喃喃祈祷着。杜克兰的脸色悲怆，但是医生仍然能从他的眼中看到一丝亮光。他只在乎自己儿子的安危。巴利回到了房间里。他穿上了那件黑白相间的防尘外套，看上去花里胡哨的，很是突兀。他走向麦克唐纳德,给了他一大张蓝色的纸。

"很遗憾,"他用一种正式的语气飞速说道,"我要以故意杀害玛丽·格雷杰小姐和邓达斯督察的罪名逮捕你。从现在起,你所说的一切都将被用作呈堂证供。"

他转过身,快步离开了房间。他们可以听到他走出了前门,和车里等待的什么人在说话。汽车的引擎声清晰可闻。他要逮捕奥纳格吗?奥恩跳了起来,要不是黑利医生赶在他前面堵住了门口,他肯定会打开门冲出去。

"为了你的妻子,别冲动,格雷杰。"

"我想去找我的妻子。"

"她现在已经是鼓足了勇气,不要再给她压力了。"

奥恩像是一个盲人般伸出双手在空中挥舞。

"你根本不明白。"

他的眼中依然带着怒火。黑利医生没有让开,耐心地劝他让奥纳格自己待着,等她想回来的时候再回来。

"亲爱的医生,是她让我跟她上去的。别忘了,我们的孩子在楼上呢。"

他边说边打开了门。当他正要离开房间时,突然看到一个穿着警服的年轻女子出现在大门口。她的脸色惨白,大口喘着粗气。

"快来人啊!"她大喊道,"巴利督察被人杀了!"

她抓着门框,身体不自觉地靠在了门上。黑利医生连忙扶起她。

"他在哪里?"

"就在外面的草坪上。"

她的声音有气无力。黑利医生扶她坐在杜克兰身边的一张椅子上。麦克唐纳德已经和奥恩一起出去查看了。他紧接着也走了出去,发现他们正在俯身查看巴利的情况。巴利就躺在河岸边。在车灯的照映下,老远就能看他脸上的血痕,不过血已经凝固了。黑利医生跪在地上,趴在他的胸口仔细听了一会儿。

"怎么样?"

"什么都听不到。没有脉搏了。"

黑利医生打开他的电灯,照亮了督察的脸。他突然发出了一声惊呼。巴利督察的死因和邓达斯如出一辙。

"他死了,麦克唐纳德。"

"是的。"

"由于你一直和我们在书房,所以他的死推翻了他自己的推论。"

告知他们巴利死讯的女狱警缓过神后也走了过来。她已经恢复了镇定,能够说清楚当时她所看到的情况。

"我是和杰克逊警长一起从凯贝尔镇过来的,因为有女犯,所以我需要过来一趟。杰克逊警长让我先留在车上,等需要我时再下车。他没有关闭引擎和侧灯,先下车了。过了几分钟,他回来告诉我,巴利督察让他盯紧去楼上和孩子告别的女犯人。警长进去以后,巴利督察出来了。我见过他穿着那件奇怪外套的一张照片,所以认得他。他走到了这里,然后抬头看向城堡。我觉得他是想要打开那扇窗户(她指向写作室的落地窗),因为他好像把手放在了窗户上。然后他突然间大叫了一声,转过头来。我在月光下看清了他的脸。然后他跌跌撞撞地倒在了地上。我赶紧摸索着打开了车头灯,但是捅他的那个人已经跑了。"

"你为什么说有个'捅他的人'?"黑利医生马上问道。

"因为我在他倒下之前看到了一闪的刀光。"

第三十一章

杀人于无形

黑利医生对奥恩说:

"你能把杰克逊警长叫过来吗?他应该还在看着你的妻子。"

奥恩走进了城堡里。医生随后抓住了麦克唐纳德的手臂。

"怎么回事?"

"谁知道呢?"

两人的语气中都有一丝恐惧。

"他的死法和邓达斯一样。"

"是的。"

狱警说她想回车上一趟,黑利医生便搀扶着她往车子的方向走去。

"你除了刀光以外,什么都没看到吗?"他问道。

"什么都没有。"

"但是天色很黑吧？只有车的侧灯，肯定太昏暗了。"

她点头表示同意："但是我还是能清楚地看到巴利。如果有其他人的话，我肯定也能看到。"

"如果有刀，那肯定有用刀的人。你有听到什么声音吗？"

"车子的引擎一直开着，先生。"

他们走到了车边。黑利医生关掉了车前灯，只留下侧灯亮着。他能够看清麦克唐纳德站在远处的身形，以及巴利督察的尸体。

"你看，"女狱警说，"其实也没有那么暗……"

"窗户边有一大片阴影。"

"是的，我觉得那个人就是从窗户里出来的。"

黑利医生回到麦克唐纳德医生身边，仔细检查起那扇落地窗。窗户没有关上。

"他肯定是从这边过来的吗？"

麦克唐纳德没有回答。他们看到杰克逊警长正朝他们走来。黑利医生迎了上去，将发生的事告诉了他。他用灯照亮了巴利的脸，让警长看清楚他的伤口。

他继续说道："麦克唐纳德医生当时和我一起在吸烟室。你应该也能确认格雷杰夫人当时也不在场。他的致命伤和邓达斯督察的致命伤一样。"他突然发出了一声惊呼，

"看！鲱鱼鳞！"

他弯下腰，指向头皮上的伤口附近，一片闪着银光的鱼鳞。

"天啊！"

"你肯定知道格雷杰小姐和邓达斯督察的尸体上也发现了鲱鱼鳞吧？"

"是的，先生。"

"这三个人是被同一人所杀，警长。"

警长不安地看着他。

"是巴利督察让我上楼看住格雷杰太太。"他用警察特有的严肃语气说道，"她进了婴儿房后，我听到了她和老保姆的哭声。因为我不想再给她们雪上加霜，于是我就没有进去打扰，而是在一楼的楼梯口等待。期间没有任何人通过楼梯上下。"

"风笛手安古斯在哪里？"

"那个开门的老头吗？"

"是的。"

"我觉得他在大厅里。至少在我上楼时，他还在大厅里。"

一行人回到了城堡里，走进写作室，站在巴利督察遇袭的那扇窗边。

"凶手很可能一直等在这里。"黑利医生说，"如果是这样的话，他杀完人后肯定逃回了城堡中。督察遇害时，每个人的具体位置都很清楚——除了风笛手以外。"

"啊！"

"不，我对这个推断也不太敢肯定。"他摸了摸自己的额头，"我想想，前门一直开着，女狱警一直坐在车里。她肯定能一直看到门厅里的情况。你能请她过来一趟吗？"

杰克逊警长闻言走了出去。医生回到门厅里，麦克唐纳德医生正等着他。过了一会儿，女狱警也走了进来。黑利医生便询问她在凶案发生时，有没有看到门厅里有什么人。

"只有那个管家。"

"你看到管家了吗？"

"是的，先生。他当时就站在你现在这个位置。巴利督察倒地时，我赶紧叫他过来，但是他没有听到。然后我就跑进了城堡。"

"你跑进来时，管家在哪里？"

她指了指楼梯口。

"他就站在这里。我没有仔细看。"

"你确定，"医生一字一句地问道，"你在巴利督察倒地后，看到他站在这里吗？"

"很确定。在他倒地之前也是。"

"我问这些问题的原因是想问你,管家有没有可能从城堡里走到落地窗边犯案,然后趁你注意力在巴利督察身上的几分钟内回到了门厅里。"

女狱警摇了摇头。

"不可能。"

"从这里到写作室用不了多久。"

"我相信他在这段时间里不可能去别的地方。"

黑利医生问麦克唐纳德:

"格雷杰呢?"

"他去楼上找他的妻子了。"

"那杜克兰呢?"

"他几分钟前上楼去了,安古斯陪同他一起上去了。"

他们和杰克逊警长一起来到了书房。黑利医生关上了门。

"我想我们可以排除安古斯了。他不可能参与格雷杰小姐或邓达斯督察的谋杀。第三起谋杀比前两起更加扑朔迷离。我承认我到现在对于作案手法还没有任何头绪。"

他详细地对警长复述了一遍巴利的推断,并补充道:

"正如你所见,巴利的死亡也恰恰证实了他的推论是错误的。但这也说明,我们必须要查出凶手当时是如何进出一个被反锁的房间,如何在我们看着楼梯口的情况下进出一个开着窗户的房间,以及如何在众目睽睽之下杀死一个人,却只留下一道刀光的目击情报。我们也要查清楚为什么每次死者的伤口上都会有一片鲱鱼鳞。"

杰克逊警长也没有什么想法。他马上联络总部汇报了情况,然后表示上头可能会再派一名警官来。他走出房间后,黑利医生掏出鼻烟盒深深地吸了几下,似乎终于稳定了自己的情绪。然后他说道:

"三起谋杀案,都没有留下任何证据,任何人都没有嫌疑。亲爱的麦克唐纳德,这必然是在犯罪史上独一无二的奇案。"

"是的。"

"我从来没有遇到过这样的案子。你想想:那个女孩亲眼看到了杀死巴利的凶器;你在邓达斯死后30秒之内就走进了他的房间;格雷杰小姐的房间则用锁和插销与世界隔绝了起来。"他眯起眼睛,"巴利很有把握地说,你们肯定看到了杀害格雷杰小姐的凶手从窗户跳下来?"

"是的,但是我们没有看到他。"

黑利医生摇了摇头:"那个女狱警理应看到杀害巴利的凶手,然而她没有看到。你理应看到杀死邓达斯的凶手,但你也没看到。"他看了看麦克唐纳德,"这个杀人犯能杀人于无形。"

"而且逃离时不会留下任何痕迹。"麦克唐纳德补充道,"他很可能就是从花坛溜走的。但是花坛中却只找到了我的鞋印。"他沉默了一会儿，然后问道：

"现在这种情况下，你有没有考虑过会不会真像那种深海鱼形游泳者传说中的那样？"

"不，这是我们一直忽视的线索。"医生断然说道，"我一直想要深入调查这个线索，但是巴利的推论阻断了我的路。"

麦克唐纳德叹了一口气。他似乎突然间老了好几岁，脸上写满了深深的疲惫。他伸手抚了抚额头。

"想象和亲身体验还是有巨大的区别啊。"他的语气似乎很轻松，"难怪那些作家写起文章来那么轻松。"他晃了晃脑袋，似乎想要甩掉他的疲惫，继续说道，"可怜的巴利，要是他还活着，他该有多么失望啊。"

"是的。"

"我想他其实是个很能干的人。"

"是的。"

麦克唐纳德又叹了一口气："这些警探的遇害真的是一件很奇怪的事。毕竟连邓达斯都死了。他肯定不是因为遭人忌惮而遇害的。"

黑利医生点了点头。

"我也想过这一点。巴利辩称邓达斯说自己失败时，只是虚晃一枪。"

"其实不是的。你也看到了他当时的神色。邓达斯当时已经走投无路。他一遍又一遍地和我说,这个案子很可能会毁掉他在上级眼中的形象。当时上头发来的文件对他可不是很客气。"

"我也是这么认为的。"

"大家都是这么认为的。连这里的仆人们都知道案子毫无进展。我当时就告诉你,那些渔人们断定不可能找到凶手的。他们那些神神道道的迷信搞得邓达斯晕头转向的。他不愿意听他们说的话,但是却对他们无可奈何。在当时那种疑神疑鬼的气氛下,邓达斯的调查完全陷入了困境。我想象不出为什么有人会想要杀死他。"

一时没人说话,整座城堡似乎都陷入了沉默之中。麦克唐纳德站在壁炉前,将胳膊肘搭在壁炉架上。他看上去很不安。

"这种高门大户中发生的事,总是比光天化日之下发生的事更让我感到害怕。说实话,我当时站在摩托艇上时都没有害怕。"

"你现在害怕了吗?"

麦克唐纳德医生往窗户的方向转过头来,又对上了黑利医生的目光。

"是的。"

他边说边笑了。黑利医生点了点头。

"我也是。"

第三十二章

母与子

到了黑利医生这个年纪的人,内心深信,人生苦短。明白这一点的人会开始慢慢丧失想象的能力。所以当黑利医生的脑中冒出无数关于这些凶案的想法时,连他自己都有些惊讶。他对于高地人迷信传统的忽视似乎让他付出了代价。他又捻了一些鼻烟,理了理思绪。

"我暂时不想再去想犯罪的手法了,"他对麦克唐纳德说,"我不该再去考虑这些事了。唯一可以考虑的只剩下动机了。毕竟在谋杀中,动机和手法缺一不可。"

麦克唐纳德点了点头:"格雷杰小姐被杀也许还能理解,但是凶手与邓达斯和巴利肯定没有什么私人交集。"

"没错。何况邓达斯基本没有查出什么,而巴利则坚持无辜的人是凶手。但我认为考虑这些是没用的。我想把关注点放在格雷杰小姐身上。我相信凭借我目前对她的了解，我能够得出一些大致的结论。"他坐在椅子中，身子微微前倾，"不要忘了，格雷杰小姐很久以前也曾死里逃生。她胸口的旧伤是杜克兰的妻子造成的。她非常清楚如何将自己的嫂子逼疯、逼死，而且还让她的哥哥始终站在她这边。杜克兰不是傻子。我们大家都想知道，这些年来，她到底用了什么话术而将他牢牢控制在掌心的。"

麦克唐纳德深表同意："我说了，我认为格雷杰小姐是一个冷血无情、坚持不懈的人。她总有办法用最温和的口吻说出最残忍的话。她告诉你，她已经原谅了你在她的假想中犯下的错，然后请你和她一样宽容。当初她用那种话说奥纳格时，我只想把她撕碎。她明白；她心里清楚；她会一直这么做。"

奥恩走了进来。他的表情带着几分轻松，却不失沉重。

"那个警察走了吗？"他问黑利医生。

"是的，他说他马上要去汇报。"

"我刚刚一直在婴儿房陪着奥纳格。她真的是个非常坚强的女孩。"突然，他向黑利医生伸出手，"我想谢谢你今晚在船上做的事。"

然后奥恩颓然地跌坐在椅子上，用手捂住了脸：

"这些可怕的事什么时候才是个头？这简直比死还难受。"他抬起头来，"我是个懦夫，我知道。但是我从来没有这么害怕过。我刚刚甚至都不敢下楼。我每走一步都在提防会不会有凶手在附近。"

他说"凶手"时,仿佛是在说一个人的名字。但是两位医生都没有觉得这有什么奇怪的。

"我的感受和你一样。"麦克唐纳德坦陈道。他把胳膊摆成了一个看上去不是很舒服的姿势,"这里发生了谋杀案。"

黑利医生戴上了眼镜。

"我们最好赶紧给这一系列悲剧画上句号,"他坚定地说道,"赶紧回归原本的生活、原本的工作。发生了凶案,我们就查清楚,结束这一切。"他猛的转向奥恩,问道,"你告诉我,你对你的姑妈到底抱有怎样的情感?"

他的声音似乎唤醒了奥恩。

"她抚养我长大。"

"我想得到的信息不是这个。你对她抱有怎样的感情?"

房间里突然陷入一阵令人感到有些尴尬的沉默中。

"一般人都不喜欢说这种事。"奥恩最后打破了沉默。

"我希望你能告诉我。"

"我想我对她并没有应有的那种感激。"

"你不喜欢她吗?"

"从某种方面来说,是的。"

"为什么？"

奥恩摇了摇头。

"我不知道。她对我非常非常好。"

"你和她吵过架吗？"

"吵过。经常吵架。"

"因为你的母亲吗？"

奥恩愣了愣。

"是的。"

"尽管你一点都不了解你的母亲？"

"我对我的母亲没有记忆。"

"所以惹你不高兴的是你姑妈对你母亲的描述吗？"

奥恩又想了想。

"我想是的。"

"孩子们总是很传统。其他男孩都有自己喜爱的妈妈；你当然也希望自己的妈妈也和他们的妈妈一样温柔可亲。但是这座城堡里的人似乎并不这么认为。"

黑利医生诚恳的语气似乎想让奥恩放下他的怨恨，他继续说道，

"孩子总能看清事物的本质。你肯定和你姑妈直言她恨你的母亲吧？"

"是的。"

"她否认了吗？"

"是的。"

"你问过你父亲关于你母亲的事吗?"

"没有。以前的我很害怕我父亲。"奥恩掏出烟斗,想填些烟草,"事实上,我其实是一个很内向的孩子。我一个人在婴儿房时是我最快乐的时光。我总是假装我妈妈会来和我一起玩,我们都害怕玛丽姑妈和我父亲。我不知道这种想法是怎么来的,但是我总是觉得我和我的妈妈就像《林中宝贝》①。"

"你的姑妈就是压迫者吗?"

他点了点头:"以前的我脑子里充满了各种童话故事。我妈妈一会儿是小红帽,一会儿又是灰姑娘。"

"你的姑妈就是狼和丑陋的姐姐吗?"

"也许吧,当时的记忆已经很模糊了。"

"你妈妈是爱尔兰人吗?"

"是的。"

黑利医生的眼镜掉了下来。

"你有你妈妈的画像吗?"他问道。

"只有一张小照片。"奥恩的脸有点发红。

医生伸出了手。

"能让我看看吗?"

奥恩没有说话。他呆呆地坐在椅子上,似乎不情愿被

---

① Babes in the wood,童话故事,讲述两个被遗弃的婴儿的故事。

人知道自己一直随身携带着母亲的照片。但是这种情绪很快就被迷惑代替了。他从口袋里掏出了一个小小的皮夹，递给了医生。

"这张照片是我妈妈给克里斯蒂娜的。"他的语速很快。将他唯一最宝贵的东西转交给他人显然让他非常受伤。

皮夹中有两张照片。一张已经褪色了，上面写着给"亲爱的克里斯蒂娜"，还有一张略新一些的，是奥纳格的照片。奥纳格和奥恩的母亲的确长得非常相像。黑利医生没有说话，将皮夹还给了奥恩，然后温和地问道：

"你没有什么钱吗？"

"是的。"

"所以你才将你的妻子与儿子留在这座城堡里吗？"

这个问题似乎让奥恩很不安。

"我觉得不仅因为钱的问题。"他有些犹豫。

"那我能问问还有什么别的原因吗？"

"我当时不知道奥纳格在这里会过得这么不开心。我只是觉得我希望她能住在这个我从小居住的地方。"

"我明白了。"黑利医生点了点头，"就像你会希望你的妈妈能在这座城堡里一样吗？"

"也许这是原因之一吧，但当时的我并没有想到这一点。我希望能让克里斯蒂娜当哈米什的保姆，我知道即使我姑妈同意她走,她也不会离开我姑妈的。"

"你赌博是为了搞到更多的钱吗?"

这个问题很突然,但是奥恩很镇定。

"是的。"

"为了有足够的钱让你们拥有自己的家吗?"

"是的。"

"你的姑妈早就知道你想要有一个自己的家了吗?"

"她可能知道。"

"什么意思?"

"我和她说过,我认为娶妻就应该给妻子一个属于自己的家。"奥恩又犹豫了一下。"我当初应该就很清楚她不会同意这个想法,因为我也没有细说。"

"你怕她吗?"

"我觉得所有人都有些怕她。我的姑妈总有办法让不认可她的人感到内疚。我说不出来她是怎么做到的,但我总是发现她能做到。我觉得她的秘诀就是她坚信自己的想法和感觉是绝对正确的。她是个虔诚到有些迷信的女人。也许身为一个高地人,就应该懂得其中的意义。"

医生又点了点头。

"虽然我不是高地人,但我也猜到了。"

"她给我零花钱很大方。若不是她给我的那些零花钱,我也没法娶奥纳格过门。"

"她是给你钱吗？"

"不，她会以各种方式给我钱。她会置办奥纳格和哈米什的衣物。她出钱供他们吃用，因为我的父亲很穷。她还会时不时给他们一些小礼物。"

奥恩突然不说话了。黑利医生默默地看着他。过了几分钟后，他问道：

"希望你坦白告诉我，你是否觉得你妻子对这些礼物的反应有些不知感恩？"

"我有时候的确觉得他们似乎有些不知感恩。"

"你和你妻子说过吗？"

"我向她解释过我姑妈的教育理念和她的教育理念完全不同。奥纳格家的人都过着无忧无虑的生活。他们没什么钱，但是他们以打猎为生，经常去野外。奥纳格在结婚之前，从来不懂拘束是什么感觉。她也从来不懂没钱的感觉，因为她拥有自己想要的一切。她来这里简直就像是进了监狱。我试图让她明白我的姑妈无法理解这些事，不该用要求年轻女孩的标准来要求我的姑妈。"

他用手捂住了额头，看上去既疲惫又憔悴。

"你的妻子没有表示理解吗？"

"是的。她说无论去哪儿，她只想有一个自己的房间。我决定不管要花多少代价，我都要带她离开这里。"

"你是说，就算你姑妈拒绝帮助你吗？"

第三十二章 母与子

"是的。不幸的是,我想快速来钱的办法失败了。我只能寻找退路,去找玛丽姑妈。"

黑利医生皱起了眉头。

"这显然是一件很愚蠢的事吧?"

"是的,但我当时走投无路了。"奥恩看了一眼麦克唐纳德,似乎在努力鼓起勇气,说出真相,"事实上,我觉得我要失去奥纳格了。玛丽姑妈暗示我已经失去她了。她写信告诉我奥纳格离家出走时,我几乎要疯了。要是当时我能请出假,我绝对马上赶回这里。然后我想过一死了之,给她自由。慢慢地,我冷静了下来。我告诉自己,这都是因为我没有给奥纳格一个她自己的家而受到的惩罚。我决定还是来碰碰运气,因为我总是觉得会有奇迹能拯救我。我觉得奥纳格不可能被人夺走的。我夜夜无法入眠,几乎无法思考。我脑子里的诸多想法就像倒在鼓面上的豆子一样嘈杂。我不停地下注,连我的朋友们都惊呆了。然后我输了……"

他突然顿住了,嘴角扯起一抹苦笑。

"输了。我在这世上连一粒豆子都没有了。我回到了我的营房,拿出了我的手枪。只有一死才能了结我的一切了。要不是我最好的朋友找到了我,我可能已经自杀了。他和我彻夜长谈,认真地聆听我说的话。我说啊说,一直说到了第二天早上。我和他说了一切。我和他说了我的母亲、我的姑妈、我的奥纳格,还有你,麦克唐纳德。最后,他向我赌咒发誓奥纳格肯定还是爱我的。'回去找她吧,'他恳求我,'想办法还上你欠的钱,一切都会好的。'"

"我冷静了下来,并意识到自己原来的行为是多么的愚蠢和懦弱。于是我请假,并得到了批准。"

"你是想找你姑妈借钱吗?"

"是的,我的朋友为我编造了一套说辞——股票失败。玛丽姑妈并不会反对我在股票市场中赌博。"

"因为那是正经商业吗?"

"那是正经商业。"

黑利医生摇了摇头,人类的偏见和误解总是能让他感到惊讶。

"你给你的妻子写信了吗?"黑利医生问道。

"是的。我请求她和我的姑妈保持融洽的关系。我现在知道她正是因为那封信才去了玛丽姑妈的房间。我到这里以后就直奔姑妈的卧室。驶过海湾的这段漫长的路途又唤醒了我的疯狂。我筋疲力尽,只想着我必须马上得到答复。她的门上着锁。她的沉默让我坚信她是不想再和我有任何关系了。当然了,我从来没有想过要谋杀她。我冲进了奥纳格的卧室。"

他又顿住了,悲伤地摇了摇头。

"我不想给自己找任何借口,但我还是应该告诉你真相。我因为焦虑和担忧,以及严重的睡眠不足,已经陷入了半疯狂的状态。我指控奥纳格毁了我——也许原话不是这样的,但是她很清楚我的意思。我说我要退出军队,去国外。我说我没有希望了,因为连玛丽姑妈都放弃我了。'只有她的钱'我大喊着,'能够拯救我。现在没了,我必须要离开了!'我在奥纳格的眼中看到了深深的恐惧。她跳了起来,想抱住我。她告诉我,麦克唐纳德先生愿意把钱借给我……"

他深吸了一口气。

"那句话就像是掀开了我的伤疤。'你知道吗,'我冷冷地和她说,'我宁愿去骗我的姑妈,抢我姑妈的钱,甚至杀了我的姑妈,都不会碰那头猪施舍的钱。'突然间,一切在我眼里都扭曲了。我扑向奥纳格,掐住了她的脖子,大声地逼问她:'告诉我,你和那个男人到底是怎么回事?'我知道,那一刻,我真的想掐死她。"

他用手捂住了脸。壁炉中的火焰依然明快地跳跃着,连发出的噼啪声都格外清晰。黑利医生看了看麦克唐纳德,他的表情很僵硬,像是戴上了一个面具。

"然后呢?"他继续问道。

"奥纳格发誓他们二人之间什么都没有发生过。她发誓她对我的爱从没动摇过。而我当时觉得,她只是为了保命才这么说的。我不相信她。但是我的冲动也慢慢平息了。我开始颤抖。我紧绷的神经突然放松了下来,我崩溃了。她告诉我,她并不在乎我们是贫穷还是富裕。她告诉我,她可以出去工作,也做好了工作的准备。我们俩能赚钱养活哈米什。听着她说的话,不知道为什么,我的烦恼似乎真的减轻了。我开始相信她说的话了。"

他的声音慢慢小了下去。黑利医生等了一会儿,开口说道:

"你亲口说你宁愿去抢,去杀死你的姑妈,也不愿意借麦克唐纳德的钱,所以你妻子才担心是你杀死了格雷杰小姐吗?"

"我想是的。还因为我打了她。我当时肯定像个疯子。"

"她做好为你去死的打算了吗?"

黑利医生的声音不大,但是却饱含着钦佩之情。奥恩突然抬起了头,大声说道:

"上帝啊,我根本就配不上奥纳格,我永远都配不上她!"

夜深了,奥恩送麦克唐纳德回家了。他们俩离开后,黑利医生走到了巴利被杀的地方。当他走出城堡大门时,那种压在他身上的恐惧似乎突然消失了。他驻足了一会儿,听着在暗夜中低低的风声,远处传来的流水声,以及偶尔传来浪花拍打海岸的响声。他走到巴利倒下的地方,打开医用灯,却没发现什么值得注意的东西。已经是退潮时分,但是水位依然很高。河口就像是一个小小的港口般。他沿着陡峭的斜坡走了下去,在岸边站定。他静静地站了几分钟,又回到了上面的河岸。巴利死前显然还在想着邓达斯的凶案。邓达斯的卧室就在他当时所站之处的正上方。不知道这个可怜人发现了什么疑点或问题,才让他惹上了杀身之祸。如果巴利真的认为是麦克唐纳德杀死了邓达斯,那他为什么还要专门跑到邓达斯的窗户下呢?

黑利医生走进城堡里,上楼回到了自己的卧室。他越想越觉得巴利死前的举动颇为奇怪。唯一可能的解释就是,这个督察也有些怀疑麦克唐纳德是否真的如他自己所推论的那样杀死了邓达斯。但如果他真的动摇了,那为什么还要逮捕麦克唐纳德呢?巴利是一个直爽的人,只要他自己还心存一丝疑惑,就肯定不会急着进行逮捕。然而他也是一个非常务实的人,如果没有足够的理由,他是绝对不会偏离他自己的方法轨迹。必然是在他逮捕麦克唐纳德后,突然想到了一些问题,让他一定要去查看邓达斯窗户下的地面。黑利医生皱起了眉头,他在那时候会突然想到什么呢?他压抑住自己的恐惧,走到了邓达斯卧室外的走廊上。巴利的尸体正放在那张床上,盖着床单。他拉下床单,开始翻找巴利的口袋。口袋里面只有一本日记,记录了案子侦查的进展。最后几页整理记录了所有对麦克唐纳德和格雷杰夫人不利的证据。黑利医生看完后将日记放回原处，走下了楼梯。奥恩刚刚回来，正在吸烟室给自己倒了一杯威士忌苏打。他看到是黑利医生时，似乎松了一口气。

"我听到你下楼的声音了。"他的声音出卖了他，黑利医生下楼的声音显然让他很紧张，"我刚刚在外面时还不觉得，但是这座城堡感觉已经不一样了。"

他询问黑利医生是否也要来一杯酒，并帮他倒了一杯。

"人人都觉得威士忌有各种好处，但有时候，这是全世界最能让你清醒的酒。"

奥恩点燃了他的烟斗，端着他的酒杯，坐在了一张扶手椅上。他将酒杯放在了脚边的地上。黑利医生和他讲述了自己对于巴利督察人生最后时刻的举动的困惑。

"你觉得他为什么突然对邓达斯之死产生了新的兴趣呢？"

"我不知道。"

"你也看到他逮捕了麦克唐纳德。你觉得他当时看上去像是有点怀疑自己做得是否正确吗？"

"在他那一番长篇大论之后吗？原谅我，医生，他当时虽然错漏百出，但却振振有词。"

"没错，但是他接下来的举动显然是想出去证实些什么。现在想来实在是太矛盾了。"

"他也许有其他要出去的理由……"

"是啊,但是什么理由呢?巴利是一个深谙如何节省精力之道的人。我相信肯定是有什么重要的事,他才会跑到那陡峭的河岸边。"

奥恩摇了摇头。他似乎觉得这是最不值得费心的一个问题。

"巴利的死,我也很遗憾。"奥恩说道,"但是在我看来,他的死影响最大的就是奥纳格。我听到他最后的总结时,我以为……"他突然说不下去了,举起杯子一饮而尽。"他们肯定会被定罪了。"他快速说完了剩下的话。

黑利医生想了想,身子微微前倾。

"所以,让巴利走到邓达斯窗户下的重要理由,反而是拯救他们的关键?"

"恰巧是这样的。"

"亲爱的先生,现在就是这么恰巧。这起案子中的起因和结果怎么会没有关系呢?"

奥恩皱了皱眉头:"你不会是在暗示是麦克唐纳德或奥纳格给了巴利去那里的理由吧?"

"当然不是。但某个担心他们的人,也许给了他这个理由。"

"会是谁呢?我父亲当时和我一样都在这个房间里。"

"也许就是凶手。"

"凶手？"

"巴利离开房间时，安古斯在大厅里。"

奥恩深吸了一口气。

"什么？亲爱的医生，恕我冒昧，这个想法真是再愚蠢不过了。如果你了解安古斯，你就会知道这个想法有多么愚蠢。"

"也许吧。"

"如果安古斯杀了巴利，那他也杀了邓达斯和我的姑妈。你能想象他从我姑妈的窗沿或者邓达斯的窗沿上跳下来吗？他怎么进我姑妈的卧室？他怎么进邓达斯的卧室？他一直都在走廊里，又是怎么杀死巴利的？"

他连珠炮般抛出了这些尖锐的问题。黑利医生摇了摇头。

"不，我没有想过这些事。但是想要搞清楚这一连串的案子就必须要问出各种可能和不可能的问题。"他伸手抵住了额头，"目前每个案子的荒谬程度让我们无法以'荒谬'为名而排除任何可能性。"他取了一小撮鼻烟，"所以我回到了安古斯身上。只有他可能在巴利离开这个房间后和他说话。他也是在当时的情况下，唯一一个有动机让巴利突然改变主意，去邓达斯窗户下的地面看看的……"

黑利医生突然停下了。他们听到门口传来了脚步声。

第三十三章

游泳者

门口突然传来了一阵敲门声。奥恩起身开门。黑利医生看到安古斯端着一根蜡烛站在门口,蜡烛的火焰随着他颤抖的手而抖动。他的脸上似乎隐隐发绿。在他身后的阴影中还躲着两个穿戴整齐的女人。

"原谅我们,先生,"安古斯的声音都在颤抖,"但是我们在城堡里睡不着。"

他边说边走进了房间,身后的两个女人也紧跟着他。她们的脸上布满了泪水,较年轻的那一位还在低低地啜泣。

"为什么呢?"

"因为,先生,我们无法入睡。"

"怎么可能呢,安古斯。"

老人突然回头,似乎在提防背后的冷箭。他开口说道:

"就在河里,先生。"他似乎有些神志不清。

"什么?"

"就在河里,先生。"

"就在河里?什么就在河里?"

风笛手又猛地回头张望。他想说些什么,但却没有发出声音。

奥恩挺了挺胸膛。

"振作一点,不要胡言乱语。"他用命令的口吻说道。

恐惧似乎让老人突然有了勇气,他对主人说:

"我亲耳听到的,先生。今晚巴利先生被杀之前,河里有水花声。玛丽也听到了,她在邓达斯先生死的时候也听到了……"

"胡说八道。"

"这不是胡说八道,先生。今晚,巴利先生被杀后,玛丽还看到那东西从河里游到了海湾。她就去找芙洛拉,芙洛拉也看到了。那东西有一个黑色的头,就像一个海豹。它游得很慢……"

安古斯开始发抖,连手里的蜡烛都从烛台上滚落,掉到了地上。奥恩接过了烛台,扶着他坐下。他给安古斯倒了一杯威士忌。然后看向那两个女人。她们似乎因为他的镇定而稍稍安下了心。

"他在说什么,玛丽?"

"他说的话是真的,先生。"年长一些的那位说,"我也亲眼看到它在河里游动。我还听到了它从水里出来和回到水里发出的水花声……我就去叫芙洛拉,我叫她'快来看啊!'她就从床上跳下来扑到窗口,看到它游走了。"

"什么游走了?"奥恩不耐烦地问道。

"那个东西身上全是鱼鳞……"

"我的上帝啊,你疯了吗?"

"我看到了,先生,芙洛拉也看到了。那是黑色的,像一头海豹。等它游到月光下时,我们才看到它脑袋上全是鳞片,就像鱼一样。"她的声音突然变小了,"先生,那些鱼鳞……"

她因为太过于恐惧而说不出话。奥恩看向她的妹妹。

"怎么回事?"

"是真的,先生。我看到的和安古斯与玛丽告诉我的一样。它的脑袋闪着光,就像鱼一样……"

"你想告诉我,是一条鱼爬到了我姑妈的卧室里吗?"奥恩的语气里充满了讽刺。

"不,先生。"

"你说的就是这个意思。"

"不,先生。"

"那你想说的是什么?"

那女孩似乎鼓足了勇气:"邪恶的东西,"她的声音在颤抖,"能变成任何样子。"

"那你看到的是魔鬼咯?"

女孩没有回答。奥恩又看向安古斯,严肃地问道:

"你说你不能再留在这座城堡里了,这话是什么意思?"

"这座城堡有古怪,先生。"

受到恐惧和威士忌的冲击,这个老人站了起来。他的眼睛中少有地闪烁着光芒。

"上帝与我同在,"他非常庄严,"就在你的母亲投河的地方。"

他突然不说话了,露出了惊恐的神色。黑利医生看了看奥恩。他的脸上红一阵白一阵的。

"安古斯,你说什么?"

安古斯没有回答。两个女孩都有些畏缩地后退了几步。

"你说什么,安古斯?"

奥恩的脸色惨白,神情紧绷。黑利医生不由得走到了他的身边。

"我不该来惊扰……"

奥恩猛地伸出手,打断了安古斯的话。他又向父亲的风笛手逼近了一步。

"你说我母亲是投河而死的?"他大声喝道,"这是真的吗？"

安古斯已经从对自己失言的惊恐中慢慢恢复，喝入口中的威士忌和让他冲进书房的初衷交织在一起，让他面对主人的诘问也不肯退缩。

"这是真的，奥恩少爷。"他摊开双手，"我就是用这双手把她抬回了城堡里。"

"你是说我的母亲是投河自尽的？"

风笛手向他鞠了一躬。

"是吗？"

"是的，奥恩少爷。"

奥恩的双眼发亮，但是脸上的表情依然没有变化。

"你觉得这个……溅起水花杀人的东西……是来为她复仇的吗？"

安古斯慢慢有些平静了下来。他悲伤地看着自己的主人，显然已经开始为自己为他带来的痛苦而后悔了。奥恩看向医生。

"你知道这些事吗？"他问道。

"我知道。"

"你也知道。人人都知道，除了我。"他冲着那几位仆人大喊道，"你们想干什么就干什么，我无意强留你们在这座城堡里。我不想强留你们在城堡里！"他挥了挥手，示意他们可以出去了，"你们何必待在这里为其他人犯下的罪而受苦。"

他跌坐在椅子中。

黑利医生走到了他的身边：

"我能带他们去别的房间，问他们几个问题吗？"

"不行。你就在这里问他们。这次，让我和其他人一样，都听个明白。"

奥恩的话里充满了苦涩和讽刺。他的手紧紧抓着扶手，骨节发白。他的嘴唇颤抖，甚至会露出牙齿。黑利医生示意仆人们坐下，自己也找了一张椅子。他先问玛丽：

"你说你在邓达斯督察被杀那晚听到了一声水花声？"

"是的，先生。我当时没有细想那是什么声音。那天晚上河里正好有几条渔船，先生。"

医生点了点头。

"我知道，你的弟弟就在其中一条船上吧？"

"是的，先生。"

"你的弟弟那晚也来这里说了他看到的情况。他没有提到他听到了什么水花声。"

"是的，先生。我直到今晚才想起了那水花声。"她紧张地摸索着外衣上的扣子，"捕鱼的时候也经常能听到水花声。如果我的弟弟听到了水花声，他肯定只会认为是别的船上的人扔了点什么东西。"

"我明白了。"

"那水花声并不大。"

"你听到水花声时在哪里?"

"我正要上床睡觉,就像今晚我第一次听到水花声时一样。芙洛拉当时已经睡了。"

黑利医生身子前倾,追问道:

"你今晚听到了两次水花声?"

"是的,先生。"

"水花声音响吗?"

"不是很响,先生。"

黑利医生调整了一下镜片。

"你之前并没有在意这件事,今晚为什么突然如此害怕?"

"因为今晚根本没有渔船。我当时只是奇怪明明没有人在,但我却听到了水花声。"

她边说边不安地回头张望。

"你在两次水花声之间有听到什么声音吗?"

"没有,先生。"

他又往前探了探身:

"告诉我你在第二次水花声后看到了什么。"

"我说了,先生。我看到有东西从河口游出去。它的脑袋像海豹,看上去黑乎乎的。等到它游到月光照耀的地方时,我发现它身上像鱼一样闪着光芒。"

她重复着她说的话，声音微微颤抖。

"你就是在那时叫醒你妹妹的吗？"

"是的，先生。她问我：'怎么了？'我和她说：'我不知道那是什么，芙洛拉，但是我听到河里有水花溅起的声音，也许我在邓达斯先生被杀时听到的也是这个声音。'我们说话的时候，就听到窗户下传来声音，有人在大喊'他死了'。芙洛拉吓得抓住我的胳膊哭。我们去了楼下的厨房，看见安古斯面色惨白地坐在椅子上。我告诉了他我们听到的声音，他说：'巴利先生被杀的时候，我站在大厅里也听到了水花声。'"

女孩说完后摇了摇头，又神经质地看了看身后。她补充道：

"安古斯边哭边说……"

"先不管那些。"黑利医生严肃地问道，"你看着那个东西游了多久？"

"直到我们听到大家的说话声。"

"那你没有看到它游到哪里去了吗？"

"是的，先生，我们没有看到。"

医生看向安古斯，不容置疑地问道：

"你听到第一次水花声时，正站在大厅里吗？"

"是的，先生。我在大厅里等候杜克兰的差遣。"

"当时巴利督察在哪里？"

"他当时刚离开城堡,站在前门,就在那辆车边。"

"你觉得他也听到了吗?"

"是的,先生。我想他也听到了,因为他往河岸边走了。"

"你看到了吗?"

"是的,先生。"

"然后在听到第二次水花声之前,你还有没有听到什么?"

安古斯的脸上又浮现出了恐惧的神情。他俯下身子,小声说道:

"我听到了一个声音,先生。我知道那是死亡的低语。"

第三十四章

"古怪"

老人的额头上布满了亮晶晶的汗水。他用手擦了擦。奥恩站起来,又给他倒了些威士忌。

"你当时就站在那间小写作室的门边,对吗?"黑利医生继续问道。

"是的。"

"写作室的窗户是开着的吗?"

"是的。"

"那你肯定能听到巴利督察和凶手之间发生的事了?"

"我除了那些声音以外,没有听到任何其他的声音。"

"什么叫死亡的低语?"

"就是死亡,先生,我以前听到过。"

"在第二次水花声之前吗?"

"是的,先生。我听到后就知道……"

"我不想听你知道了什么,我只想听你告诉我你听到的声音和你做的事。你做了什么?"

"一个警察打扮的年轻女人冲进了城堡里。"

"我知道。回答我的问题,你做了什么?"

风笛手摇了摇头。

"我回到了厨房里。"

"因为你觉得害怕吗?"

"因为我知道那天……"

医生又打断了他。他站起身来,表示自己没有什么别的问题要问了。他看了看自己的手表,说道:

"你们还是回厨房去吧。你们可以点着两三根蜡烛入睡。"

等仆人们离开房间后,黑利医生对奥恩说:

"至少我们现在知道,巴利为什么会走到他最后被杀害的地方。"他的语速很快,"下一步显然就是查清楚这个游泳者的真相。"

"我想是的。"

奥恩站了起来,走向壁炉。他的一只胳膊搭在壁炉架上,看上去有些垂头丧气。

"我现在明白你为什么要问我关于我童年的问题了。"他的声音低低的,"我现在全明白了。"

"你的父亲受到了你姑妈很大的影响。"黑利医生觉得自己有责任为杜克兰说些什么。

"是的。"

"根据我得知的事情来看,你母亲当时的处境就像你妻子和麦克唐纳德一样。这个地方的气氛压垮了你母亲的神经。"

"你是说伤透了她的心吗?"奥恩突然问道。

"不,我不是那个意思。我相信你父亲的确以他独有的奇怪方式而爱着你的母亲。但是他成了你姑妈的傀儡。他无法控制自己,只能让他自己被他妹妹的所见所感而侵蚀……"

奥恩沉默了一会儿,向黑利医生的方向走了一步。他的脸突然涨红了:

"邓达斯告诉我,我的姑妈胸口上有一道旧伤。肯定是很久以前被人袭击的……"

他说不下去了,用手捂住了自己的脸。但是过了一会,他便控制好了自己的情绪。

"你知道那道伤口是我妈妈造成的吗?"他淡淡地问道。

黑利医生伸手摸了摸额头,轻轻地说:"亲爱的朋友,你的妈妈当时已经濒临崩溃。"

"他们逼疯了她!"

"也许并不是故意的。"

奥恩的双手紧紧地按在自己的额头上,大喊道:

"太可怕了!太可怕了!再想想他们竟然教导我称呼她为'母亲'……要我叫她'母亲'!"

奥恩突然一阵战栗。

"所以我父亲才会认为是奥纳格杀了她,因为奥纳格就像我的母亲!"

他突然惊叫了一声,抓住了黑利医生的手臂。

"他,我父亲,是不是也像暗示我母亲那样暗示奥纳格?说她应该去投河?"

"别忘了,他认定她是有罪的。"

"我早该猜到的。"

"我亲爱的朋友,当时证据的确非常不利。"

黑利医生的反应很平淡,但是对奥恩来说,却像是一声宣判。他垂下眼,摇了摇头。

"安古斯说得对,"他说,"这座城堡的确很古怪。"

第三十五章

死亡的战栗

两人沉默了一分钟，突然似乎都听到了什么声音。大开的窗户外突然传来一阵拖曳的脚步声。黑利医生快步走向窗边，正好看到一个穿着深色晨衣的身影从黑暗中出现。来人是杜克兰。

"奥恩和你一起吗？"老人问道。

"是的。"

"我想和他谈谈，我从写作室进来。"

他拖起垂到地上的晨衣，又消失在夜色中。然后，他们听到他穿过走廊的声音。他出现在门口时，深色的晨衣和他惨白的脸颊呈现出鲜明的对比。他的神态很疲惫，长长的眼睑耷拉着，似乎已经无法再面对这个不再属于他的世界。奥恩看到自己的父亲后便站了起来。

"坐下，奥恩。"

第三十五章　死亡的战栗

杜克兰伸出干枯的手，做了一个与其说是命令、倒不如说是恳求的手势。他自己也坐了下来，脑袋后仰，露出像秃鹰般细细的喉咙。

"我没有睡意了，"他说，"今晚我无法入睡。"

他的语气平和，却无法掩饰他激动的情绪。黑利医生看了一眼奥恩，发现他的脸上有着和他父亲一样的痛苦神情。

杜克兰问黑利医生："你不知道这个叫巴利的人，是怎么死的吧？"

"我不知道。"

"那几起凶案都无法解释，是吗？"

"我们目前还找不到合理的解释。"

他合上了眼。

"你找不到什么解释的。你若是继续追查下去，只会加深痛苦。"

杜克兰的手指在扶手上轻轻地敲打着，嘴角微微抽搐：

"上帝是公允的。"他的语气中充满了敬畏。他看向自己的儿子，"我觉得我的大限之日也快到了，有一些事必须要告诉你。"

他边说边抬起手。奥恩淡淡地说：

"我已经知道了。"

"这不可能。"

"你要说我的母亲当初为什么会死,怎么死的。"

三人陷入沉默中。河流奔涌着拍打河岸的声音像是一个母亲唱着歌在哄孩子睡觉,悠悠地传到了他们的耳中。

"你母亲,"杜克兰最终开口了,"死于白喉。"

"你知道我母亲是投河而死的吧?"

老人的表情没有退缩。

"这是另一种的真相。"

"什么意思?"

"当时白喉流行,很多孩子都得病死了。克里斯蒂娜的儿子就不幸患病去世了。你的母亲当初坚持要照顾他,自己也染上了这种病。有时候,白喉会影响病人的大脑……"杜克兰深深地叹了一口气,"后来发生的事也都是因为她已经神志不清了。"

他停下话头,似乎有些呼吸困难。奥恩依然紧张地盯着他,等他继续说下去。

"但我要说的不仅仅是这样。已经到了这种时候,我不会再向你隐瞒在我心头萦绕了这么多年的罪恶感。疾病不是造成你母亲死亡的唯一原因。引发她死亡的还有其他原因,导致了她长达好几个月的痛苦,也最终造成了那场悲剧。我是想坦白,那些原因主要是我的懦弱而造成的。"

"不要再说了,父亲。"

杜克兰抬起手。

"我请求你听我说完。"他扯了扯睡袍,敞开了领口,"我从小就发现我是一个懦弱的人。我根本无法改正这个缺点。在需要鼓起勇气时,我总是会退缩;在需要拿定主意时,我总是会害怕。不幸的是,我的妹妹——你的玛丽姑妈,则具备了所有我所欠缺的品质。所以,她几乎从小就让我对她言听计从,而我根本无法抗拒。她现在已经死了,但是她对我的控制却依然根植在我的心中,让我觉得没有她已经无力活下去了。你的母亲是一个很坚强的女人,但是和玛丽比起来,她还不够坚强。我们的婚姻从一开始就注定要毁灭。"

他顿了顿,手指继续敲打着扶手。

"你的姑妈十八岁时,和一个英格兰人订婚了。当时的我突然觉得自己孤立无援,于是就去都柏林和我的一个老朋友住了几日。在那里,我遇见了你的母亲。"

老人深深叹了一口气。

"她是个很可爱的女孩,就像奥纳格一样。他们家在西部的海边有一小块地。那是一个与世隔绝的地方,四周延绵的沼泽地像是晴空下的沙漠般杳无人迹。她从小就和她的马儿和狗一起无忧无虑地长大,过着没有束缚的生活。她的眼里倒映着海洋,心里则藏着对海洋的爱。我看着她时,觉得她拥有我追寻一生的东西:她没有精神的枷锁。如果我能俘获像她这么自由自在的完美女人，她肯定能教会我勇气和坚强，让我摆脱我的恐惧。我试图向她倾诉我的感受。我在她的眼里看到了怜悯。在她的土地上，拥有自己的灵魂和追寻自己的梦想似乎是非常轻而易举的事。我们彼此深爱……"

杜克兰停了下来。黑利医生和奥恩看到他浑身突然一阵战栗。

"她管我叫'她的苏格兰闷葫芦'，并向我承诺：她会让我变成一个自由的爱尔兰人。我在她家住了好几周，忘却了一切，心里只有我对她的爱。这个地方和这里的一切都变得非常遥远，就像是夜晚的阴沉的梦乡中才会出现的地方。当时的我以为，我们不需要一直待在杜克兰城堡。我可以放下这里，我们可以一起住在爱尔兰。"

杜克兰的声音仿佛有一种节奏感。他弯着腰，在椅子中轻轻晃动时，黑利医生觉得他就像是一个在讲述地球伊始神话的吟游诗人。他的眼里泛起了泪水，滚落时爬过一道道的皱纹，在他的脸颊上留下痕迹。

"那是对家族的背叛，因为我父亲发过誓，不会让异乡人进杜克兰家族的门。但是就算是我父亲的权威，也无法阻止渴望自由的我。我倒在了你母亲的石榴裙下，根本不在乎是否要住在这里。你的外祖父母、舅舅姨母都是一样的人。他们热爱生命，热爱当下，热爱孕育他们的自然,也爱着彼此。他们勇敢又不失慷慨,永远热情地接待我。他们从来就没有质疑过我,他们相信我说的关于自己的一切。那时的我,不再感到孤独。我开始为我妹妹的订婚而感到庆幸。那时的我可以说是完全被你母亲影响了。"

"几个月后,我们结婚了。当我们度完蜜月回来后才发现,你姑妈的婚约取消了。她求我让她再在这里多住几个月,好让她找到可以落脚的家。我也不瞒你,我当时同意她的请求时就知道,这意味着你的母亲要做出牺牲。"

他叹了一口气:"事实证明的确如我所料。我的妹妹后来向我承认,她毁了婚约是因为她既不能忍受离开这个地方,也不愿意拥有另一个家庭。你的母亲自然不喜欢她对我们新婚世界的打扰,希望赶紧摆脱她。她们之间便开始明争暗斗,而我既无力调和,也不愿掺和。她们二人每天都会来找我。然而很快,一山便容不下二虎了。"

"你的母亲虽然是个急性子,但她本质上却是无比温柔。而玛丽则和她完全相反。我总是会回想她的手段。她就像一只蜘蛛般不知疲倦,精于算计。到处都是她布下的网,等待她的猎物被比钢铁还要坚固的丝网缠住。在她的绵里藏针面前,冲动的方式毫无用武之地。"

他的身子微微前倾,抬高了声音。

"我也曾会冲动,这是弱者的方式。我爱你的母亲,有时候,我也会反抗。有时我也会对压迫我们的暴君发泄我的怒火。但那却像是一个小孩子在向拿走他玩具的保姆撒火般没用。后来，你出生了。"

杜克兰又闭上了眼睛。他沉默了好几分钟，像是一尊象牙雕像般一动不动。然后，他的手指又开始敲打雕花的木把手。他继续说道：

"你的出生让事态更加恶化，因为你就是继承人。你的母亲认为你属于她；你的姑妈认为你属于格雷杰家族。你的姑妈决意要把你从你母亲身边抢走的另一层原因是，她自己没有子嗣。于是，这两个女人心中暗含的怒火终于一触即发了。"他做了一个难过的手势，"她们的恨意把我包围了。我觉得我的婚姻已经快要变成一个彻底的悲剧，而我却无力阻止。你的母亲先是恨我，后来变成了对我的鄙夷。她天生的温柔已经变成了无时无刻让人痛苦的蔑视。有一天，她威胁说她要离开我，除非我命令你的姑妈离开我的城堡。她的愤怒和痛苦委实令人害怕，那一刻，我向她屈服了。我告诉我的妹妹，必须要安排她住到别的地方去。玛丽回到自己的床上，说自己病了，让我们不得不找医生来看诊。医生告诉我，她病得很严重。如果我逼她离开自己的家，他也无力承担这些后果。那时，你母亲的怒火已经有所平息。她的慷慨又一次占了上风。你的姑妈留了下来；我们的婚姻也走到了尽头。"

他举起手，阻止他们二人打断他。

"我妻子的尸体被搬到这房间里时,我的内心突然闪过一阵死亡的战栗。我能听到她落水时飞溅的水花声。他们就把她的尸体放在那张沙发上。"他抬手指了指,然后保持着那个动作,"地板上流了很多滩积水,我看着它们变得越来越大。他们已经把她的手臂交叉放在胸前,所以河水就顺着她的头发和手肘流到地上。安古斯和帮他打捞遗体的人已经离开了,房间里只有我和她。但是我什么感觉都没有……什么感觉都没有,我只是好奇地看着那些水流和积水。我数着数:一共有11条水流,7滩积水。11和7。然后我想到了我们前一晚,最后一次说的话。她伤了你的姑妈后,我一遍又一遍地大声冲她说:'你杀了我的妹妹,你毁了我和我儿子的人生。你只有一件事可做了。涨潮的时间是在……'于是她就这么去了。但是那一切在我看来都是那么遥远,不真实。那好像只是一段发生在很久以前,偶尔才会被提及或记起的谈话。于是我就呼唤她的名字,想让她睁开眼睛……"

他时而摇头,时而点头,似乎是在回应内心某种遥远的呼唤。

"我想:她死了吗?于是我的心里一直默念着那个字:'死'。我在心里念了一遍又一遍,想要明白这个字到底有什么意义。但是这根本没有意义。而我突然意识到,我的所有麻烦和困难,在那一刻都消失了。只要玛丽能好起来，这座城堡又会像以前一样，只属于我们俩了。医生说她会好起来的，因为刀子没有刺中她的心脏。我已经将我的灵魂和我的思想全部托付给了我的妹妹。我是在透过她的眼睛而注视着我妻子死去的脸。"他又扯了扯衣领，"我现在只会用她的眼睛，看着你，看着这城堡，看着我们的家族。当我想到是奥纳格害死玛丽后，我也对她说出了当初我对你母亲说过的话：'你杀了我的妹妹……涨潮的时间……'"

"别说了，爸爸！"

奥恩突然站了起来。他的脸上微微颤抖，拳头紧握。杜克兰低下了头。

"我请求你的原谅。"

"你为什么要告诉我这些？你为什么要告诉我？"

黑利医生看到杜克兰突然颤抖了一下身子。老人抬起头，看着自己的儿子。

"为了把你的母亲还给你。"他干脆地说道，"我现在只有这件事要做了：把你的母亲还给你。"

杜克兰边说边站了起来。他又指向那张沙发。

"我杀了你的母亲；我也差点杀死了你的妻子。还有什么罪孽能比我的罪孽更深重？"

他走到那张沙发边，呆呆地望着。他好像又看到他的妻子躺在沙发上。河水顺着她的头发和手肘，静静地流淌到地上。但是他的脸上没有任何表情。他说的的确是实话,他的内心早已被死亡的战栗所占据了。奥恩的眼中带着惊恐,看着他的父亲蹒跚着离开了房间。

第三十六章

面　具

黑利医生把手放在奥恩的肩膀上。

"同情他吧。"他温和地说道。

"同情？"

奥恩机械地重复着这两个字，仿佛不明白其中的含义。虽然他的父亲离开了，但是他仍然直直地盯着那扇门。

"那是一个饱受折磨的灵魂。"

奥恩突然转过头来，盯着医生。

"你说他是饱受折磨的灵魂？"他的诘问中饱含着痛苦。奥恩快步走到壁炉边，低下头，盯着空空的炉箅。黑利医生走到他的身后。

"遭到严重毁容的人注定要躲在面具后度日。精神被摧毁的人也是一样。"

"什么意思?"

"当你的父亲向你的姑妈屈从后,他便让自己永远戴上了用羞耻和绝望做的面具。弱者只会依附于更强的人。他为了摆脱自我的内疚和感受,就只能盲目地无条件服从你的姑妈。道德上的懦夫往往都会躲在这种面具之下。但是面具之下,其实是一张活生生的脸。"

"我明白了。"

"别忘了,你母亲在软弱的他身上,也找到了值得她爱的特质。是她允许你的姑妈留了下来。就算在疾病侵蚀她的神智时,她也许都准备好忍受让玛丽住下所带来的痛苦。我相信她肯定不希望你不像她那样宽容与慷慨。你的父亲现在如此煎熬,是因为你不想再和他多言。他认为这些谋杀是因果循环,是上天在降怒于他。他觉得自己已经被抛弃了。"

黑利医生的语气很柔和,仿佛就算奥恩提出反对,他也不介意。他继续说道,

"至少他到现在都没有放过自己。"

奥恩站了起来。

"谢谢你,我这就去找他。"

他离开了房间。黑利医生独自坐了下来,掏出了鼻烟盒。他闭上了眼睛,坐了良久。然后,他起身离开了房间,轻手轻脚地往楼上走去。当他走到第一个过道时,他

停了下来，凝神细听。城堡里很安静。他继续往上走去，没走几步都会停一会儿。当他快走到顶的时候，他突然弯下了腰。他听到了一点声音。

他等了几分钟，然后轻轻地走到了楼梯的最上方。他现在能听清楚那些声音了，这是从婴儿房传来的。他能分辨奥纳格那吐字清晰、颇有教养的口吻。他犹豫了一会儿，决定继续完成他来到顶楼想做的事。他穿过狭小的过道，来到了一个杂物间门前。当时他和巴利就是在这里查看了格雷杰小姐卧室外的那枚钉子。他把手放在把手上，轻轻打开了门。与此同时，婴儿房的门突然被奥纳格打开了。她被他吓得惊呼了一声，后退几步才认出他来。

"黑利医生！我……我以为是……"

她没有再说下去，快步向他走来。她的脸色苍白，带着藏不住的疲倦。但是眼中却重新焕发出幸福的光芒。

"哈米什一直很不安，"她对医生说，"我和克里斯蒂娜一直想哄他睡觉。"

她边说边把他带到了婴儿房。虽然天气还是很闷热，但是婴儿房的炉箅中依然生着火，一个水壶正在煮着。这个房间中洋溢着一股安详的气息，和楼下的吸烟室形成了鲜明的对比。这让黑利医生倍感亲切。他走到小床边，俯身查看睡去的孩子。小小的脸上带有孩童特有的鲜花般的朝气，这个孩子显然受到了精心的照料。克里斯蒂娜和他一起站在床边,指了指孩子额头上的几个红点。

"我觉得他生了点风疹。"她轻轻地说道。

"是的,这应该是他真正的病因。"

奥纳格站在炉火边。

"你不知道听到你这个诊断让我有多么安心。这简直是这么久的阴霾下唯一的光明了。"

她边说边走到了房间的另一头。

"关于那个可怜的督察,有查出什么头绪吗?"

"没有。"黑利医生用两只手指擦了擦镜片,"你在他遇害时,一直在这个房间吗?"他认真地问道。

"是的。"

"窗户是开着的吗?"

她想了想,然后点头表示肯定。

"你有没有听到什么?"

她沉思了一会儿。

"虽然说起来有些奇怪,但我觉得我听到了水花声……两次水花声。"她有些犹豫,似乎觉得那些声音让她很困扰。

"你往窗户外看过吗?"

他发现她又迟疑了。

"是的,我第二次听到水花声后探出头看了看。"她的声音中带有一丝恐惧,"月光把流入海口的河流照得很清楚。我看到了一个黑色东西,像是一个海豹的头,在河里游动。等它游到月光照射下的地方时,我发现那个东西还在发光。"

"就像一条鱼一样吗?"

"没错。"

医生戴上了眼镜。

"还有其他人也看到了同样的东西。"医生慢条斯理地说道,"并且都做出了各自的猜想。你觉得那是什么?"

"我想不出那会是什么东西。"

黑利医生看向保姆。

"你看到了吗?"

"不,先生。我当时在准备孩子的牛奶。但是格雷杰夫人后来告诉我了。"

"你以前见到过这种东西吗?"

"我没有听说过,先生。"

克里斯蒂娜的双手紧紧握在一起,不安地搓动。她的眼中显然充满了恐惧。

"渔人们倒是经常说,"她的声音突然变得很神秘,"他们在半夜的时候会听到船边传来水花声。"

"然后呢?"

"他们听到水花声后就会很害怕……"

黑利医生耸了耸肩膀。

"法恩湾有很多鼠海豚，一群鼠海豚会发出很大的声音。"

老保姆没有说话。她一边摇头一边搓着手。黑利医生站起来，看着她。他的眼镜掉了下来。

"有一个女仆说，邓达斯被杀那晚，她也听到了水花声。你那晚有没有听到什么声音？"

"没有，先生。"

"那晚，这里的窗户也是开着的吗？"

克里斯蒂娜点点头："天气热起来以后，我就一直开着窗。"

黑利医生走到窗边往外看。月亮已经升到了天空的另一边，虽然不比巴利被杀时那般明亮，但是依然能看清海面和倒影中，从西方的天空飘来的云朵。

"任何一扇窗边的人应该都能听到水花声，"医生的语气有些尖锐。他回过头，看向她们，"这种好天气持续不了多久了。我想过不了多久就不会这么热了。"

他又把目光投向海面。他的表情有些扭曲，似乎正在做什么重要的决定。他似乎在犹豫该如何解释，因为他皱了好几次眉头。最终，他转过身，走到了奥纳格身边。

"水花声可能比你想象的更加重要，"他小心地说，"我觉得我们应该把所有知道的事都说出来。"

他顿了顿。奥纳格清澈的双眼一直盯着他。她摇了摇头。

"我听到水花声时觉得很害怕。大晚上突然听到这种声音是一件很奇怪的事。也可能是因为我的神经一直紧绷着,所以才吓了一跳。"

她做了一个抱歉的手势,继续说道:"特别是我知道还有一个警察就在楼梯下等着我。"

"其他听到水花声的人也很害怕,他们甚至想离开这座城堡。"

奥纳格又摇了摇头:"我想我要是他们,可能也会这么想。"他发现她边说边看了一眼孩子的小床。她的眼里涌起了泪水。她背过身去。

"你可以帮助我,"黑利医生好言安慰她道,"接下来几分钟里,请你帮我仔细听着。我要下楼去做一个实验,实验的结果也许能查清楚这些恐怖的事。"他想了想,继续说道,"我想要搞清楚的是:你能听到海口处的每一次水花飞溅的声音吗?从窗户上都能够看清河里的小物件吗?我不想多做解释,因为我不希望你先入为主。但是我可以告诉你,我就在那个写作室的落地窗外。我走出房间后会大声咳嗽,我希望你能听到我的咳嗽。然后我会弄出水花声,也许会弄出好几次。"

他叙述实验过程时,一直紧紧盯着奥纳格。她似乎只是在认真听他的话,没有过多的考虑。

"还有一点。我希望你在这间房间里进行观察。我能请你在我回来之前一直待在这个房间里吗?"

他在说"在这个房间里"时刻意加重了读音。奥纳格有些惊讶,但是也表示同意。

"我在你回来之前,不会离开这个房间。你希望我站在这里,还是站在窗边?"

"先站在这里。如果你听到水花声就赶紧到窗边往海口看。"

他轻手轻脚地走向门口,不想吵醒孩子。快出门时,他又转过头来。

"记住,"他轻声说道,"我走出落地窗后,你会听到一声咳嗽。我会把门半开着。所以你听到的咳嗽声可能是从城堡里通过大门传过来的,也可能是从城堡外通过窗户传过来的,你要努力分辨清楚。"

黑利医生走到了楼下。大厅中唯一的灯光来自空无一人的书房。他仔细听了听,发现有声音从写作室后面的猎枪陈列室里传出来。他敲了敲门,听到杜克兰用沙哑的嗓音请他进去。

杜克兰依然穿着晨衣,坐在房间里唯一的一张扶手椅上。奥恩站在他的身边。杜克兰的手搭在奥恩的手臂上。老人的脸上洋溢着幸福,让黑利医生不由有些后悔打扰了父子二人共处的时间。但是杜克兰似乎并不介意他的到来。

"请原谅我的冒昧,"黑利医生说,"但是案子终于有眉目了。我想马上行动,结束这一切。我需要帮助。"

杜克兰和奥恩听了他的话都吃了一惊,他看到两人脸上都露出急切的神情。

"有眉目了?"杜克兰像是一个早已放弃、却又突然瞥见希望的囚犯般,重复了一遍他说的话。

"或者会真相大白。在没有把握之前,我不想说过多细节,免得让你们空欢喜一场。何况我们现在时间不多。"他边说边看了看窗口。夜晚的天空依然是深蓝色的,但是云朵的轮廓似乎更清晰了。他看向奥恩:"你能跟我一起来吗?"

"当然了。"

"那我呢?"杜克兰问道。

"我们有消息会尽快告诉你。"

这个沉浸在幸福中的老人一个人坐在房间里。黑利医生和奥恩穿过大厅,走向书房。黑利医生关上了门。

"我要去赴一个约。"他说道,"如果你愿意陪我一起,你能不能完全听从我说的话,不要问任何问题?"

"你要去赴谁的约?"

医生犹豫了半晌,眉头轻轻一皱。

"杀人约会。"他干脆地说道。

第三十七章

游泳者回来了

"你去拿一卷黑色的棉花和几根针。"黑利医生利落地说道,"楼下应该就有,你去仆人的寝室中就能找到。千万不可以上楼。"

奥恩毫不掩饰他的惊讶之情,但是他的军人素养让他没有表示异议。

"好的。"

他走出了房间。黑利医生跟在他后面,来到了大厅里挂帽子和外衣的小隔间。他从挂钩上拿下自己的帽子,带进了书房里。他焦急地看了看外面的夜空,又看了看怀表。窗户下隐约可以看到树的轮廓。五分钟后,奥恩拿着棉花和针回来了。他没有说什么,将这些东西交给了医生。

"在这里等着。"医生说完便离开了房间并带上了门。

等他回来后，他穿着一件大衣，手里还拿着另一件大衣。

"穿上这个。"他对奥恩说，"然后把领子竖起来，跟我走。"

他灭掉手里的灯，爬出窗户，站在发现麦克唐纳德脚印的花坛上。他看了看格雷杰小姐卧室的窗户。在月光下可以清楚地看到窗户是关着的。脚下传来踩踏沙土的质感。黑利医生突然有些犹豫。当奥恩也爬出窗户后，他还是小声叮嘱他不要发出任何声音。

"任何声音都可能会暴露我们。现在就算是最轻微的声音也可能会被人听到。"

他们穿过砾石小径，走过前门，最终来到了郁郁葱葱的河岸边。医生让奥恩趴下身子，不要乱动。他也趴在草地上，往写作室的落地窗爬去。奥恩很快就看不见他的身影了。他猜应该能看到医生重新出现在落地窗边，但过了不久，他便放弃了这个想法。夜晚的空气依然又闷又热。奥恩想，看来黎明前的夜晚的确是最黑暗的时候，也许还是最奇怪的时候。雾气和阴影让整个夜晚变得朦胧不清。医生怎么样了？他正在干什么？

黑暗中突然响起了一声简短的干咳。然后只听见黑利医生惊惧地喊叫声：

"不要出来！"

一道光闪过，似乎是一块钢铁。奥恩似乎听到了一声闷响。然后有一个东西顺着河岸，朝着他趴的地方滚了下来。当那个东西滚过他的身边时，他摸了摸自己的额头。他的额头上溅了些水。他转身看向河里。

一个黑色的东西，像海豹一样迅速地往海里游去。他几乎可以肯定那就是海豹。

当那个东西游到月光下时，他发现它闪着光芒。

奥恩又擦了擦前额，他能感到自己的心脏在剧烈地跳动。

突然，从落地窗的方向传来了微弱的声音。他听到有人正在低低地唤他的名字。

第三十八章

水里的脸

奥恩站起身,往落地窗跑去。他跑近时,看到黑利医生弯下高大的身躯,正在查看一个躺在巴利督察原先倒地之处的人。医生打开电灯,照亮了那个人的脸。奥恩不由大叫了一声。那是他的父亲。

老人又唤了他的名字。他赶紧跪在他的身边。

"我在这里,父亲——我是奥恩。"

老人睁开长长的眼睑,薄薄的嘴唇挤出了一个心满意足的笑容。

"把你的手给我……"

奥恩握着父亲的手,弯腰亲吻老人的额头。

"我要死了,孩子……"杜克兰又呻吟了一声。他的表情变得有些扭曲,但那一阵疼痛慢慢过去了,"他打了我的头……就像他打死那个警察一样。"他停了下来,大口喘着粗气。黑利医生弯腰说道：

"不要再说话了，先生。这样只会消耗你的体力。"

杜克兰摇了摇头，紧紧抓住儿子的手。

"都是我的错，"他喃喃道，"一开始就是我的错。但你已经原谅我了。告诉我，奥恩，好孩子，你原谅我了吗？"

"是的，父亲。"

杜克兰又笑了。黑利医生觉得他的脸似乎年轻了几分。但他眼中的光芒似乎突然之间变得浑浊。他的表情慢慢变得僵硬，继而消失了。他抽搐了几下，像是一个努力挣脱桎梏的人；他想用手支撑起自己的身体。

"这就是死亡……"

他的声音突然充满了力量。他大喊着一个名字："凯瑟琳！"一分钟后，他便在奥恩的臂弯里停止了呼吸。黑利医生解开他的睡袍，听了听他的胸口。

"他死了。"

"发生了什么，医生？那可怕的东西是什么？"

奥恩激动地问道。

"你的父亲突然从窗户里走了出来，我没能来得及阻止他。我大喊了一声，可他还是走了出来。"

奥恩似乎有些哽咽，他弯下了腰。

"那个东西从我身边滚到了河里。要不是你让我不要动，我能拦下它的。我看到它游走了。"

他的声音有些恐惧。

"我们必须把杜克兰搬到屋子里。"医生说道，"虽然很不情愿，但我们还有一些事要做。你必须要鼓起你的勇气。"

"什么意思？"

"来……"

黑利医生边说边把手放到了老人尸体身下，奥恩犹豫了一下，也跟他一起将尸体抬了起来。他们慢慢走向落地窗里。

"我们把他放在书房里吧。"

他们在黑暗中慢慢地往书房移动。几分钟后，他们挪到了沙发边。他们将杜克兰放在了沙发上，就像曾经他的妻子一样。奥恩不由得发出了一声呜咽。黑利医生擦亮了一根火柴，点亮了灯。他看到奥恩跪在沙发边，手臂环着他父亲的尸体。

门外突然传来一声沉闷的巨响。

奥恩马上直起了身子。

"什么声音？"

他冲向大厅，停下脚步细细分辨。黑利医生跟着他走了出去。写作间敞开的窗户外传来隐约可闻的粗重呼吸声。医生打开了他的电灯。突然，两人听到了一阵尖利的哭喊。接着便传来了水花声。奥恩抓着医生的手臂，灯光正打在他的脸上。他脸色苍白，额头上布满了汗水。

"又来了。"

他们冲向落地窗。黎明的第一缕阳光照在河谷上，如同照在一层锡面上。水面上没有一丝波澜。

两人冲向河岸。现在的水面宛如一片镜子，根本看不出有什么东西掉进水里的样子。黑利医生跳进河里，河水没过了他的腰。他弯腰摸索了一会儿。奥恩看到水里浮起一个白色的东西，然后他突然意识到：那是一张从水里浮起的人脸。

第三十九章

黑利医生的解释

一个小时后,麦克唐纳德一瘸一拐地走进了书房。黑利医生、奥恩和奥纳格已经在等着他了。他坐了下来,调整木头腿的位置。

"怎么样?"黑利医生先问道。

"你的看法没错。杜克兰的死因与邓达斯和巴利相同。克里斯蒂娜溺水而亡,但是她在死前,手臂已经断了。杜克兰的伤口中和克里斯蒂娜的手上都有鱼鳞。"麦克唐纳德的表情有些恐惧,他继续说道,"但我们还是无法解释到底发生了什么。"

"我不这么认为。我知道该如何解释。"黑利医生边说边戴上了镜片。他对奥恩说,"案情的第一缕曙光是在你父亲告诉我,在白喉传染病肆虐期间,虽然克里斯蒂娜的孩子患病,你母亲却一直在照顾着这个孩子,直到他人生的最后时刻。我知道高地人都是非常重感情的。"

他站了起来，走到壁炉边。

"当时我便确定，克里斯蒂娜肯定将原本给予自己儿子的爱都放在了你的身上。你母亲做出的牺牲也永远记在了她温暖的心中。"

"是的。"奥恩说道，"她就像我真正的妈妈。"

奥恩的眼中含着泪水，他抬手草草地擦了擦眼睛。

"她也正是因此而对你的姑妈充满了敌意。她其实向我承认过，她们二人关系并不好。她知道你父亲的新娘是你姑妈的心头大患，她知道你母亲的幸福在你姑妈的那种娴熟的手段之下，被消耗殆尽，她也很清楚格雷杰小姐才是害死你母亲的元凶。"黑利医生的身子微微前倾，"但是她是一个高地人，她属于这个家。她对于你的父亲——即她主人的忠心必须大于一切。因为你姑妈是杜克兰的妹妹，她只能继续服侍她。"

"她抱着这种态度，一直度过了你的童年，直到你成婚之后。在你儿子患病之前，克里斯蒂娜对你姑妈一直毕恭毕敬，精心照顾。但是哈米什的病造成了巨大的影响……"

医生擦了擦镜片。

"对于保姆和哈米什的母亲来说，她们显然都觉得这个病不容小觑。克里斯蒂娜作为高地人，还抱有着迷信的思想。最微小的事在她看来,都会蒙上神鬼的色彩。所以世上有很多小村子里都把患有癫痫的孩童称为'小妖'。克里斯蒂娜肯定也是认为小哈米什受到了邪恶力量的影响。她知道这股力量就在她们身边。你的姑妈对待你妻子的态度就像她对待你的母亲一样。克里斯蒂娜像一个母亲般爱着你。你父母婚姻的悲剧似乎在她眼前一幕幕地重演。强烈的母爱和迷信情绪所带来的恐惧交织在一起,迟早会酿成无法挽回的后果。在克里斯蒂娜的眼中,你的姑妈已经成为杜克兰家族的仇敌。她认为格雷杰小姐在暗中用她邪恶的力量加害于年轻的小继承人,甚至还可能夺走他的生命。曾经让她服侍你姑妈的原因,也恰恰成为她要与她对抗的根据。母爱和对于这个家族的忠诚让她站在了你姑妈的对立面。"

黑利医生的眼镜掉了下来,撞到了他背心上的一个纽扣。清脆的声音在安静的房间里格外刺耳。

奥纳格说:"克里斯蒂娜告诉我,她敢肯定有什么邪恶的东西影响了哈米什的健康。她说过,必须要除掉这种影响,这孩子才会恢复健康。"

"没错。"

"她重复说了一遍又一遍。"

黑利医生调整了一下镜片的位置。

"在这一点的基础上,我们再来想想格雷杰小姐遇害的那一晚。这件事有两个重要的诱因：其一是你离家出走，格雷杰太太，其二是你和麦克唐纳德先生在河岸边私下会面被发现。起初，克里斯蒂娜是被派来接你回家的。根据麦克唐纳德的描述，我觉得虽然克里斯蒂娜认为自己年轻的女主人不该承担罪责，但是你在她眼里是有罪的。你告诉我她对你说：'上帝结合在一起的人……'"

"是的，她要离开的时候说的。"

"她无比珍视杜克兰家族的声誉。当她得知你们在岸边私下见面，她对于这个家族的使命感被唤醒了。我觉得她是一个遇到困境后，不会去寻求建议的人。她对于这个家族的爱太过于强烈，以至于她根本无法想象放下这种感情会是怎么样的。"黑利医生看向奥恩，"她显然马上预见到了当你知道这个消息后，会有怎样的后果。你的姑妈再一次成了威胁。"听到这里，奥纳格的脸红了。她握住了丈夫的手，说道：

"克里斯蒂娜告诉我，她很害怕奥恩会回来。因为他的姑妈会毒害他的思想。"

"她有没有劝你尽量不要去找麦克唐纳德医生？"

"是的。我告诉她，奥恩不会误解的。"

"但是她并不相信吗？"

"她并不相信。"

黑利医生点了点头。"很好，那我们来看看格雷杰小姐遇害那一晚。非常重要的是,那一晚,格雷杰太太因为和你的姑妈大吵一架而早早上床了。但是你因为哈米什犯病,又起床查看。你穿上了一件蓝色的晨衣,前往婴儿房。但是你突然收到了一封你丈夫的信,他告诉你他输了一大笔钱,恳求你和格雷杰小姐好好相处。你正是因为看了这封信,才往楼下走去,想把孩子的病情告诉格雷杰小姐。而麦克唐纳德先生当时则留在婴儿房内诊治哈米什。克里斯蒂娜正拿着蜡烛从格雷杰小姐的房间里走出来。你的姑妈看到你后就显得十分恐惧,把你推出卧室,锁上了房门。"

他征询的眼神看了看奥纳格。奥纳格点了点头。

"是的。"

"格雷杰小姐为什么反应如此反常呢?我相信答案就是:穿着蓝色晨衣的你,在昏暗的烛光下就像奥恩的母亲一样。很多年前,奥恩的母亲曾经拿着一把刀,眼里闪着疯狂的光芒,走进了她的卧室。"

黑利医生的声音小得几乎听不清楚了。

"她的疯狂是因为她患上了白喉而暂时失去了自制能力。格雷杰小姐的心脏上方被捅了一刀,伤情很严重。那一刻的刀光的恐怖永远地留在了她的心中。她完全陷入了恐惧之中。于是慌乱之下,她把自己锁在了房间里,把窗户也锁了起来。"他看向麦克唐纳德,"你也听到了窗户关上的声音吧？"

"是的。"

"她当时被她自己反锁在卧室里。那扇门，毫无疑问是被反锁的。现在，再来看看邓达斯督察的案子。那个可怜人发现了一件很重要的事：格雷杰上尉因为赌博而欠了一大笔钱，需要姑妈的钱来还债。你肯定和你妻子说过，邓达斯已经发现这件事了吧？"

"是的。"

"你在哪里告诉她的？"

奥恩看上去有些惊讶。他皱着眉头思索了一会儿，突然恍然大悟的样子。

"我记起来了。那是一天晚上，我们一起在婴儿房时告诉她的。"

"克里斯蒂娜当时在房间里吗？"

"是的。我现在记得很清楚了。克里斯蒂娜说她不信任邓达斯，她不知道他会不会给我们带来巨大的痛苦。她被他盘问了很多次，他还像使唤仆人一样使唤她。"

"我明白了。邓达斯威胁到了你的安全。这对于克里斯蒂娜来说，是天大的罪孽。巴利之死和邓达斯相似，只不过他威胁到了你的妻子。"黑利医生看向奥纳格，"你听到水花声，看到那个黑色闪光的东西游向河口时，克里斯蒂娜在婴儿房里吗？"

"不，她当时去杂物间了……"

"邓达斯被杀的时候，她在婴儿房吗？你当时应该在等我去看哈米什。"

奥纳格想了想，眼里慢慢涌上了恐惧的神色。

"她那天晚上也经常进出杂物间。"

镜片掉了下来。黑利医生坐下，掏出鼻烟盒。

"你们都知道，这些伤口里找到了一片或者多片鲱鱼鳞。于是在调查过程中，大家都在寻找会带有这种鳞片的凶器，然而却都无功而返。格雷杰小姐的房间里没有凶器；邓达斯的房间里也没有凶器；巴利尸体的周围也没有凶器，只有车里的狱警说看到了刀光一闪。"他看向奥恩，"你说你的父亲被击倒时，你也看到了一道寒光吧？"

"我敢肯定我看到了。"

"但是这一起命案中也没有找到凶器？"

奥恩摇了摇头。

"是的。"

"你姑妈的伤口很可怕，但是并不致命。受到这种伤的人一般会大量失血，但是你姑妈的出血量很少。这只有两种可能的解释：她受伤时就已经受惊而亡，或者凶器一直在伤口。她受伤时并没有当场死亡，因为地上有一道从窗口到床边的血迹。没有人曾离开她的卧室，这点是可以确定的。这不仅是因为你的妻子和麦克唐纳德当时在她窗户正下方的书房里，如果有人从窗口逃离就能清楚地看到，还因为那些窗户都是从里面反锁的。我们只能得出一个看似荒谬的结论：杀死你姑妈的武器在她的心脏停止跳动时消失了，也就是说在她的血液流动停止之后，便消失了。"

他取了一小撮鼻烟。

"每件案子中，凶器打中死者后便消失了。回到格雷杰小姐之死上。格雷杰太太，你是她生前最后一个见到她的人。然后她就陷入了恐慌之中。我想她的第一反应就是跑到床上躲起来。但是很快，她注意到了打开的窗户。如果有人从那里攻击怎么办？恐慌往往是没有原因的，只会付诸行动。她跳下了床，跑去关上窗户。当她正要关上另一扇窗户时，她听到了远处传来格雷杰上尉摩托艇的声音。那个声音仿佛意味着安全和胜利，让她安下心来。她将身子探出窗外，想听得更仔细些。这时，她的头上传来一阵破裂的声音，她突然被刺伤了。她连连后退，脸上布满了震惊和恐慌。她的一只手已经没有力气了，但她还是想办法把窗户都锁上了。她跑回到床边，跌坐在地上……她的心脏停止了跳动。"

黑利医生继续说道：

"你们都知道巴利认为格雷杰小姐窗户上方的铁钉非常重要。他从顶楼的杂物室往下看，发现铁钉上部的铁锈被擦掉了一块,因此他得出凶手使用了绳子。但还有另一种情况。格雷杰小姐从窗户里探出身子时,杀她的凶器很可能在投掷的途中撞上了那根铁钉。而事实的确如此。"

他站起身,继续往壁炉前走。

"格雷杰小姐从窗户探出身子时,在顶楼杂物室的克里斯蒂娜看到了她,也听到了摩托艇的声音。这位迷信的忠仆认为这声音便意味着她所爱的一切——包括你,格雷杰上尉,还有你,格雷杰太太,你们的孩子,以及杜克兰,都将走向毁灭。再过几分钟,格雷杰小姐的邪恶力量将会摧毁你们的婚姻,就像摧毁你父亲的婚姻和影响你儿子的健康一样。"

黑利医生停顿了一下,然后淡淡地说道:

"当她听到摩托艇的声音时,克里斯蒂娜正在切碎一大块冰,给小哈米什做敷额头的冰袋。"

第四十章

尾 声

窗外的一只乌鸦发出了清晨的第一声啼鸣，也打破了屋里的沉默。鸟儿在阳光下的第一场合唱传到了他们的耳朵里。黑利医生的脸上呈现出非常柔和的神情。他继续说道：

"在那一刻，克里斯蒂娜似乎听到了上帝的呼唤。她抓住了那一大块冰，往窗外扔去。冰块撞到了铁钉上，碎成了无数锋利的碎片，像一把把匕首一般。其中一把冰匕首就刺进了格雷杰小姐的胸口，留下了那道伤口。由于天气炎热，冰匕首在她死后，很快就融化了。"

"克里斯蒂娜后来的一系列行动也变得合情合理了。她认为是上帝选中了她，让她和邪恶做斗争。她的第一步就取得了成功，这也迅速让她取得了巨大的精神自豪感，并陷入了一种半疯狂的状态。克里斯蒂娜认为自己是格雷杰家族的保护者。当她听说邓达斯在怀疑你,格雷杰上尉时,她就认定一定要毁掉他。大家都知道,邓达斯卧室上方的房间是空置的。她只需要等在那里,等他从窗户里探出头就好。因为天气炎热,他显然经常会将身子探出窗口。她知道我和麦克唐纳德马上就要上楼了,她听到邓达斯和我们道了别,接着,邓达斯就出现在她的视野里。这一次,窗户上没有铁钉,冰块没有撞成碎片。那一大块冰砸到邓达斯脑袋上后,顺着河岸滚进了河里,发出了水花声,然后顺着河流漂入了海湾。巴利的死亡过程也与之类似,只不过需要一个诱饵来引他走到窗户下。只要往河里丢一块冰,传出碰撞和水花的声音,就能让等着逮捕格雷杰太太的巴利产生浓厚的兴趣。"

他顿了顿,擦了擦自己的额头。

"我今晚原本是想,"他的声音中带着深深的懊悔,"激起克里斯蒂娜的恐惧,让她对我产生敌意。这就是我今晚去婴儿房并给了那么多暗示的原因。我的举动非常成功。我用我的帽子做了一个机关,只要我一拉线,就会和人形的大衣一起飘向落地窗。我觉得如果克里斯蒂娜有罪,她肯定会再次下手。于是我按照约定,咳嗽了一下。但是杜克兰出现了。我急得大喊出来,但是已经来不及了。"

黑利医生深吸了一口气。

"克里斯蒂娜在窗边得知自己杀死自己的主人后,便像是给自己判了死刑。她从楼上跳下来,却没有死。当她发现自己还活着后,便径直冲向河边,投入了水中。"

外面的鸟儿们已经开始此起彼伏地和着声。麦克唐纳德拖着脚,动作僵硬地站了起来。

"我相信那些冰块都是从那个阿德莫尔鱼贩手里买的。他的四面墙上和门上都沾满了鲱鱼鳞。"

大英图书馆
LIBRARY BRITISH
侦探小说黄金时代经典作品集

《女侦探》

《圣诞老人疑案》

《动物园谜案》

《帕洛玛别墅的秘密》

《维尔沃斯花园案》

《飞行疑案》

《牛津谜案》

《豕背山奇案》

《海峡谜案》

《地铁疑案》

《湖区疑案》

《银色鱼鳞谜案》

《康沃尔海岸疑案》

《切尔滕纳姆广场疑案》

图书在版编目（CIP）数据

银色鱼鳞谜案 /（英）安东尼·韦恩著；朱琦译. — 北京：中国青年出版社，2020.1（2023.3重印）

书名原文：Murder of a Lady

ISBN 978-7-5153-5931-1

Ⅰ.①银… Ⅱ.①安… ②朱… Ⅲ.①侦探小说—英国—现代 Ⅳ.①I561.45

中国版本图书馆CIP数据核字（2020）第013481号

著作权合同登记号：01-2019-2464

This edition published in 2014 by The British Library 96 Euston Road London NW1 2DB © The British Library Board

银色鱼鳞谜案

作　　者：	（英）安东尼·韦恩
译　　者：	朱琦
责任编辑：	彭岩　刘晓宇
出版发行：	中国青年出版社
社　　址：	北京市东城区东四十二条21号
网　　址：	www.cyp.com.cn
编辑中心：	010 - 57350407
营销中心：	010 - 57350370
经　　销：	新华书店
印　　刷：	北京中科印刷有限公司
规　　格：	889×1194 mm　1/32
印　　张：	11.5
字　　数：	140千字
版　　次：	2020年8月北京第1版
印　　次：	2023年3月北京第2次印刷
定　　价：	42.00元

如有印装质量问题，请凭购书发票与质检部联系调换

联系电话：　010 - 57350337